成一文集

电影文学剧本 报告文学·白银帝国

成一◎著

山西出版传媒集团
北岳文艺出版社 BEIYUE LITERATURE & ART PUBLISHING HOUSE ·太原

图书在版编目（CIP）数据

白银帝国 / 成一著 . — 太原：北岳文艺出版社，2019.1
（成一文集）
ISBN 978-7-5378-5656-0

Ⅰ . ①白… Ⅱ . ①成… Ⅲ . ①电影文学剧本－作品集－中国－当代 ②报告文学－作品集－中国－当代 Ⅳ . ① I217.2

中国版本图书馆 CIP 数据核字 (2018) 第 189407 号

书名：白银帝国
著者：成一
出 版 人：续小强
责任编辑：陈学清
书籍设计：张永文
印装监制：巩　珊

出版发行：山西出版传媒集团・北岳文艺出版社
地址：山西省太原市并州南路 57 号　邮编：030012
电话：0351-5628696（发行部）　0351-5628688（总编室）
传真：0351-5628680
网址：http://www.bywy.com
E-mail：bywycbs@163.com
经销商：新华书店
印刷装订：山西人民印刷有限责任公司

开本：787mm × 1092mm　1/16
总字数：3886 千字　总印张：271
版次：2019 年 1 月　第 1 版
印次：2019 年 1 月山西　第 1 次印刷
书号：ISBN 978-7-5378-5656-0
总定价：698.00 元（全 12 卷）

2000年作者与作家李锐、蒋韵夫妇在一起

2002年作者与作家吕新在一起

2004年作者与作家韩石山在一起

2004年作者与作家张锐锋在一起

1993年作者在电视专题片《内陆九三》拍摄现场，作家赵瑜（左一）系该片编导

电影《白银帝国》片头

目　录

电影文学剧本

报告文学

电影文学剧本

真　迹

1

民国元年，春天，黎明时分。

一片巨大的宅院，隐约展现出来。

宅院渐近。各处都有慌乱奔跑着的主人、仆人、武师、家丁。

康家大少由一老仆带领，匆匆穿庭过院，奔跑在一条曲折的甬道上。

出现康府的老院。他们进入老院的大门。穿过第一进院，又拾阶而上，进入二门。穿过第二进院，进入三门的过厅。在第三进院，他们放轻了脚步，向正房走去。

他们拾阶而上，老仆轻轻推开正房厚重的木门，门轴发出尖厉的响声。他们进入房内。厚重的房门带着尖厉的响声，又复关闭。

正房的静止画面。无声稍许。

画外音突起，一个苍老而任性的声音：这是想要我的命吧——

片名。演职员等。

2

民国元年，夏天，上海。

自来水桥三和里，一间不显声色的店铺，门面外悬挂着一块金字招牌：天成元汇通天下。一辆黄包车在门前停下。

丁侦探下车。天成元伙友刘守义迎接丁进入字号。期间，两人都没有言语，在静默中行动简捷，迅速。

字号内一间密室，丁与天成元驻沪分号老帮孟单独相见，用上海话密谈。

孟老帮没有表情的脸面，问：丁先生拿定主意了吗？

丁侦探：希望能提供进一步的详情，我好判断能有多大的把握。

孟：总号通告的案情，我已经悉数说出了。

丁：康老先生丢失的这两方名印，估计能值多少钱？

孟：我无法估计。我们只知道老东家视之同性命。如果不值钱，江湖中的强人会派高手去冒死行窃吗？

丁：你们怎么知道是江湖中的强人作的案？

孟：不是江湖中高手，他敢潜入康府盗宝吗，他能这样神奇地得手吗？

丁：康府不是也有武艺了不得的护院武师吗？

孟：是的。丁先生如果不肯劳驾，我们只好另做打算了，总号和少东家催得很急。

丁：那我就只好应孟老帮之命了。这是我接受的一桩对案情所知最少的案子，这也是我在上海之外接受的第一桩案子，这也是……

孟仍无什么表情，说：丁先生肯劳驾赴晋，我们太荣幸了。如能及早破案，礼金之丰，一定会出于先生意料。只是，丁先生此行，希望能在上海保密。到晋侦破中，也希望对内外保密，包括对康府中的内室家眷。这是东家及总号的意思，因为现在天下不太平，敝号又是做银钱生意，想先生能够理解。如此保密，不知对先生破案有无不便？

丁想了想，说：好吧，侦破案子，本来也得在秘密中进行。

孟：丁先生此去的公开身份，是东家大少爷在江南的一位朋友，因避难而往康府小住。丁先生与大少的年龄正相仿佛。

丁：我的公开身份，应以破案方便计，由我来设计。

孟：这是总号的安排，敝人不好违反。

丁想了想，说：那也只好这样了。我是首次离江南往北地，不熟悉贵乡方言，请孟老帮能派一沪号伙友，与本探一同前往，以做方言翻译。

孟：我已按总号意思，计划派本号伙友刘守义伺候先生到京。到京后，京号接手派人伺候先生赴晋。总号没有安排方言通事，本号即尽快请示总号，请先生挑个吉日，及早起程吧。不知先生计划如何秘密离沪？

丁：本人所操的英国侦探术，不讲究中国的黄道黑道。至于本探如何秘密离沪，就不需孟老帮费心了，我会安排刘守义如何在镇江与我会合。

孟老帮望着丁侦探有几分自信外溢的脸。

丁侦探望着孟老帮始终隐藏了表情的脸。

3

中国最早的火车在奔驰。

车厢内，丁侦探向拘谨的刘守义问话（用上海话）。

丁：你对康府真是一无所知，还是老帮有指示，不许你说？

刘：我们西帮票号有极其严厉的号规，不许字号内的伙友随便打听东家情形，所以我对康府中情形，真是一无所知。

丁：康老太爷有几个儿子，是由几房所生？

刘:我真是不知。

丁:这些情况,你们孟老帮已经告诉我了。

刘:我真是不知。

丁故做开心状,笑。

刘仍拘谨如故。

列车在江北行驶。

丁:你们真是三年才能回家一次吗?

刘:是的。连老帮也和我们一样,每三年下班一回。

丁:孟老帮也不能带家眷?

刘:是的。西帮票号的所有驻外人员,都不许带家眷,更不许在外娶亲成家。

丁:你结婚成家几年了?

刘:整十年了。

丁:那么你只回过三次家?

刘的两个眼珠突出起来,亢奋地说:才回过两趟家。去年秋天我就班期满了,但时局不靖,后来大清又殁了,柜上一直吃紧,总号不准下班。

丁:本探正要求将你带往康府,给我做方言翻译。你愿意吗?

刘更显亢奋,说:小的愿意为丁先生效劳。

丁:那你能告我康老太爷有几个儿子吗?

刘突出着两眼珠,说:我真是不知。孟老帮不是已经告诉你了吗?

丁:你们的老帮像你一样守口如瓶!他说我是康府大少爷的旧友,但我连康府有几位老爷都不知道!

刘:我真不知道。

丁又做笑状。

列车在北方行驶。

丁:你真不知道康老太爷有几个儿子?

刘:我真不知道。

丁没有笑。

4

北京。前门东侧,票号、钱庄林立的打磨厂街。

“天成元汇通天下”的金字招牌。

天成元京号伙友引丁侦探及刘守义,进入字号。

京号梁老帮设宴席招待丁侦探。

梁老帮仪态雍容,举止儒雅,又显开朗健谈,说一口京都官话。

席间,刘守义要为丁侦探翻译吴语,梁老帮说:我能听懂上海话。

丁侦探问:康老太爷有几位公子,是几房所生?

梁老帮对此问似极有兴致,侃侃而谈了:康老东台有六个儿子,老东台一生又娶过六房,但都是续弦,康家有祖制,不许纳妾。所以这六位老爷并没有正出庶出之分。大老爷少时得过一次耳病,聋了,后来就迷上了《易》经,一生习《易》不辍,听说还常常著书立说,老东台都出资给刻印了。只是,大老爷的易学书,没有人能看得懂,连康府的塾师何举人也看不懂。

丁:那么这位大老爷一定会打卦占卜了?

梁:大老爷最反对把易学视作打卦算命的江湖伎俩,他从来不给人算卦,一生形同出家人。二老爷少时是体质软弱,老太爷即命他跟了家中武师练武,本来是为了健身,不想二爷就迷了武艺,对读书经商一直没有兴趣,在武界玩乐了一辈子,于今不仅身轻体健,性情上也纯净似赤子。

丁:这位二爷武功也很高强吗?

梁:听说二爷是重艺不重武。

丁:他在江湖上是不是交际很广?

梁:二爷是喜欢交结三教九流的朋友。三老爷已经故去,生前倒是一心想继承老太爷大志，将票号商务发扬光大。老太爷年迈后，也真将康家的商事外务交三爷掌管，可惜三爷生性刚烈，因一次霸盘生意失利，竟郁闷不消，不很久，染了小疾，谁也没有想到，就由此故去了。

丁：那么这位三爷生前一定有互不饶恕的仇敌吧？

梁：那是生意上的对头，不是死敌。四爷性格与三爷相反，极绵善，喜欢医术，常给乡人施医舍药，在三爷主外的那些年，四爷掌管家政内务。不料，三爷故去没有几年，这样慈善的四爷，竟也故去了，正当盛年，无疾而终，真是天意不可测。

丁：这也很像一件案子。

梁：四爷能有什么案子？康府的五爷，当年倒是真出过一桩要命的案子。

丁：什么样的案子？

梁：五爷娶的夫人，是一位美人，五爷非常宠爱。那年，五爷偕这位美艳的五娘，来京师游玩，后来又出游天津。就在天津，五娘被匪徒绑了票。京津两号闻讯后，赶紧调银营救，我们京号还向京师九门提督求助。当时的九门提督马玉昆大人，与康家素有厚交，与三爷就有结拜之交。但都没能救出这位美艳的五娘。

丁：处理绑架案，不能先把官府拉出来。

梁：营救未果，不在官府。

丁：那错在哪里呢？

梁：当时在下还是京号副帮，详情不太知道。五娘遇害后，五爷就疯了，留驻天津，至今不肯回康府。六爷还年轻，对商事也无兴致，倒是有意读书求仕，可惜只赶上一次乡试，又没中举，想再考，科举就给废了。六爷对读书也失去了兴致，一副看破红尘的样子。所以，在三爷四爷故去后，康老太爷就把商务和家政一齐交给大少爷了。大少长六爷几岁，虽是三爷所生，但他是老太爷的长孙。现在康府就是这位大少当家。

丁问刘守义：康老太爷有几位儿子，系几房所生，现在你也听明白了吧？

梁：丁先生是嫌我们这位伙友嘴紧吧？你这是在夸他呢！不许就号

事、总号事、东家事向外人说三道四,这是我们的号规。

丁:那梁老帮怎么肯向我说出这样许多呢?

梁:我是不把丁先生当外人哪!

丁望着梁老帮过于干练的脸。

梁:总号已同意刘守义伺候丁先生回晋,并随往康府听差。

刘因亢奋而有几分痴呆的脸。

京号密室,仅梁老帮和丁侦探。

梁:丁先生使用洋法破案,对揭开案底有十分把握吧?

丁:本探对这桩盗案的案情至今还知道得很少。梁老帮对案情,一定知道得详细。

梁:我们各码头的驻外老帮所知道的,都止于总号通报的那一些情况。因为盗案发生后,总号命我们在各地的古玩行秘密查访,希望把赃物赎回。我所知道的案情,同沪号孟老帮是一样的。

丁:你们在京师也没有查访到什么线索吗?

梁:查访到的,都是古董商伪造的赝品。丁先生估计,盗贼是外面强人,还是家贼?

丁:我对案情知道得太少,所以不敢妄言一字。

梁老帮过于精明的脸。

5

康府正门,气派而不张扬。额匾为慈禧所书"福种琅缳"。门内影壁上,镶嵌一大型西洋自鸣钟。影壁倚一顺势而造的假山。

这一切都落在斜阳中。

一辆精致而又落满尘土的马车,在正门前停下。刘守义先从车轿中下来,随后扶持丁侦探下车。刘、丁及身着康府号衣的马车夫,都是风尘满身。

有康府仆人引导丁、刘进入正门，消失在假山之后。

康府为丁侦探洗尘的宴席。

康家主政的大少爷的脸面特写，他的画外音：这位就是我在江南的好友丁先生。

康二爷的脸面特写，大少的画外音：这位是家伯，敝人的二大爷。

康六爷的脸面特写，大少的画外音：这位是家叔，六爷。

康家票号天成元总号总理的脸面特写，大少的画外音：这位是敝字号的孙大掌柜。

康府护院武师头儿的脸面特写，大少的画外音：这位是家中的武师包师父。

康府总管的脸面特写，大少的画外音：这位是家中的管家老夏。

（以上特写近似静止画面；大少画外音，均由刘守义翻译为上海话。）

主客举杯场面。

孙老总：丁先生一路辛苦了。

大少：丁先生昨天从太原乘坐敝舍马车，一定受热了。

老夏：比起江南，我们这里不算热吧？

丁：我最想好好洗一个澡！

刘没有敢照直翻译，说：一路并不辛苦，东家照顾很周到。他用吴语对丁说：想洗好澡，得进城。

六爷：丁先生见过孙中山吗？

刘也没有照直翻译，而是对丁说：六爷问你生病没有？

丁：生病才能洗澡吗？

刘对六爷说：丁先生说他没有见过孙中山。

6

康府一间小客厅，大少主持“议事”，参加者有：二爷、六爷、孙老总、包武师、夏管家。

大少：你们看这位洋探怎么样？

包：南蛮子一向诡诈得很，谁能保险他不会怀了歹意，明里缉盗，暗里谋着盗宝呢！

二爷：他但凡敢只身远来，怕也不是平常把式。我们不能掉以轻心吧？

孙老总意在丹田，目中无人似的，说：他来盗宝倒不至于，沪号孟老帮是可靠的掌柜。

包：反正南蛮子是诡诈得很。

孙：他盗一件宝去，能值多少钱？他又懂得什么是宝？他真能破了案，大少你就拣他喜爱的，送他一件，不会值多少钱。

六爷：他要老太爷那两块石头，也送给他吗？

夏：只怕他不识货，他哪有老太爷那种学问！

六爷：你们这么惊天动地地追寻那两块石头，他就那么憨，看不出那石头值钱？

二爷：那两块石头要舍得送人，我们还这么惊天动地地来追寻它吗？那是老太爷的命，怎么能送人？

孙：我最担忧的，只怕他会是外国银行或江南钱庄的暗探。当此乱世，给他们在生意上搅一手，那比丢件什么宝贝麻烦都大。

大少：从上海请洋式侦探，虽然是我的提议，但各位都是同意了的，孙大掌柜不是也同意了吗？

二爷：孙大掌柜不是说沪号孟老帮可靠得很吗？

孙：大少你得多受辛苦了，你和他名义上不是老朋友吗？你陪伴他，一要不离左右，管住他的行踪；二要不露惊慌，显出稳坐钓鱼台的气象来。

知道这是为什么吧？我看，我们正可以借这件案子，将计就计。当此乱世，票号同业倒闭者纷纷，未倒者也都在操心生意，忧虑前途，唯独我号却在为老太爷追寻明朝文三桥所刻的两方闲章，这正是稳坐钓鱼台的气象。大少你一定要把这种气象显示给他看，不然，他可能会将此视为我号的衰败之兆了，明白吧？

大少：知道了。

7

四娘内室。

六娘：四娘你看这个上海人，像个真有本事的洋探吗？

四娘：我看像个正经人物，不扎眼，不张扬，文文雅雅，也许做暗探就得是这样的人物？

少夫人：他说话的音调不算难听，就是吐字太快了。

六娘：我看你家大少也听不懂这位上海人的话，尽在那里胡演义呢。他什么时候有这么一位上海朋友？

少夫人：这不是为了保密吗？

四娘：他们爷们都知道了实情，就是只向我们保密吧？其实，哪用得着这么弯来绕去的，那贼是明摆在那里！我看上海来的这位暗探，也像是个心善的人，不知能不能铁面无私。你们看他像个铁面无私的人吗？

少夫人：我们家大少请他，也是万不得已吧，靠各码头字号，还有武界镖行，明察暗访几个月了，没有结果呀，这才从上海请了洋探。老太爷逼得多紧！

六娘：你们家大少也是太喜欢维新！

少夫人：你不喜欢？

六娘：我也喜欢呀，我看这位上海人是个开明的男人，心细的男人，也够年轻。见了这样的男人,我也敢去上海了,我看上海也不像字号老帮们说那样可怕,那样花色!

少夫人:你不是也喜欢上这位洋探了吧?

四娘:你不能给你家大少说一声吗,叫这位上海暗探瞄准了那个贼,省得他人生地不熟,乱探一气!

少夫人:谁能保险是她?

六娘:等我去给这位上海暗探去说吧?

少夫人:才见了一眼,你就真喜欢上他了?

六娘:你得给我保密!

少夫人:你们也得继续保密,不要叫爷们知道了我们已经什么都知道了。

8

爷们议事的那间客厅,大少在单独向刘守义训话。

大少:你一步也不能离开他,他有什么举动,到过什么地方,你要随时报上。他去要紧处,一定要先向我说一声,能去不能去,听我做主。记住了没有?

刘:记住了,大少爷。

大少:你从上海下班回来,还没有回家见父母、媳妇吧?

刘突出了眼珠,说:没呢,从太原坐马车直接就来到东家府上,一步也没有离开过丁先生。

大少:给老太爷找回石头以后,我给孙大掌柜说一声,准你在家多守几天媳妇。你有儿女吗?

刘:至今还没后呢,我成婚十年了,才下班回来歇过两次假。

大少:伙计辛苦了。找回石头后,准你多守几天媳妇。

刘:多谢少东家。丁先生一再说,他想见见老太爷。他说,破案的第一要紧事,就是得亲自见老太爷。

大少:你还是对他说,老太爷年纪太大了,又因为丢了石头,脾气也太大,他不见生客,我们谁也没有办法。

刘:他还要求尽快去察看丢石头的现场。

大少:石头都丢了三个多月了,现场还有什么察看头?他非要看吗?

刘:是的。

9

康府客房院,丁侦探所居住的正房。

丁在用放大镜仔细查看丢失的那两方古印的印样。这不是原印拓,而是临摹的墨样。

墨样特写。从墨样看,篆刻并不见高妙气韵。

丁:这两方印章上刻的是什么字?

夏管家指着墨样说:这方白文的,刻着“见先哲于羹墙”,这方朱文的,刻的是“慎独知于衾影”。

刘守义翻译出后,丁侦探仍然听不懂。

夏提笔将这十二个字写了出来,有几分得意露出。

丁:不怕你笑话,本探研习的是英国探术,对中国诗赋,实在没有功夫,请问这两句是我们哪位大诗家的佳句呢?

夏:这是《文昌帝君阴骘文》中的两句。

刘在翻译前,先提笔将“文昌帝君阴骘文”写了出来。

丁:这是谁作的文章呢,唐宋八大家中的一位吗?

刘先笑了,翻译出来后,夏也笑了。

夏:丁先生连文昌帝、文曲星,都不知道吗?

丁:听说这两方印章的石料,是极其名贵的青田灯光冻,夏总管一定亲验见过吧？

夏：这篆文是明代金石大家文彭、文三桥亲手执笔所书、执刀所刻，丁先生一定也听说过明代大家文征明、文彭父子吧？文家父子是苏州人，离上海不远哪！

丁：我看这印样也没有什么出奇之处哪？

夏：这墨样是何举人描的，他的功夫太差！

10

丁侦探所居的客房。大少及丁、刘正准备去侦查案发现场。

大少：我再啰唆一回，到老太爷屋里，切记脚步要轻，行动要快，不要发声。因为老太爷在睡觉，自从丢了石头，他老人家就是夜里警觉着，不睡，白天才睡。如果我带着你这样的生客，惊了他白天的觉，从此白天黑夜他都不敢入睡，那不是要他的命吗？

丁：刘守义已经传达过你的这个意思了。你为什么不能向老太爷说明，我是你们请来，帮助他追查失物的？

大少：自从丢了石头，他什么话也不听了，只吵嚷说"你们都想要我的命"！

丁：那么，他怀疑是谁偷了他的石头？

大少：他没有怀疑是谁，他一直是说，那天大早，就是阴历三月初四大早，天还不亮，他发现房门被撬开了，赶紧查看，就发现放在床头小几上的那两块石头不见了。

丁：那么老太爷也怀疑是外面的强人盗走了石头？

大少：他也没有怀疑是外面的强盗，只是哭嚷那样两句话：你们是想要我的命吧，快把石头给我找回！请丁先生切记不要惊动了老太爷，那我们就快去快回，好不好？

丁:好吧。

他们走出客房院。

在那曲折的甬道上,大少故作与丁谈笑风生状,他再次讲着自己的一个笑话:我穿西式裤子,不是为了文明,也不是为了省布,更不是为了小便方便。可村人就给我编了一句谚语:维新看咱玉喜子,尿尿不用解裤子。玉喜是在下的小名,乳名。

丁也勉强表演着说笑。

他们进入老院大门,大少停止说笑,一脸严肃。刘已紧张起来。丁扫描着这第一进院,院内不见一人。

他们拾阶而上,进入二门。大少放轻了脚步,脸色更显严峻。刘走路姿态变得生硬起来,呼吸急促。丁扫描着第二进院,仍不见一人,安静异常,他不由也有点紧张起来。

他们穿过有一道雕花屏风的过厅,进入第三进院。大少也紧张起来,蹑手蹑脚地向正房走去。刘现出类似恐惧的表情,行动僵硬。丁感到这进院子更寂静得可怕,院内所有房间的门窗都紧闭着,他突然涌出一种想咳嗽的强烈欲望,他强忍着。

正房老屋那两扇厚重的木门半开着。

大少在门外指点着这两扇门,脸色严峻,不出一声。丁从外面查看这门板,咳嗽的欲望也趋强烈,努力忍住。

大少带丁及刘进入昏暗的老屋。

大少指点着这两扇门的背面。可见门后的两道门闩和一道搭扣。

丁从门里查看门板、门闩、搭扣,未见异常,同时咳嗽的冲动更强烈,他痛苦地强忍着。他向老屋内扫描,里面只见一片昏暗,一片寂静。

大少示意从现场撤退,刘紧张地拽了丁一下。丁只觉那压抑已久的咳嗽要爆发出来了,他顺从地跟了大少开始撤退。

撤到第二进院时，丁终于咳嗽出来了，只是已失去了爆发的力量，显得有些勉强。大少仍然很惊慌地瞪了他一眼。刘也惊恐非常。

客房中，丁显然回味过来了，冲着刘喊了一声：这能叫侦查现场吗？

11

二爷客厅中。

二爷：请来这位姓丁的住下，强人恐怕更不敢来了。

包武师：姓丁的是什么人，连府上一般人都不知道，强人怎么会知道？他的真实身份不是连府上的内眷也不知道吗？

二爷：我看保密也不见得能保住！我们布下的天罗地网，不是也说保密吗？但我们日夜恭候强人，埋伏了三个多月了，他怎么不肯驾到呢？我看是没有保住密！

包：强人可能再次来盗宝，这只是一种估计和防范，谁也不能保证他一定再来。我手下的家丁武师，可是绝对没有走漏风声。

二爷：我说咱们摆个擂台，借比武，把强人引来，你又不给我办。

包：现在清廷刚殁了，天下大乱，谁有心思比武打擂，二爷，你说？

二爷：我就想打擂！天下大乱，正是英雄好汉出世的时候。你说，上海来的那位姓丁的侦探，真要寻着贼，找回赃，我们这些武人还能再练武吗？

包：那个南蛮子？二爷你放心好了。

二爷：你不是说他诡诈得很吗？

包：他可能会盗宝，绝对不会擒贼，你看他精瘦的样子！

二爷：那你的意思是说，他就是再次来盗宝的强人？

包：敢来我们康府盗宝的强人，那一定是江湖中高手，二爷你看他有武艺吗？

二爷：是你说他来盗宝的。我看，还是摆个擂台吧。我就想同武艺高强的强人,真刀真枪较量一回。丁侦探要真是我们等候已久的强人,我还真不想同他较量。

包:但他诡诈得很。

二爷:我不管他诡诈不诡诈,你还是想办法给我摆擂台吧,包师父。

12

丁侦探所居的客房。他再次询问案发当夜的守夜家丁。

家丁甲:那天是初四,夜里没有月亮,天黑得很,后半夜,又刮起了风,风也大得很,我们一直警觉着,没有打一个盹,隔一会就走出更楼,在房上巡走一回,什么情况也没有发现。

丁:上次你不是也是这样说的吗?

甲:一字不差。

丁:背会的吗?

甲:情况就是这样。

丁:你呢,你回忆起什么新情况没有?

家丁乙:那天夜间,真是风高天黑,我们没敢丢一盹,狗日的真是高手,没有一点动静,就把老太爷的宝贝盗走了。

丁:上次你也是这样说吧?

乙:一字不差。

丁侦探询问另一位护院武师八大锤。

八:那天夜里,真是风高天黑,我们就害怕会出事,所有对下夜的伙计说,不敢睡觉,不敢大意,眼尖点,耳灵点,腿脚勤快点,谁敢偷懒,不要嫌我的大锤无情!我说得很硬。更楼上的,和我们各院守夜的,都没有偷懒打盹。那天来的真是位高手!不是高手,他也不敢来康家府上盗宝!

丁:这些话,上次八师父不是已经对我说过了吗?我想知道,有没有回忆起新的情况？

八：我们已经回想了三个多月了，就是这些情况，给我们少东家说的也是这些情况。

丁：案发后，一直是你们少东家在主持破案吗？

八：是的。少东家还和孙老总一起，调动各大码头的老帮们在当地查访赃物，强人偷了老太爷的宝，一定要往码头市面去销赃吧？二爷、包师父我们，在家里布下天罗地网，专等强人再次光临，你想他们会只偷了两块印石就罢休吗？康家的宝，多得很呢。

丁：有什么结果吗？

八：有了结果，还会请你来白领赏吗？

13

大少账房中。

大少取出一堆石印，有二十几方。

大少：看看驻外老帮们给我追查回多少石头，可惜没有一方是真的。

丁侦探捡起几方细看，石质都明莹可爱。他问：印是假的，石料好像很名贵吧？

大少：名贵什么，也都是些不值钱的石头，房山石、辽东冻石之类，色泽像青田灯光冻，所以古玩奸商们拿来冒充。老帮们一个接一个上当，还说报喜！我给老太爷送上，他连看也不看，就摔到地上了。

丁：丢失的那两方石头，是真正的青田灯光冻？

大少：当然。将那真石头放到光亮处，通体透明，灿烂如灯辉，所以名为灯光冻。这种石头质地温润，文理细腻，容易着刀，也易于受色，是青田石中最上乘者。据说这种石头夹生于顽石中，本不多见，在明代就开采一空，非常难得了。

丁:你见过吗?

大少:至今还无缘一见。

14

丁侦探要离开客房外出,刘守义忙问:丁先生去哪?

丁:我去散步,没有什么事,随便走走。

刘:我伺候你散步。

丁:你休息吧,没有你的事,我想一人散步。

刘:我也没有事,不累,我伺候你散步。

丁生气了,说:我只想一人散步,你没有听清吗?

说完,丁独自离去了。

他走出客房院,就加快了脚步,穿厅过院,曲曲折折,在一座门楼旁,进入一个小门,登上陡立的木楼梯。

他从高于庭院的一座更楼里走出来,开始沿着房上那条连接了各庭院的巡夜通道,向老院方向走去。

整个康府,收于他的眼底。案发现场,也就是康老太爷所居的老院老屋,隐约可见。

但他没有走多远,就被大少喊住了。

他回头时,看见了大少、包武师,还有刘守义。

丁:贵府的建筑很有特色,我想再欣赏一回。

大少:敝舍的布局,也不是怎样刻意营造,是祖上一步一步扩建至此,完全是一种偶成。但现在谁看了,都承认是一个"寿"字形布局,丁先生你现在看,像不像?

丁:我正在努力看呢。

他接着就骂了刘守义一句。因为是骂自己,刘也没有翻译出来。

大少问:丁先生说什么?

刘:他问像哪一个“寿”字,篆体“寿”字不是有一百种写法吗?我答不出像哪个“寿”字。

大少:谁说“寿”字有一百种写法?

刘:他那次见了老院那道百寿图屏风,问过我,上面刻的什么字,我说是一百个“寿”字,写法都不一样。

大少就给丁指点,哪里是“寿头”,哪里是“寿脚”。

丁的眼睛只往老院那边看。

大少:我们老太爷也真应了这个“寿”字,一身历经前清五朝,加今民国,共六朝,今年已九十岁了。

包武师不友好地看着丁。

老院还是那样隐约一片。

丁先下楼去了。

15

客房中。

丁:你想不想回家去?

刘:我想吧能有什么用?大少说了,给老太爷寻着了石头,才准我回家歇假。你什么时候才能寻着石头呢?

丁:你要真想回家,我给你想办法,叫你如愿。

刘的眼珠又突出起了,说:丁先生你有什么办法?

丁:反正我有办法,你要想回,今天就可以回家去?

刘:真是吗?东家和总号不会怪罪吗?

他的全身已经开始微微颤抖。

丁:我给你一个调查的差事,你外出去调查一下,看三月初四那天夜里,是不是真刮风了,风有多大?

刘:找谁调查都成吗?

丁:最好是回家找你内人,她最不可能欺骗你,对吧?天黑之后,你就可以走了,明天天亮前你赶回来,秘密行动。不过,万一有人发现了,也不怕,我会向大少说明,你是负有破案的秘密使命的。

刘突然给丁跪下,磕了三头。

丁有些不知所措,说:你在回家的路上,不敢奔跑得太快了。

16

一处庭院中。

丁侦探问包武师:你怎么知道盗贼是江湖中高手?

包:不是高手,他敢来康府盗宝吗?

丁:你认为是什么样的高手?

包:京师来的高手。

丁:你怎么知道是京师来的高手?

包觉失言,改口道:丁先生见过飞檐走壁吗?

丁:只听说过,真还没有亲眼见过。

包:那你跟我来。

丁侦探及刘守义跟了包武师,来到对着康府正门的那座假山前。

包:请丁先生登上假山,然后就往下跳。

丁看了看这假山,比一般瓦房的房脊还高些,就说:太高了。

包:那从半山腰往下跳也行。

丁想同这位武师头改善关系,就登上了假山半腰,寻到一个立脚处。他往下望了望,仍然有些胆怯,但已不能退缩了,只好跳了下去。

就在他落下的瞬间,包武师做了一个动作,就将丁侦探反弹而上,送上了假山顶。丁在惊慌中挣扎了几下,没有站稳,扑地而坐。

此刻，刘守义领着大少和夏管家赶到了。

大少有些生气，说包：你伤着他怎么办？他是我请来的贵客！

包：我跟他玩耍呢。

丁：我们在玩耍呢。

客房中。

丁：我受了这场惊吓，正要向他索取代价呢，你怎么把大少请来了？

刘：我怕他伤着你，你没有练过武吧？

丁：感谢你想着我，可惜帮我帮得不是时候。包武师刚才失口说盗贼是京师来的高手，我正想进一步打听呢，叫你给冲散了。

刘：我真是怕伤着你。

丁：好了，不说了。你回家真是没有粘着老婆？

刘：她说我是鬼魂，高低不叫喊我粘她！

丁：多回几次，她就不怀疑你是鬼了。

刘：你允许我多回几次家？

丁：只要你能多想着我。

刘又要下跪，丁拦住了他。

17

康府书房院。

塾师何举人惊慌的面孔。

丁：在下是大少的挚友，到贵府闲居避乱，早该来拜访何老爷了。

何：你们也不必遮掩了，我能看出你是大少请来缉贼破案的。我已经给大少说过多少次了，我不能肯定那天夜里真听到了响声。敝人好歹是正途举人,能为那种鸡鸣狗盗之事吗?都是老夏那狗才陷害本人。

丁:何老爷好眼力,那我们就暗话明说了。在下虽是受雇办案,但绝不会难为何老爷,只求何老爷能提供真实见证。不知何老爷听到的异响是怎么回事?

何:敝人虽是应乡试正途中举,实在说仍是一生意人,为商大半生,做到京号副帮,可以说是儒商皆通。塾馆度日闲适,便发愤著书立说,将余一生习儒经商之感悟,两相融汇,立一新说,或可裨益于西帮商界。像守义你这样的年轻伙友,研读拙作,受益无穷。我夜间如是埋首作文,怎么会同盗案有关?全是夏狗才陷害我!

丁:夏管家怎么敢陷害何老爷?

何:敝人中举后,辞京号副帮职,改就康府家馆教职,这本是依照大清朝制,民商不敢聘用官服老爷,并非违反号规给东家开缺。但夏狗才就看不起本官了,一心要居我之上!我每每深夜作文,时有忽闻一种异响的感觉。来日问夏狗才,他就每每嗤笑于我,说也闻金银落地之声。真是欺人太甚!

丁:何老爷能描绘一下,那是怎样一种异响吗?

何:我已明白了,那是天籁之声,夜间著书立说,神心凝聚,听到了天籁之声。那天,夏狗才忽然主动问我:昨夜听到异响没有?我不知道已经出了盗案,就说听是听到了,仍然似有似无的。夏狗才就禀报了大少,大少从此就传问不止,你说这不是陷害我吗?

丁:那么何老爷记得盗案发生的那一夜,是不是刮了很大的风?

何:我敢肯定,那一夜没有刮风。你想,有风声扰乱,还能听到天籁之声吗?

丁:听说发往各地字号的失物印样,是出自何老爷手笔?

何:临摹了几十张,简直是苦役。

丁:那何老爷见过原物吗?

何:我哪里能有此眼福!那是老东台的命根子,从来秘不示人,大少说连他也无缘一见。那是一套七十二方印，合起来为《文昌帝君阴骘文》全文，石头都是印中极品，刀笔都是名家手制。听说老太爷只借给京师的端方大人把玩过。端大人是何等人物？做过湖广两江直隶总督北洋大臣不说，还是近世金石大家，收藏之富，谁人能比？

丁：何老爷是听谁说的？

何：在康府是尽人皆知哪！

18

大少的“账房”中。

大少：丁先生办案是否有了些眉目？

丁：有了眉目？我连侦查的自由都没有！

大少：请不要误会，都是为了保密，并不是不信任丁先生，只是怕敝舍的眷属妇孺知道了盗案实情，人心大乱。现在本来就是天下大乱，时事险恶。

丁：那我见一见本案的第一当事人，也就是康老太爷，这是破案绝对必需的，为什么也总是推诿？

大少：见老太爷，不是我不安排，是老太爷不肯见。自丢了石头，他像孩子一样任性，我实在没有办法。他不仅是不肯见你这样的生客，就是二爷六爷、各门女眷，他都一直不见，好像我在他面前说了大家的坏话似的，弄得大家对我疑心重重。其实，实在是老太爷不肯见，稍作争取，他就说我又纵容人来偷他的石头，你说我还敢力争吗？

丁：但不见第一当事人，你叫我怎么破案？

大少：容我再设法好不好？今有一件与盗案无关的急事，求丁先生帮一下忙，望不要推辞。

丁：什么急事？

大少：按说是一件家事。近日，六爷忽然提出，他要偕同六娘一起出游外地。现在是什么世道,怎么可以出游去?

丁:怎么不可以呢?

大少:给人绑了票怎么办?当年五娘出了事,还有官府可求助,现在能靠谁呢?

丁:六爷打算去哪里出游?

大少:他说也许京津,也许沪宁,也许汉口武昌,也许都去,他说不是外出游玩,是要访一访新式学堂,会一会革命党,见一见孙文大总统,也见一见袁世凯大总统,比较一下两个大总统哪位好。你说这样招摇,怎么能叫人放心?

丁:那你就不许他去好了。

大少:他是长辈,执意要去,我也难以劝阻。

丁:请老太爷出面嘛!

大少:老太爷早不听你说这些闲事了。所以,我想请丁先生出面,巧为劝阻。你从上海来,将外面情形说得严重,他们或许会改变主意?

丁:六爷傲慢得很,并不把我放在眼里,他怎么可能听我劝说?

大少:我想请你先劝一下六娘,她害了怕,或许会把六爷拖住。

丁:六娘?

大少:请帮我一下,不要推辞。

丁:那我就奉命试一试吧。

19

一处小客厅。

丁:听说六爷和夫人要去上海,大少让我给夫人介绍一下上海的美妙之处,我不能不从命,但只怕不能胜任。上海太大了,我困居一隅,实在也没有见过美妙的上海。而富有如康家,高贵如夫人,在当今不去一回上海，那简直是不可思议的事！

六娘直率地注目于丁侦探，似乎在专心地听，又似乎没有听，她没有太明显的反应。

丁：去一回上海，就知道什么叫日新月异了……

六娘：我知道你是来抓贼的，我也知道谁是贼。

刘守义没有敢照直翻译，只说：六娘说她很想去上海。

丁：应该去上海，应该多去上海！

六娘对刘守义说：你给说清楚了没有？我知道老太爷的石头是给谁偷走了。

刘守义只好照直翻译了。

丁：夫人你说什么？

六娘：我知道你要抓的贼是谁。

丁：是谁？

六娘：就是时刻在老太爷身边的那个人。

六娘说完，即起身离去了。

20

丁问刘守义：时刻在老太爷身边的人是谁呢？

刘：我不知道。

丁：你知道什么？就知道回家看太太？大少不是介绍过吗，案发当时和平时一样，老太爷身边并无别人，只有老太太一人。

刘：我不知道。

丁：还有老太爷的一位贴身老仆，你们叫他老亭，对吧？他住在老院的厢房。

刘：我不知道。

丁：但六娘为什么要向我们做这种暗示呢？她对去上海好像也没有多

大兴趣……你不要说你不知道，你跟我学点破案术好不好？学会英式破案法，对你做生意也很有好处。你最近一次回家，还是没有挨着太太吗？

刘突出眼珠的亢奋样子。

21

稍有月色的深夜。

二爷在各院巡查，仍无异常情况，使他精神不振。

他遇到了包武师。

包：二爷你怎么又来巡夜，不是说好有异常情况再请二爷出来吗？多大年纪了，把你折腾出个三长两短来，我们怎么向老太爷交代？

二爷：还是什么动静也没有吗？

包：没有。

二爷：我说总这样傻老婆等汉，不行！得想办法把强人引诱来，你就是不听！

包：二爷你小声点吧，现在深更半夜的。

二爷：你说摆擂台招贼，真的不可行吗？

包：二爷你说，那些强人能听我调遣吗？

二爷：包师父你现在真是架子大了，连我都求不动你了。

包：二爷你这不是判我死罪呀？二爷想早日同强人交手，我们也是一样呀！可强人总是不来，我们实在是没有办法。自三月初四出事以来，二爷你一直亲自坐镇，我要是强人也不敢来呀！

二爷：你不要给我说好听的了，我早看透你这一套了。你说上海来的那个探子住进来，强人会不会更不敢来了？

包：他有什么武艺，强人会怕他？强人是高手。

二爷：高手，高手，你叫他早些驾到呀！

包:他们归我调遣吗?

二爷:你真是架子大了!

二爷上房巡逻去了,包武师阻拦不下,只好跟在后面。

二人的影子消失在稍有月色的夜幕中。

22

大少来到客房。

大少:丁先生你用得是什么妙计?六爷六娘忽然都改变主意,不想出游了。

丁:我也不过说上海同样兵荒马乱,还说,上海的妓女太可怕。

大少问刘守义:是这样说得吗?

刘:是的。

丁:我不能见老太爷,能不能见一见老太太?发案的时候,老太太不是也在现场吗?

大少:自丢了石头之后,老太爷身心受损,起居失常,一刻也离不得老太太,除了老太太,他也不许别人接近他。再说,我们的老太太也太年轻,比六娘也大不了几岁,她绝不会见你这样的生客的。

丁:老太太那么年轻吗?

大少:可不是呢。她是我们老太爷的第六位夫人,但不是小妾,是续弦,所以,虽然年轻,也仍是必须敬重的老太太。

丁:但我见她并不是因为她年轻,而是为了破案,见她,是破案所必需的。

大少:但她是长辈,我怎么能强制她?

23

康府镶铜嵌银的马车,在乡间大路上奔跑。

马车进城。

马车停在“华清池”澡堂门前。

丁侦探及刘守义下车。丁对刘说:你告车夫,请他赶车到“天成元”等候吧,我们洗完澡,还要在城里逛一逛,到傍晚才回去呢。

听刘说后,车夫说,不要紧,我跟着伺候你们。

丁一再说不必跟着伺候,他想自由自在逛一天,但车夫却执意要跟着伺候,双方争执了许久,丁做出大怒状,才将车夫打发走。

丁:车夫是不是也负有监视我的任务呢?走,我们去访退休的戴老帮!

刘:不洗澡了吗?

丁:你是不是不想回家睡太太了?

刘无言以对。

丁:我们装着逛街的样子,出城后,就雇辆东洋车,直奔戴老帮的村子。

两人沿街闲逛而去。

一辆东洋车在乡间大路上奔跑。

车夫:听那位掌柜口音,是本地人,不知在哪家字号发财?

丁示意刘装出瞌睡状,自己用浓浓的上海话同洋车夫说话。

车夫不知所云,就不再企图同他们说话了,竟自唱起了小调,又粗犷又婉转。

奔跑的洋车在乡间土路上扬起一溜尘土。

24

戴老帮的乡居，也很透出些阔气来。

主客已经坐定。

戴：我能猜出丁先生是位侦探。不用你翻译，我能听懂上海话。我也知道丁先生是为老太爷的案事而来，是要问我，老太爷的那套石头是否真的借给京中的端方玩赏过？我说得对不对？

丁：戴老帮真是料事如神！

戴：案发不久，一切我都对大少说过了。

丁：大少对我转述过您的陈述。但他转述得不够清晰……

戴：那我再给你说一遍，成不成？

丁：我实在是不得不劳动老帮大驾。

戴：那是宣统元年冬至后第四日，端方派人来邀我进府。那天天气奇冷，老身有些不想出门，但端方不是一般人物。当时虽被朝廷罢了官，可同康家交情不浅，在封疆任上对“天成元”生意多有照应。我只好冒寒前往，路上轿夫踩滑了街面浮冰，几乎跌倒，叫我受惊不小。谁料到了端府，端午桥只交下一个锦缎包袱，叫转呈老太爷，就端茶送客了。

丁：怎么大少说是一个匣子？

戴：锦缎包袱包着那个匣子。

丁：你还记得匣子里装着什么吗？

戴：我怎么能知道匣子里装着什么？我们票号号规苛严，不许知道的事谁也不去打听。那匣子上贴着端方亲书的“康老仁台青启”的封条，我就明白无须我们京号去管内藏什么了。

丁：你估计里面装着什么？

戴：我没有估计过。它的分量有些沉重，但我们都没有猜测里面装着什么，直到今年春天大少来问起这个匣子，叫我回想是不是像装着七十二方石印，我才估计有些像。但里面究竟是不是装着石头，我绝对不能做证。

丁：但你们一定觉得里面是很贵重的东西，所以才由梁老帮亲自护送回晋的吧？

戴：是老太爷点名叫我亲自送回的，但当时将近年关，我不便离开京号，当然我也怕冷，就叫梁副帮代我回晋了。但梁老帮是绝对可靠的，我们京号也是绝对可靠的，不会发生任何差错。

丁：那么，当初老太爷也是通过你们京号，把这一套石印呈交端方的吗？

戴：我们京号没有承办这件事。

丁：那么老太爷是通过谁把这匣子石印交给端方的呢？

戴：我不知道。

丁：除了你们京号，你估计还可能通过谁？

戴：交给镖局专送，也行。

25

大少“账房”。

大少：他去见戴老帮，你为什么不来禀报？

刘：他原说进城洗澡，进城后，他才忽然决定去访问戴老帮的。我已经来不及向少东家禀报了。

大少：那你为什么不阻止他？

刘：他说是办案需要，还说已经禀告过你了……

大少：他哪里向我说过！他向我说时，一定会由你做翻译，你怎么能不知道？他没有向戴老帮刺探别的情况吧？

刘：没有，绝对没有。他除了问有关石头的事，什么也没有问。

大少：戴老帮也没有多说什么吧？

刘:没有。戴老帮依然精明得不得了。

大少:你也要精明些,再遇到这类情况,要巧为阻拦!

刘:是。

26

夏管家来向大少禀报:孙老总说近来各地生意吃紧,他忙得不得了,来不了了。二爷也说,他连连熬夜,上了火,身上不熨帖,来不了了,各位怎么议事,也成。包武师奉二爷命,进城办事,不知下午能不能赶回来。

大少:都来不了,还怎么议事?

夏:六爷说了,他准时参加下午的议事。

大少:知道了别人都不来,他也不会来的。又把千斤重担撂给我一个人了!

夏:大少爷,不知又有什么要事,需大家一起商议?

大少:这个丁侦探四面出击,防不胜防,而且一定要见老太爷,他这样行不行呢?想请大家议一议,看谁有什么对付这位南人的高见高招。老夏,你有什么高见吗?

夏仰脸想了想,说:要说高见,谁也不如老太爷有高见,老太爷那才是料事如神,一辈子料事如神,商事家事都料事如神!

大少:可现在老太爷像一个任性的孩子,什么高见也讨不出来了,只会哭闹,只会说寻不回石头,他就要死。

夏:老太爷一辈子没有别的嗜好,只爱他的石头,他是太心疼他的石头了。

大少:前几天,兰州字号的老帮来信,说在兰州一家古董店,查访到两方石头,石料是名贵的灯光冻,印纽也与我们要寻找的相似,印文也是那八个字,只是篆体的刀笔与印样不很相符。

夏:印样是何举人描的,哪会那么准确!

大少:但自从叫各地字号查访石头以来,已经有多少老帮报告过,他们发现了怎样怎样相似的石头,命他们花钱赎回来,却都是伪造的赝品。所以,想叫大家议一议,看兰州有希望没有? 老夏,你看呢?

夏仰脸想了想,说:字号上的事,还是孙大掌柜了如指掌,可惜他的架子越来越大了,连大少爷你也请不动他了。

大少忧郁的脸面。

27

客房中。

丁:我们什么时候进城去拜访一下孙老总。

刘:我绝不会陪你去见孙大掌柜的!

丁:为什么?

刘:不为什么,我不能违背号规。

丁:有这样的号规吗? 但你现在是为我做事,听我调动,这是我的号规,懂不懂?

刘:先生可怜可怜我,行不行? 我绝对不敢陪你去调查孙大掌柜!

丁:那么你怎么敢违背号规,私自回家? 你已经回家七次了,我记录在案呢。

刘又下跪。

丁:我最害怕的,就是你的下跪! 好了,好了,我自己去见孙老总还不行吗? 我看大少也有些怕孙老总。你说,这个案子会不会是孙老总策划,以给康老太爷致命一击?

刘惊慌地说:我不知道,我不知道!

丁:我看,一旦老太爷去世,孙老总就有恃无恐了,以他为首的票号经理人员,就会反过来控制康家财东。

刘:我不知道,我不知道!

丁:当然,这只是一种可能。另一可能,是大少策划了这个案子,他感到他只是一个名义上的当家人,想维新,又没有实在的影响力。

刘:不要说了,我什么也不知道!

丁:你不知道就不知道吧,我不要求你表态,只要求你听我说,还不行吗?

刘:我听你说这些话,是大逆不道的。

丁:我现在只是分析,并没有把哪个人定为案犯,有什么大逆不道的?分析人,怀疑人,这就是我的职业,与你没有关系的。但我必须有一个听我说话的人,在康府,除了你,我再也没有听者了。你必须听我说下去,否则,你就不用想再回家睡太太了。你回去七次了,还是仍没有粘着太太的身子吗?

刘:她仍然以为我是鬼魂,或者是梦中人,她说她到总号去问过,总号说我仍然在上海上班。

丁:我给你想一个办法,叫太太相信你是真人,好不好?但是必须听我说大逆不道的分析怀疑。你说大少如果没有鬼,为什么那样坚决不许我去见老太爷?他既然请我来破案,为什么又处处限制我,时时监视我?

刘:我不知道。

丁:当然,六爷六娘也值得怀疑。他们为什么偏偏在这个时候提出要出游,六娘见了我却又绝口不提出游的事,忽然告我说年轻的老太太是案犯,他们是不是想转移我的注意力?他们又为什么要转移我的注意力?

刘:我不知道。

丁:当然,那位年轻的老太太也是一个怀疑对象。发案时除了老太爷,只有她在现场。她那么年轻,老太爷去世后她怎么办呢?这可能成为她的作案动机。女人最了解女人,所以六娘早看透了这位老太太。但我怎么才能见到她呢?

刘:我不知道。

丁:你不能说句别的话吗?还有,包武师为什么那么敌视我?他和二爷也得怀疑,如果真是江湖上的强人作的案,那很可能同这二位有关系。

刘:所有的人,你都要怀疑吗?

丁:不是我要怀疑他们,是他们一个个都有疑点。就说那个夏管家吧,他为什么要那样同何举人过不去呢,是不是何举人抓住了他的什么把柄?

刘:何举人呢,他也有疑点吗?

丁:在康府,可能只有他最懂得那两方石头的价值了。

刘:那么我呢,是不是也有疑点?

丁:你是所有这些嫌疑犯的总代表,代表他们在监视我,干扰我。但我必须见到康老太爷,只有从他那里才能确定谁最值得怀疑。康老太爷是康府的灵魂,他一定对盗宝者有所觉察的。

刘:大少说了多少次了,老太爷不想见你!

丁:谁知道这是真是假?无论如何,我必须见到康老太爷!

28

四娘屋里。

四娘:怎么还不见有什么动静呢?你真的对那个南蛮子说了吗?

六娘:你们总是不相信!

四娘:我相信,可怎么总不见他有动静呢?

六娘:哪能那么快?她不是一般用人,人家是老太太!大少说,老太爷在,谁能随便动她?

四娘:我看大少也是太软弱了,他四爷生前当家的时候,也是太软弱了。

六娘:人家年纪不比我们大,但名分上是我们的婆婆,你说怎么动她?

四娘:所以还得依靠这个南蛮子,他跟谁也无亲无故。

六娘:那我再去见他一次?

四娘:你见上瘾了,是不是?

六娘:可不是呢,我看这人还精干。

四娘:你想见,就去见吧,小心不要叫他六爷逮着。

六娘:你也可寻个借口去见见他呀?

四娘:我一个寡妇家,能去见谁?不过,我能派一个合适的人,去给那个南蛮子再传一个信。

六娘:你派谁去?

四娘:九姑娘。

六娘:九姑娘?她是个疯子。

四娘:她疯,才好行事。再说,她听我的话。

29

二爷住处外间。

包武师:听说二爷病了,不怎么要紧吧?

二娘:还不要紧!你们二爷原是什么体格,什么时候头疼脑热过?这几个月,你们撺掇你们二爷不定夜里做什么呢!包师父你说,你们见天夜里到底是做什么?

包:真是练夜功呢!我们一直劝二爷,说你老人家不能跟我们比,练夜功是我们的事,二爷你就拉倒吧,岁数不由人啊!可二爷不听我们的,他老人家壮心不已。

二娘:什么壮心不已,怕是你们哄着你们二爷,替你们下夜捉贼,你们倒钻在什么背静处摸牌耍钱吧?强人易逮,家贼难防,你们知道不知道?

里间传出二爷的喝叫:你胡说个甚,这里没有你的事了,快叫包师父进来!

包进入里间。

卧床的二爷说:我怎么也不怎么,不过是偶感风寒而已,稍歇几天,我照旧去下夜,恭候强人。

包:二娘是不是知道什么了,她刚才说外盗家贼,不知是什么意思?

二爷:我能对她泄密?她什么也不知道。你说强人怎么还不驾到?我看还是趁早摆擂台,把各路高手招来!

包:强人一定会来吗?

二爷:一定要来。你趁早给我摆擂台!

包:我正在和车大师父商量设擂比武的事,二爷你就静心养病好了。

二爷:我怎么也不怎么,强人驾到,我照样能上阵。

包:我相信,趁强人未来,二爷你先静心养病,好不好?

二爷:今夜狗孙驾到,我也照样上阵,一辈子练武,还能没有这点功夫!

包:今夜强人驾到,我们就立马叫二爷,好不好?你先养病,好不好?

二爷:开擂的事,要不要我出面说话?我想来想去,觉得还是出面给各家财主说一声好。

包:不要劳动二爷你的大驾,我正在请车大师父出面说话。

二爷:车师父出面给武界说,我出面给商界说,左右夹攻,不是更好吗?

包:二爷你是信不过我,对不对?我早给你说了,二爷你一出面说话,肯定惊天动地,哪还能保密?二爷你要信不过我,我就什么也不张罗了!

二爷:我怎么就不相信你了?车师父能出面说话,我就不能出面说话?我惊天动地,车师父就不惊天动地了?

包:车大师父还没有答应出面呢。

二爷:车师父也架子大了!

包:二爷你的脾气也大了。

30

客房。下午。

丁对刘说：你可以回家见太太了，明天一早回来。

刘一脸惊喜，突出了眼珠。

丁：现在就可以走了，路上还是不要奔跑得太急，好了，你可以走了，仍然说是我派你外出公干，走吧，走吧。

刘：你不是说要告我一个妙法吗？

丁：我有什么妙法？见老太爷的妙法吗？

刘：你说你有妙法告我……

丁：你需要妙法做什么？你也需要妙法吗？

刘：……我家媳妇总认为我是梦中人，甚至是鬼魂……

丁：呵，我想起来了。我的妙法很简单，太太把你当梦中人，你就承认是梦中人，她把你当鬼魂，你就装成鬼魂好了，不要解释，明白了吧？

刘：不要解释，将错就错？

丁：对头，你走吧，你可以走了。

刘：但这样行吗？

丁：你是想回家睡太太不想？你再不快走，我就不叫你走了！

刘急忙走了。

31

丁侦探一人在房中踱来踱去。

隐现出康府全景。集中到老院，老太爷所居住的老屋。镜头扫过老院子的高墙，三道门禁，高高的更楼，日夜值班的家丁。

丁的设想:漆黑的夜里,他化妆成康府家丁,混在值夜的家丁武师中。有人同他说话,他无法回话。

丁踱来踱去。

黄昏,暮色已重时分。

仆人进来为丁侦探点亮美孚灯。他做伏案专心写作状,仆人默默退去。

他迅速更换了一身玄色紧身便装,想了想,又换上了平时所穿的那身西装。但他更换了一双软底便鞋。

他走出客房,走出客房院。行动快捷而从容。

融入暮色中的康府,还没有多少灯光,一片寂静。

他在一条甬道上无声无息地快捷行进。四面空无一人。

远处的更楼,亮出昏暗的灯光,但还不见有家丁在房上巡走。

他走在一条比较宽阔的巷道。两边有庭院,院内有灯光,有人的语言。但他顺利通过了这条巷道,未遇到任何人。

又是一条甬道,两边比较开阔,他极力装着悠然的样子,向前走去。也很顺利,没有遇到什么人。

他上台阶,过一月洞门,又是巷道。

巷道尽头,老院大门在望:大门门楼的挑檐下,悬挂着的灯笼,在微风中晃动。整条巷道静无声息,显得比白日更神秘而冷寂。

丁的神色有些紧张,他快捷地走完这条巷道。

老院的大门为他敞开着。

他不敢犹豫,夺步跨进大门。

第一进院内,有一两处房屋里亮着灯光,甚至能听到有人在说话,但听不清说什么。院子里不见人影。

丁轻步向第二道门奔去,但这道门已经向他关闭了。他登上台阶,推了推这道已经关闭的门板,没有能推开。他迅速退下台阶,仰脸张望,高墙无情地壁立着。他又左右张望,发现二门的右侧,在高墙的中部有一凸出的砖雕饰图,但也不可能做越墙的支点。

他犹豫片刻,只好撤退了。

撤出老院大门,撤出那条冷寂的巷道,都仍然没有遇到任何人。丁松了一口气,开始想老院的二门为什么会关闭得这样早。

突然一声低喝:谁——

丁大吃一惊,他用吴语回答了一声。走近时,认出是武师八大锤。

八:是丁先生哪,这么晚了,你去哪?

丁用吴语哇啦:去散步了。

八:屌也听不懂,刘守义怎么没跟着伺候?

丁继续哇啦,并乱比画着。

八:你去见夏管家了?老夏那狗孙能听懂你说话?

丁甚至改用英语对八大锤哇啦。

八:操他姐姐,屌也听不懂。

他丢下丁侦探走了。丁松了一口气。

32

次日下午。包武师在房中喝茶。

八大锤进来,问:师父有什么吩咐?

包:昨夜你在哪里值夜?

八:就在老院哪?

包:你们没有人偷懒吗?

八:没有,绝这没有!

包:夜里有什么情况没有?

八:什么情况也没有,平安无事。

包:什么平安无事,现在天下不太平,案子还没有破,怎么能松懈大意?

八:我们没有松懈大意。

包:夏管家又说你们夜里有偷懒的事……

八:那狗孙就同我们过不去,师父你能信他?

包:他还说你们有人偷偷摸牌……

八:那狗孙是给师父你头上扣屎盆子呢,师父治军这么严,我们有谁知道牌是怎么打?

包:那你们更得给我争气,我要真发现了你们谁有不轨之举,看我不废了他才怪!

八:我们一定给师父争气。对了,我昨天傍黑时候,在老院附近遇见了丁侦探……

包:什么?你遇见了丁侦探?你为什么不早说?他去老院了吗?

八:老院量他不敢去,但我什么也没有问出来,刘守义没有跟着,他的话哇啦哇啦,我一个字也没有听懂。他直朝老夏住的那边比画,我猜是不是去见老夏那狗孙了?

包:就他一个人?你为什么不早来报告?

老夏账房。

包:丁侦探昨天傍晚来见过你吗?

夏:没有哪,出什么事了吗?

包:没有出什么事。只是我手下的,有人见他独自在你这一带转悠,没有带刘守义,我怕他会有什么企图。

夏:他怎么会独自来找我?你是不是也在怀疑我?我跟了老太爷一辈子了,老太爷都没有怀疑过我!

包:我哪里敢怀疑你,我是调查一下,看那个南蛮子到底去哪了!

夏:调查?你这不也学会丁侦探那一套了吗?你怎么就先来调查我?

包:我看,这个南蛮子说不定在寻找东家的银窖!

夏:他寻银窖,怎么寻到我这里来了?

包:你是大管家,他以为银窖在你这里。

夏:他会那么傻?

包武师向大少报告这一情况,以及他的调查分析。

大少认真地听取,时有吃惊的表情。

末了,大少说:你们要继续对他严加提防,但也不必草木皆兵,你们辛苦了。

33

大少账房。

丁:大少有什么吩咐吗?

大少:没有,没有,我只是请丁先生来喝杯茶,刚刚运到的新茶。

丁:我现给你说一个笑话吧。我到贵府这么长时间了,昨天傍晚在府内散步,居然就迷了路,你说可笑不可笑?

大少:守义,你也迷了路?

丁:我独自一人去散步,没有叫他去。

大少:守义,你为什么不跟着伺候?

丁:是我坚决不叫他去,他成天像个尾巴似的跟着我,散步也不能独自清闲一会吗?可能走的时间稍长了些,可天刚黑哪,就迷了路。贵府的这“寿”字形布局,真像一个迷魂阵。

大少:可能是你只顾思想什么,走迷了路,怎么能怨我家院子大?

丁:像贵府这样的豪门大家,为什么不修建一座花园呢?花园才是散步的地方。

大少:本来是要修建花园的,只是当老太爷得见“寿”字形天机后,就断然不许修花园了。老太爷说，子曰，仁者寿，智者乐。我辈何仁之有，安享何乐？我们已奢华太甚了，坚决不能再修花园了。

丁：修了花园，可能会破了这个“寿”字型布局吧？

刘没有照直翻译，只说：老太爷真是大仁大德，大仁大德。

大少有悦色：先生有什么困难没有？

丁：昨晚散步，已经感到有点冷意了。我们南人真是不耐寒。我能不能借大少一件厚衣御寒？

大少：哈哈，虽说已经立秋多日，但我们觉得寒冷还没有一点消息呢，好吧，我借你一件大氅穿。

34

客房中。

忽然进来一美色女子，丁和刘大为惊奇。

九姑娘：你们是从天津来的吗？

刘：我们不是从天津来的。

九：她们都说你们是从天津来的。

刘：他们是谁？

九：我不能对你们说。你们肯定是从天津来的。

丁：你就对她说，我们是从天津来的。

九：你说的就是天津话吧？她们都说天津话不好听。你不是天津人吧？

刘：我不是天津人，我是本地人。

九：还是本地人好。你娶过媳妇了吗？

刘：娶过了，娶过快十年了。

九：你媳妇有我好看没有？

刘：我不知道。

丁:你就说没有她漂亮。

九:你们天津话真不好听,人也长得不好看,心也不好。

丁:她说什么?

刘:她说你的话不好懂,但你人长得好看,心也好。

丁:她不是这样说的。

九:你们能带我去天津吗?

刘:我不知道。

丁:你去天津做什么?

九:听说天津有轮船,有汽车。我看还是你好,咱们都是本地人,你能带我去天津吧?

刘:我不知道,我得听东家的。

九:我就是东家。你不要对别人说,我们悄悄走,好不好?这是她们叫我送给你们的信,不知道写的什么,你识字吗?

丁抢先接过来。信签上写着:贼就在老太爷身边。

丁问:谁叫你送来的?

九:我不能说她们是谁。你好好想想,不要对别人说,我们悄悄走。

夏管家进来,对九姑娘说:你来这里做什么?快走,快走!他们都是大夫。

九对刘说:你好好想一想。说完,就走了。

丁问夏:这是谁?

夏:都叫她九姑娘,五爷就留下这么一个姑娘。可惜跟五爷一样,也疯了。她来对你们说了些什么?

丁:难怪我们什么也听不懂,我们什么也没有听懂。

夏问刘:你听她说什么了吗?

刘:我只顾害怕了,什么也没有听懂。

35

刘:我打听清楚了,九姑娘是因为跟一个下人相好,就是跟一个马车夫相好,被发现以后,东家把那个马车夫撵走了,九姑娘就疯了。

丁:康府的马车夫一个个都英武漂亮。给撵走的那个马车夫,现在在何处?

刘:我没有调查这情况。

丁:你也小心些吧,九姑娘说不定已经看上了你。

刘:我不像马车夫那么傻,我不会违反号规的。

丁:你私奔回家,是不是违反号规?但你可不要给我下跪。

刘:我的前程已经全操在你的手里了。

丁:今天你必须再回家一次。

刘:为什么?

丁:你不想回家了吗?我给出的主意怎么样,太太还是不叫你挨她?

刘:她好像不怎么怕我了,但仍不叫我挨。她说她又问过总号,总号说我仍在上海。

丁:你叫太太别去问了,否则,引起总号的怀疑,我就救不了你了。

刘:可我怎么解除她的怀疑呢?

丁:你赶紧再回去一次,这次肯定柳暗花明不一样了。

刘:真的吗?

丁:连这个预见也没有,还能做侦探吗?但你回来时要小心。每次黎明时回来,你没有遇到过什么麻烦吗?

刘:黎明时候,东家府上出出进进的人很多,练武的,担水的,扫地的,送菜送肉的,这时天色又朦朦胧胧的,进出很容易。

丁:那你就快走!

刘有些莫名其妙。

36

夜晚，丁独自在灯下发呆。

九姑娘送来的那封信，压在他的手下。

黎明时分。

丁披着大少的薄呢大氅，走出客房院。

他在甬道巷道中行进，极力模仿着大少的风度。偶有仆人向他问安，他只点头示意。

朦胧中康府，仍有未灭的灯光。有扫地声，扁担弹动所发出的声响，也偶有说话声。还有更远些的鸡鸣、狗吠。远处的更楼上，也仍有灯光。

他又顺利地到达了老院前那条冷寂的巷道。

老院大门外悬挂着的灯笼，也仍未熄灭。

他尽量从容地走进了这条巷道。

大门敞开着。

他从容走了进去。

一老仆的声音：大少爷，起这么早？真是秋凉了。

丁从容点头。

老仆声音：不是大少，是丁先生，不知有什么吩咐？

他哇啦上海话，比画，加进英国话，并哈哈笑。同时，他向那道二门望去，二门依然紧闭着。

他继续笑着，开始撤退。

他装着散步的样子，在庭院中走了一阵。

回到客房，他把那件大氅摔到了床上，叫道：你这个傻瓜，怎么选了这样一件引人注目的伪装！

37

一辆马车驶进康府。

仆人报告大少:孙大掌柜来了。

大少出门迎接。

进客厅坐定后,孙说:有要紧事相商,不许任何人来打扰。

大少对仆人说:听清了吧?

仆人都默默退下。

孙:这一向,实在是太忙了,各地市面动摇不定,种种险象连发,真叫人张罗不迭。

大少:孙大掌柜辛苦了。

孙:常家大德玉、大德川两大票号,已经支持不住,我看搁浅倒闭是难得一免了。

大少吃惊的表情,无语。

孙:所幸我号有老太爷盛德,尚未受大的牵动。

大少:还是孙大掌柜张罗得圣明。

孙:还是老太爷圣明。老太爷精神好些了吗?

大少,仍是时好时坏,尤其夜里仍不肯安睡,令人焦虑。

孙:年纪大了,夜里就没有多少觉了。武家的永德顺,少东家还记得吧?同业中的一家小号。

大少:知道。

孙:永德顺驻汉口的老帮,月前携银潜逃了。事发后字号被抢,留守伙友遭打。接着,各地挤兑蜂起,他家眼看有些招架不住了。

大少吃惊的表情,无语。

孙:他家老总几次跪求我们,乞援手一把。听说武家已做变卖家产打算。我们救不救他?

大少:救是该救,只是该救的字号太多了。由孙大掌柜定夺吧。

孙:我看这家小号可救。

大少:全赖孙大掌柜圣明。

孙:我们名为救人,实为救己。在这非常之际,同业中各号都信用危窘,自顾不暇,而我号此举,不仅显然从容自若,还有余力救人,信誉当会大振。

大少:孙大掌柜圣明。

孙:当然,这是一步险棋。在此市面险恶时候,也不能全唱空城计。永德顺股本只二十万,我看东家至少得新拨十万银,才能走这步险棋。

大少:那就再给字号十万两新银好了。

孙:少东家有老太爷气度。

大少:还是孙大掌柜张罗得好。兰州老帮还没有回信吗?

孙:我已经叫他们把石头先买下来,不管真假,先买下来。

大少:又买回假的,不是白扔银子吗?

孙:兰州地处偏远,市面受事变牵动不大,在那发现真石头,比其他码头可信。但我已经交代过,无论真假,都要一口咬定是假货,出价不能高。

大少:还是孙大掌柜想得周全。今天,趁孙大掌柜驾到,我们开一次公议会吧,有许多事该公议一下了。

孙:那就请东家各位老爷少爷议定吧,字号上的生意实在是危急得很,我就不必奉陪了。

大少:恳请孙大掌柜了,许多事还得借助孙大掌柜的圣明。

孙:那就请各位老爷少爷不要啰唆。少东家真有维新风度,这么喜欢公议。

38

丁:你去给大少说一声,我想见一见孙老总。

刘:我不敢去。

丁:这是与破案有关的大事。

刘:我……

丁:那我自己去好了!

刘只好去了。

刘回来有喜色,说:大少手下人说,孙老总同大少爷有要事相商,交代了,不见任何人。

丁:不是你编的故事吧?

刘:我哪里敢?

丁略思片刻,说:我们走!

刘:去哪?

丁:你跟着我见机行事就是了,如有闪失,小心我去见孙老总!

刘见丁现出少有的严厉,只好顺从了。

39

丁侦探带着刘,又出现在老院前的那条巷道里。

丁从容地走着,刘显然有些紧张。

他们顺利地进入老院大门。

此时日近中天,第一进院里仍空无一人。但那道二门也同样紧闭着。

丁急躁地跑上台阶,奋力向紧闭着的门板推去。厚重的门板晃动了一下。他又加了力推去,门终于开启了,缓慢地移动着,同时门轴发出了尖利的吱呀声,很快,又是一声清脆的铜铃铛响起。

丁不由吃了一惊。

二门内跑来一个强悍的男仆,冷冷地问:有什么吩咐?

丁:我们来见孙大掌柜。

男仆:孙大掌柜没有来这里!

丁:大少说来了这里。

刘未敢照直翻译,说:那是传话的人传错了?

男仆:没有来这里!

丁装着莫名其妙的样子,退出了老院。

走出那条寂静的巷道,丁说:这下没有办法了,我们必须同孙老总见面了。

刘惊慌无语。

40

议事的客厅。

大少:丁侦探一直要求见老太爷,不能叫他见吧?

夏:当然不能见!

大少:我是问孙大掌柜!

孙:你们定。

大少:那么老太太能不能叫他见?他也一直要求见老太太,说老太太是唯一的现场见证人。你们说能叫他见老太太吗?

夏:当然也不能见。

六爷:见一见也无妨吧。

二爷:见一见也无妨。

包:不能见。你们想,老太爷会叫老太太出来吗?

二爷:也是。不用见了。

大少:孙大掌柜的高见呢?

孙:由你们定。

六爷:那劳驾孙大掌柜给我安排一下,我要去北京、南京、上海、汉口走一趟。我要见一见孙中山大总统,也要见一见袁世凯大总统。

大少:我们先议家事,好不好?

六爷:我出游,也是家事吧?

二爷:现在兵荒马乱的,你不怕绑了你的票?

六爷:我请包师父同行。

包:府上护院的担子,我们现在还怕担当不起呢。

二爷:我想在城里摆一个比武的擂台,把天下武林好汉招来,给我们壮一壮威风。孙掌柜,你看成不成?

六爷:你想把天下强盗也都招来吗?

孙:你们定吧。少东家,你还没有叫丁侦探见识一下我们的千两银锭吧?

大少:没有。

孙:快叫他见见。

大少:为什么?

孙:叫他知道,我们不是唱空城计。

41

一客厅。孙老总和丁侦探在闲谈中,相互观察。刘守义极度紧张,但孙老总始终没有太注意他。

孙:你们江南的秋天,没有我们这里冷得早吧?

丁:你们的秋天冷得很美好。

孙:丁先生很会说话。

丁:的确冷得美好。

孙:今天我本想同丁先生喝几杯,可惜你腹中不适,还是水土不服吗?

丁:也可能是我太贪嘴了,但康府的美食也是太诱人了。

孙:那改日到城中字号来喝酒吧,丁先生当有酒量!

丁:贵地的美酒,我实在没有本领享受。

孙:我们杏花村酒并不暴烈哪?

丁:就同你们西帮商人,外圆内方。

孙:还有外拙内诈,对不对?哈哈!其实我们西帮商家最重商德。康老太爷就是一位外商内儒的商界高人。要是一般人,丢了两方石头能急成这样吗?

丁:孙大掌柜去拜见过康老太爷了吗?

孙:大少说老东台精神仍然不佳,不便去叨扰。丁先生喝花雕如何?

丁:花雕也喝不了几杯的。

孙:不久就到菊花佳期了,那就进城来赏菊吧,我们每年要买几盆名贵花种的。

丁:贵地秋天冷得美好。

42

客房,傍晚,丁侦探一人在沉思。

九姑娘悄然而至。

九:怎么就你一个人?

丁其实早已能听懂当地方言了,一直隐瞒着;今天面对着这个疯姑娘,他决定直接对话。

他用生硬的北方官话问:你有什么事吗?

九:你的话怎么这么难听,这就是天津话吗?

丁:你是不是来送信?

九:他哪里去了,那个说话好听的人?

丁:他?他给大少爷叫去了,当家的大少爷,听懂了吗?

九:那我等他。

丁:他不会回来了,今晚,他不会回来了。

九:你的话真不好听。你问他,想好了没有?我和他悄悄走,不用你领着。

丁:你和他想去哪?

九:这不能告你。给你这封信。

丁:是谁叫你送来的?

九:这不能告你。你问他,看他想好了没有?

九姑娘粲然一笑,悄然离去。

丁展开信看:"二门常不开,东有偏门可走。"

丁吃惊的样子。

43

中午。丁带着刘在庭院中做饭后百步走,丁似悠闲,刘仍紧张。

膳房铃声又起。

各处仆佣,纷纷涌向膳房用饭。

丁又向老院方向移动。刘紧跟着。

他们走进那条静的巷道。

他们跨进老院大门。

丁向东望去,果然发现了偏门。

他迅速奔向偏门。偏门果然敞开着。他跨进偏门,刘也进来,更显紧张。

这里是偏院,有仆佣们居住的比较低矮的房屋。房屋中传出了说笑声,还有打骨牌的声音。

丁正要直穿偏院,出现一男仆,拦住了他们的去路。

男仆:不知二位有什么吩咐?

丁:应召去见老太爷。

刘如实翻译了。

这时,房屋里传出了笑声。丁有些吃惊,接着听到了骨牌声,放下心来。

男仆也不由向屋里回望了一下,说:请二位稍候。

男仆进房中去了。

丁又听到了骨牌声,他会心一笑,正要长驱直入,八大锤以及那个男仆从房中走出。

八:丁先生要见老太爷?

丁:是老太爷叫我们来的。

八仰脸看了看太阳,不由惊叫道:已经晌午了吗?

丁:膳房已经打过第二次铃了。

八:此时老太爷恐怕在睡觉吧?不知道是谁传的话?

丁:是大少说的。

但刘翻译说:是听九姑娘说的。

八哈哈大笑,说:九姑娘半疯不傻,你们不知道?

丁:你这个笨蛋!

刘翻译说:我们不知道。

丁:笨蛋!

刘:不知道。

44

客房。

丁:在关键时候,你为什么坏了我的事?

刘:我是替你担心。

丁:笨蛋,我用得着你担心吗？当时,我已经抓住了八大锤的把柄,正要强迫他同意我们去见老太爷,却给你搅乱了。

刘垂头不语。

丁:这是我第四次冲击老院了,终于见到了成功的希望,却给你毁了!

刘:已经四次了?

丁:是的,是的,你去向大少报告吧!

刘:你也抓住了我的把柄。

丁:笨蛋,你太太还不相信你是真人吗?

刘垂头不语。

45

大少账房。

包:那个南蛮子总往老院闯,到底他要干什么?

夏:他们也许真是听了九姑娘的话。九姑娘真去过他们那里,是我亲自把那个疯姑娘带走的。

包:说不定是他们把九姑娘骗去的!

夏:他们骗九姑娘做什么？难道九姑娘有嫌疑吗?

包:你说是九姑娘偷了老太爷的石头?

夏:怎么是我说的？我是猜测丁侦探的意思。

包:九姑娘是江湖中的高手吗？笑话。

夏:你怎么知道盗贼一定是你们武林高手?

包:怎么是我们的盗贼?

大少:好了,好了。包师父,你叫八大锤加倍小心,你们辛苦了。老夏,你把九姑娘照看好,你也辛苦了。

46

大少账房里，摆好了两个千两大银锭。

丁及刘进来。

大少：丁先生辛苦了。

丁：大少你也辛苦了。

大少：不知盗案有了些眉目没有？

丁：已经有些眉目了，但我必须见一见老太爷，才能做判断。

大少：我一直在争取，希望老太爷能同意见你一面。但至今他老人家不愿见你，他任性得像个孩子，喜怒无常，不讲道理。我们实在没有办法。我不能帮你做判断吗？

丁：见不到老太爷，对案事不能多言一字。

大少：难道我也有什么嫌疑吗？

丁：我怎么敢怀疑你哪？这是我们破案的规矩。这是什么？

大少：银锭。

丁：这么大？

大少：你看见大吗？

丁：这一锭有多重？

大少：一千两吧。

丁：这就是你们西商所独有的千两大锭吗？我还是第一次见此大锭，我看可以算货币中奇观了。

大少：也没有什么可奇的吧？不过是为了储藏安全，铸成此大锭，因为其重，不易被盗者携去，俗名“莫奈何”。大锭小锭，还不一样都是银子？

丁：贵府不稀罕，那么等结案之后，请赐本探这一锭银子好了。

大少：真能揭案，奉送这么一点礼金，不是太失敬了吗？

丁:那就再赐一锭好了。

大少:仍有失敬。

丁:足够了。

大少:案子真有眉目了吗?

丁:暂不能多言一字。

47

村外,枣树林边。

八大锤及几个家丁在练武。

丁侦探及刘守义走近,停下来观看。八大锤收了拳,走过来。

八:二位有事吗?

丁:我们是来欣赏你们的武艺,没事,没事。

八:练武苦得很。

丁:但在这乱世,有武功才能做英雄。

八:什么英雄,武人只能给财主们当差。

丁:我也是给人当差哪。我若有你这一身功夫做侦探,那就不像现在这样窝囊了。我能跟你学几手吗?

八:学武艺能这么容易?

丁:我也可以教你几手。

八:哼,你也有武艺?

丁对刘耳语。刘听后有难色,丁做了一个不可违抗的眼色。

刘只好也对八大锤耳语道:他说他有绝好的牌技。

八一惊,望了望丁侦探别有意味的神色,忙回头对练功的家丁说:今天就练到这里了,你们先回吧。

家丁们收功散去。

八:康府有规矩,主仆都严止打牌的。我们也从不知牌是怎么打法。

丁:我是干什么的,还查不清你们打不打牌?但八师父你千万不要多心,我是受雇来追查石头,康家的其他规矩与我何干?老实说,本人的牌瘾大得很。那天发现八师父在打牌,我真恨不能立刻进去打几把,几个月了没摸牌,快把我憋死了!

八疑虑地望望刘。

丁:这位你放心,他不爱管闲事。再说管这种闲事,他自己也很难洗清的。

八:我们是解闷,不是赌钱。

丁:赌钱也是解闷哪。

八:我们是瞎打。

丁:我还真有几手小技,在上海也能应付场面的。我们什么时候交流一下?

八犹豫的表情。

48

天黑之后,丁侦探悄然进入老院大门,又入二院偏门。

在偏院,有仆人将他迎入一房中。

大门在关闭。偏门也在关闭。

灯下,丁同八大锤及另外二仆在打麻将。

丁的牌,总是好得令其他人惊叫。

丁向他们示范一种作弊的方法。其他人惊叫。

丁出屋去厕所,一仆人引了一段路,便向前指示了一下。丁表示明白了,并作出手势,请仆人回去。仆人即转身回去了。

丁并未去厕所，而是迅速寻找、观察通往老院深处的门和路。

他回到了打牌的房间，继续同他们玩牌。

他又教了他们另一种作弊的方法。

他退出来，请另一家丁替他入局玩。

他站在一边打手势，哇啦。

他只在静静地看他们打牌。

他正再次要借口去厕所，离屋外出，直奔老太爷所住的老屋，忽然听到外面有敲门声，接着就有一仆人跑进来，说：二爷来了！

八大锤一边吆喝大家快把牌子收起藏好，一边就拉了丁往外去。他将丁拉到隔壁一间没有点灯的黑房中，说：你先在这里躲一下，二爷也十分反对打牌。丁能听懂八的话，但他仍然用吴语哇啦。

八说：屎也听不懂，你先躲一下，等二爷走了，咱们再打牌！说毕，他走出去，将门反锁了。

黑暗中，丁听到了二爷到来后，同大家的说笑声。

一直传来二爷同家丁仆佣们的说笑声。

丁做越窗而出的努力。因为是仆佣的居室，窗户都是不能开启的“死窗”。丁摸索了很久，无法出去。

大约半个时辰后，八大锤悄然开锁进来说：你先睡一会，二爷还没有走的意思，这是夜壶。

丁极力哇啦，但八已转身出去，又反锁了门。

丁在黑暗中，继续摸索，但终不可出。

49

客房中。

丁：这是不是八大锤的圈套呢？

刘:不是吧?他有把柄在你手里,怎么敢下圈套难为你?

丁:谁知道呢?让我做了一夜囚徒!眼看就能进入老太爷的住处了,却做了一夜囚徒,这是什么事呢!

刘:自从丢了石头,二爷真是天天下夜,可能不是故意难为你。

丁:昨夜,他为什么偏偏就来老院说笑话?

刘:那是值夜,不是光说笑话。

丁:那也算值夜?眼看就能进入老太爷的住处了,却来了这样一个可恨的二爷!

刘:深更半夜,就是进入老太爷屋里,老太爷肯见你?

丁:大少一直说,老太爷是阴阳颠倒,昼睡夜醒。再说,很可能大少把老太爷隔离起来了,说不定他日夜在盼望我们的到来呢!

刘:老太爷能听懂你的话吗?

丁:大少说,老太爷哪里的话都能听懂。我必须立刻去见老太爷!

刘:你怎么去见?

丁:我光明正大去见!做了一夜囚徒,难道我成了盗贼了不成?

丁找出一柄大号的放大镜,装了,就对刘说:走!

刘只好跟了去。

50

大少账房。

丁:我再查看一次现场,就差不多能揭案了。所以,我必须立刻去一下现场!

大少:真的吗?你说是家贼,还是外盗?

丁:我们有规矩,揭案前,对案情不能多说一句话。请快带我前往!

大少:立刻就去吗?

丁:是的!

大少:那总得先去向老太爷通报一下吧?还不知道他同意不同意我们进他的屋子……

丁:但这事关揭案大局,必须立即前往!

大少:但我必须先去请示老太爷,再做安排。

丁:真是没有办法,难道你们不想尽快揭案吗?

大少:怎么不想?但老太爷现在已经像一个不懂事的孩子了,任性得很,有时简直不可理喻。所以,我必须先去安排一下。

丁:那就越快越好!

大少:我一定尽快安排好!

51

四娘屋中。

六娘:我怎么听说那个上海人进到老院的后院了?

四娘:我听说还是没有进去,八大锤不敢放他进去。

六娘:我听说上海人精得很,他同八大锤暗里交上朋友了,不知道用得是什么手段。

四娘:八大锤那个武人,没有脑子,谁也能骗了他。

六娘:那上海人更容易骗他了,他怎么会不放人家进去呢?

四娘:反正我听说上海人没有能进去。

六娘:我听说已经进去了。

四娘:那怎么也没有听说他抓住谁了?

六娘:你以为捉老鼠呢?他进去先得装成什么也不知道的样子,跟她说话,暗地里察言观色,往出套她的话,慢慢才能捉住把柄,找出证据。

四娘:是他跟你这样说的吗?

六娘:是三娘告诉我的,她是听大少说的,大少是听那个上海人说的。

四娘:他们也都认为老太太是贼吗?

六娘:三娘没有说他们怀疑谁,只说,不管谁,都是这么个捉法。

四娘:三娘不是说要保密吗?怎么大少就不保密,什么都对他娘说?

六娘:人家是他娘呀!我是不是找个借口,再见上海人一次?告诉他,谁也不用怀疑了,贼就是老太太!老太爷住的老屋,像铁筒一般,除非她,谁能偷走老太爷的东西?

四娘:我看你是想见那个上海人!

六娘:你说想见,就是想见。

四娘:我看还是叫九姑娘传信保险。

六娘:这一次再传什么话呢?

四娘:还是那句话,贼是谁。

六娘:我得再想一句话。

52

包武师屋里。

包:二爷又在你们那里值夜了吗?

八大锤:守了一整夜。

包:他在你们那里做什么来,怎么就又病倒了?

八:什么也没有做,先是问我们强人为什么还不驾到,后来就叫我们轮流说笑话,说完笑话又问我们强人什么时候能到。

包:唉,我看二爷还是心里焦急,急火攻心,病倒了。

八:二爷也是,哪有像他这样盼望强盗来的!就是盼望入洞房,也没有像他这样猴急的。我还没有见二爷生过病呢,这可好,急得三天两头病。

包:二爷一生不问家事商事,练武也不比武,更不用武。老太爷的石头一丢，忽然有了一个机会，将家事、商事、用武合而为一，集中于缉拿强盗。二爷一定是想好好孝敬一次老太爷，所有才这样上瘾地缉盗。

八：可是强人是我们能盼望来的吗？

包：但二爷也这么大年纪了，真急出个长短来，怎么好呢？

八：二爷对我们那真是够仁义，但我们能把强人请来吗？

包：二爷一直想摆擂台，借比武把强人招来，但孙老总不支持，二爷心里又窝了火。

八：我看孙老总也是越来越欺主了，杂种！

包：老太爷要是好好的，他敢吗？不过，二爷那借擂招贼的主意，也太像小孩子的游戏了，实在也难以实行的。我倒有一个主意，可以叫二爷过一下瘾。

八：什么主意？

包：你必须保密。

八：请放心！

53

大少带领丁侦探及刘守义，进入老院大门。

二门的正门开着，他们进入。

穿过一过厅，进入第三进院。

老太爷所住的老屋，寂静而神秘地兀立着。厚重的屋门半开着，就同前次一样。

他们极其小心地进入老屋，也同前次一样。

丁侦探开始煞有介事地查看厚重的木门。先是十分仔细，忽然像发现了什么，急忙掏出放大镜，对准一处反复辨认。接着用放大镜沿着门板向下搜索。不时停下来，反复辨认，或者像有新发现，急速向下移动放大镜。丁侦探充满了紧张而专注的神情。

大少显然被丁侦探的行动吸引住了,他小声问刘:问问他,发现了什么?

但未等刘翻译,丁就做了一个不许有任何声音,不许对他进行任何打扰的手势。

大少于是更紧张也更好奇地注视着丁的一举一动。刘也紧张地注视着丁。

丁的搜索已经从门上转移到地上了。他仍然像不断有所发现似的,时急时缓,时停时进地从前堂向老太爷的书房移动。

他进入书房,书房里同样空无一人。他又由书房向老太爷的卧室搜索而去。他越来越显出正在接近"猎物"的那种兴奋和严峻。大少分明被感染得很深了,他也同样兴奋而严峻地关注着丁的举动,早已经忘记了阻止丁向老太爷接近。

丁终于突入了老太爷的卧室,但这里也是空无一人。

丁:你不是说老太爷在屋里睡觉吗?

大少这才猛然有悟,支吾道:怕我们吓着他,请他暂避他处了。丁先生发现什么了?

丁嗅了嗅屋里的空气,分明有一股不轻的霉味。他环视老太爷的卧室,发现桌椅床头都有临时擦拭过的痕迹。看地面,也有临时清扫过的痕迹。他从卧室返回书房,同样发现在这窗明几净的外表中,留有尘封已久的痕迹。

他的眼光停在一个不大的镜框上,镜框里是一个极其美貌的年轻女人的相片。

丁:这是谁?

大少:我的祖母。

丁:在世的祖母吗?

大少:是的,现在的祖母。怎么,案底同她有关系吗?

丁:我必须亲自问老太爷一句话,不管老太爷怎样回答,我都能立即揭案！就问一句话，我必须问这一句话！

大少：难道案底真同祖母有关系吗？

丁：在问老太爷这句话之前，我什么话也不能说！

大少：那我得向老太爷请示。

丁：越快越好！

54

客房。

丁：这下好了，我连侦察的目标也丢失了！

刘：你不是说立刻就可以揭案了？

丁：你这个傻瓜！我费了九牛二虎之力，接连六次冲进老院，想见到老太爷，现在终于冲进去了，那里却空无一人！我也是个傻瓜！

刘：老太爷不是临时回避了吗？

丁：傻瓜！

刘：你不要骂人好不好？

丁：我是在骂我自己，好不好？第一次察看现场时，我就应该发现了——老太爷其实早已不在那里居住了！那么浓重的霉味，那么阴冷的房子，哪里像一个年已九旬的老财东的住处？你这个笨蛋！你这个傻瓜！

刘：你不要骂人好不好？

丁：我不是骂你！

刘：你说盗案真同老太太有关吗？

丁：谁说同她有关？

刘：你分明给大少做了这种暗示。

丁：我没有做这种暗示！

刘：那你为什么盯住老太太的照片看？

丁:因为她太漂亮了,比六娘、九姑娘都要漂亮!

刘:我看你是想太太了吧?

丁:老太太真是太漂亮了! 你太太还是不叫你睡吗?

刘:你想的办法都不灵。

丁:你真是一个笨蛋! 当然,我也是一个笨蛋,折腾了几个月了,连本案的第一当事人还没有见到! 老太太也是当事人,但她太漂亮了!

55

大少账房。

夏管家:孙老总说他来不了,还说,兰州字号已经把石头买到手了,正在安排万无一失地转送回来。

大少:究竟是不是老太爷丢的那方石头?

夏:我也这样问来,但孙老总没有接我的话,说他忙得很,就叫送客。

大少:其他人呢?

夏:二爷这回是真病了,发烧。六爷听说二爷病了,他说他也病了,来不了了。包武师也不想来,叫我说了他几句,我说你也想摆东家爷们的架子哪? 他这才答应了来。

大少:老夏,你说,能叫老太爷见一下丁侦探吗?

夏:那怎么能行? 老太爷肯定也不见这个上海人! 再说,老太爷现在住的那个地方,连我们本家的一般人都不能去,怎么能叫这个上海人去?

大少:但丁侦探说,他已经查清这件盗案了,只要问老太爷一句话,就能揭案了。

夏:真的吗? 他说是外盗还是家贼?

大少:他说揭案前,不能多言一字。

夏:我们出钱请他破案,还不能由我们想问什么问什么?

大少:他说这是他们的规矩。

夏仰脸想了一阵,说:只怕他会吓着老太爷吧? 我们破案追石头,还不是为了老太爷长寿吗? 他要是惊吓着老太爷,就是破了案吧,又能怎样?

大少:那你说我们不用破案了?

夏又仰脸想了想说:他既然查清了案子,就叫他先指出石头在什么地方,先不用说贼是谁,然后我们把石头取回来,交给老太爷,再叫老太爷出来见他,这样好不好?

大少:石头可能在兰州哪儿?

夏:我们看丁侦探能说出石头在什么地方?

大少:老太太……

夏:老太太怎么了?

大少:好了,好了,你去转告包师父,就说今天不再议事了。

56

黑暗中。

包:都安排好了吗?

八:都安排好了。

包:家丁们都不知道我们是在演戏吧?

八:绝对不知道。按你说的,我告诉他们,有镖局探报,这几天可能有强人潜来,要十万分小心。

包:你看二爷也没有起什么疑心吧?

八:我看没有。二爷很高兴,病也没有了,精神得不得了。

包:那我再叮咛你几句。二爷听到有贼的信号,上房以后,你千万得跟紧他。他追上来同我交手,最多七个回合,你就得把二爷推开,接过来同我交手,我们迅速边跑边打,然后你把我放走。

八：我早记住了。

包：还有，就是你得安排几个可靠的家丁，在更楼上值夜，千万不能瞌睡。我扮成强人上房后，晃动几下，更楼里的家丁就得及时发现，然后给你们传去信号。他们老发现不了我，这出戏就没有法演了。

八：我知道，知道。

包：那我们明天后半夜行事。

57

客房。九姑娘又悄然而至。

九：你两人都在哪，你想好了没有？

刘：我想什么？

丁：和她私奔。

九：不要听他的，你自己想好。

丁：问她又带了什么信？

刘问。九姑娘取出了信。

丁看信，上写：老太爷身边的那个贼是狐狸精。

丁笑，问：是谁叫你送信的？

九：她们不叫说。

丁：好，我不问他们是谁，只问是男是女，行吗？

九：是女。

丁：我请你给她们带封信，好不好？

九：他叫我带，我就带。

丁：就是他叫你带的！

刘：我？

九：你想好了吗？

丁一边写，一边说：他快想好了。

九：那你说我们什么时候走？她们说今年不太平，明年好。你说明年好不好？

刘：明年？

丁：明年就太平了，就明年好了。你把这封信交给她们，不要叫别人知道，好不好？

九：那就明年吧。我得走了，老夏快来了。

九姑娘又悄然而去。

刘：刚才我没有翻译，你就直接回答她的话，你能听懂她的话？

丁：我就那么笨蛋，这么长时间了，还听不懂你们的话！

刘：那你可以不用我了，我也该下班回家休假了吧？

丁：对我已经能听懂你们的方言，你一定得保密，反正他们是不会让你离开我的，你是来监视我的。如果他们知道我已经能听懂你们的话了，那你监视我的任务就会更重，一步也不能离开我！你就休想再回家了。

刘：那你能不能再给想个好办法？

丁：让太太相信你是真人？

58

无月光的深夜。康府被黑暗淹没了，只有两处更楼上有昏黄的灯光。

一处更楼里，一家丁站起来，又坐下，都无法驱散瞌睡。他想起八大锤的骂人式的叮咛，有些发慌。但很快又有难以抗拒的睡意袭来。他走出更楼，外面的黑暗似乎也在加重睡意，他又回到了更楼里。在地上转了一圈。抬头看见了挂在墙上的那支洋枪。他取下枪来，擦了擦，仍瞌睡。他愤怒往枪里装了一颗子弹，用枪管敲击自己的头。

他终于还是抱着洋枪，睡着了。

一个蒙面黑影飞身上房。他敏捷地向更楼潜行。在离更楼不远处，他把自己的身影暴露在天幕上，晃动了几下。更楼里没有反应。他又接连这样晃动了几次，更楼里仍无反应。他掏出一颗石子，轻轻扔出，即有清脆响声发出。但更楼里仍无反应。

他扔出第二颗石子。没有反应。

他扔第三颗。仍不见反应。

他正准备扔第四颗，突然就听得一声惊天动地的枪响。

他发了一阵呆，接着就急忙隐入黑暗，迅速潜行而去。

59

丁侦探被这一声枪响惊醒，立刻叫醒刘守义，向老院方向奔去。

来到老院的那处偏院，见二爷、包武师、八大锤三人正在训斥一个家丁。

丁：发生了什么事？哪里来的枪声？

包：房上有一只猫，发出了一点响声，这个狗东西就以为是强人来了，冒冒失失就放了一枪。

八：发现有可疑的响动，你先给我们下头发信号呀？我们规定有信号呀？你不发信号，出手就是一枪，那只能把贼吓跑，你是不是瞌睡发癔症呢？

二爷：你这不是打草惊蛇吗？

丁：你到底听到一种什么响声？

八：一只猫！

丁：我问他！

家丁极度惊慌，无语。

包：你说说，是什么响声？

二爷：打草惊蛇，打草惊蛇！

这时，大少和夏管家也来了。

大少账房。

丁:什么时候能见老太爷?

大少:昨夜那一声枪响,把老太爷吓着了,他说谁也不见,谁也不见。过几天再说吧,丁先生你辛苦了。

丁:那么见一见老太太,总可以吧?老太太没有被吓着吧?

大少:老太爷惊慌不安,不叫老太太离开他一步。完全像个不懂事的小孩子了,我真没有办法!

丁:难道你们不想破案了吗?

大少:怎么不想呢!老太爷就是因为丢了石头,才变成这样一个不懂事的孩子。如果你能先把石头找到,交还给老太爷,那见他就不难了。

丁:但我必须见到老太爷,才能确定失物在何处!

大少:这讨厌的一枪!

丁:你们能肯定这一枪是家丁走火吗?

大少:那么你以为是真有强人来过吗?

丁:我能单独问一问那个家丁吗?

大少:这个骂,那个训,那孩子已经给吓得不轻了。没有丢了东西,也没有伤着人,骂也骂了,训也训了,你再来审他,还不把他吓死?等他缓口气,你再问,行不行?

丁:大少你也辛苦了。

61

四娘屋里。

六娘:我才不相信是因为一只猫呢!

四娘:我也不相信老太爷没有给吓着!

六娘:三娘和大少媳妇都说,老太爷一直在老屋住着,也是没有对我们说实话!上海人带来信说,老太爷已经不在老屋住了,可她们说还在老屋住,不住老屋,能到哪里住?我看她们早知道老太爷搬出老屋了!

四娘:上海人带来的信,可信吗?

六娘:他为什么要骗我们呢?你想,自从老太爷丢了石头,就没有叫我们去见过老太爷,大少一直说,是老太爷不想见我们,其实是怕我们知道老太爷的新住处!

四娘:老太爷在老屋住了一辈子了,能搬到哪里去住呢?

六娘:也许是怕强人再来偷他的东西,搬了个秘密的地方?

四娘:连对我们也保密吗?我们会去偷老太爷的东西吗?

六娘:我看这也是那个老太太的主意!

四娘:她才会偷老太爷的东西!

六娘:那你说老太爷会搬到哪里去住呢?

四娘:我们再打听打听吧。

六娘:我们能依靠的耳目,要是知道了,早就告诉我们了。

四娘:继续打听吧,你有什么好办法吗?

六娘:我得想想。

62

大少账房。

大少:祖母说,老太爷这几天又焦躁不安,总疑心有人来抢他的石头。

夏:全是因为那一枪!包武师他们也不是怎么了,为了一只猫,就惊天动地放一枪,怎么也说不过去吧?

大少:老太爷的石头还没有查清呢,再去查这一枪?现在是乱世,护院还得靠他们呢。

夏:我也没有想把他们怎么的意思,我是说强人还没来,他们到把大家吓得人心惶惶,特别是把老太爷吓得不轻!

大少:女人们这几天也一再问我,老太爷是不是还在老院住着,老太爷移居祖屋的消息,没有走漏吧?

夏:已经以几个月了,谁也没有疑心过呀?要走漏风声,我怕六爷会不经意说出去。

大少:六娘也问过我。

夏:那肯定就是六爷说漏了。

大少:六爷既然给六娘说了,六娘为什么还要问我呢?

夏又仰脸去想。

大少:这几天,你也少往祖屋那里去。

63

客房。

丁:我看老太爷在不在世,还是个疑问!

刘:老太爷的生死,那是一件大事,怎么还能有疑问?

丁:正因为老太爷的生死,对康家,特别是康家的金融生意太重要了,所以在这个乱世,他们不敢公开老太爷的生死。他们请我来破这个离奇的案子,很可能也为了做给世人看的!我真是一傻瓜!一再企图见到这位已经升天的人物,怎么可能呢?

刘:老太爷不可能已经升天了吧?

丁:你也是一个傻瓜!

刘突出了眼珠,无语。

丁:我必须查明老太爷的生死!

64

一巷道中,大少走过。稍后,丁侦探跟踪而来。

大少拐弯消失,丁小跑追去。

一仆人迎面走来。问丁:丁先生怎么啦?

丁:茅厕,茅厕。

仆人笑,指出茅厕方向。

茅厕方向与大少去向不同,丁只好放弃这次跟踪。

丁又一次跟踪大少。

拐弯处,被何举人拦住。他急用上海话哇啦,但何举人仍不放他,他只好看着大少消失而去。

何:昨夜我又听到一种响声!

丁哇啦着。

丁跟踪大少到花房附近,一转弯,大少就不见了。

丁环顾四周,没有庭院住房。

丁再次在花房附近，丢失了跟踪的目标。

他茫然四顾。

65

夜间，值夜的房中。

二爷：怎么强人还没有动静？

八：叫那个小狗日的一枪吓跑了。

二爷：这样胆小，还算什么江湖中高手？

包：二爷你就回家去歇息吧，你的病不是还没有好吗？

二爷：谁说我有病？你说强人就那么胆小？

包摇摇头，说：强人又不归我领导，我怎么知道他胆大胆小？你们陪二爷在这里守着吧，我到其他地方转转去。

包出来，消失在黑暗中。

66

黑暗中现出书房院的灯光。

何举人在灯下，出神地谛听着什么。

窗外一片寂静。

67

夏管家慌忙从大少账房走出，慌忙而去。

马车夫在急匆匆地套车。

大少慌忙走来，上车。

马车急速驶出康府。

马车在乡间大路上急驶。

马车停在“天成元”总号门前。

大少匆匆下车、进总号、穿过庭院过厅，入孙老总账房。

孙：少东家有什么急事吗？脸色这样不好看！

大少：叫他们出去。

在场的伙计都走开了。

大少：老太爷发烧不退……

孙：大少爷你不要慌，我们请大夫就是了。

大少：丁侦探怎么办？他逼着要见老太爷，说只要亲自问老太爷一句话，就能揭案了。

孙：他查出的贼是谁？

大少：他不肯说，我看好像在怀疑老太太。

孙：那就赶紧送神吧！

大少：请他走？

孙：对。就说天气一天比一天冷了，恐怕他受不了我们北地的严寒，案子就先暂时放下吧，老太爷情绪已经安定下来了，等来年春暖华开时再接着侦破好了。

大少：现在天气还不是那么冷。

孙：我们就这样说，他一听就明白了。所许诺礼金，一文不少给他。

大少：老太爷逼着要石头，怎么办？

孙：兰州的石头，也快送到了。

68

大少账房。

丁:我早已知道会有这样一个结果,这是一桩无法破获的案子!

大少:丁先生不是说已经案底在握了吗?

丁:但我知道你们不可能让我见到老太爷,而见不到老太爷,我是无法亮出案底的!

大少:千真万确是老太爷不肯见你,他任性得像个孩子,这也是千真万确的。

丁:但我永远见不到老太爷,也是千万真确的!

大少:明年春天见吧,我们的确是担心你受不了我们北地的严寒。

丁:但我的办案声誉怎么办?平生第一次北上办案,就留下了这样窝囊的纪录,自始至终没有见到第一当事人!

大少:两千两银子的礼金,你回沪后,孟老帮就会如数呈上的。

丁:这是一笔不小的银子,但它并不能洗涮我这次办案的窝囊。现在我只有两个要求,一是我走后,立即准刘守义休假,准他在家多度一段假;二是能否将各地赎来的假石头,送我两方,以作纪念?

大少:这两个要求,都能满足你。

大少取出几方假石头,丁不甚经意地挑了两方。

丁:我还能冒昧问一句吗,府上近日又发生了什么事?

大少:是为老太太过生日的事,上下都在忙碌。

丁一笑,说:办生日,怎么没有一点喜气,都慌慌张张的?

大少:不是这样吧?好了,我也能提个要求吗?

丁:请吩咐。

大少:关于案底,能透漏一二吗?

丁:既已卸职,不敢多言一字。

69

傍晚。客房。简装的六娘悄然而至。

六娘:听说丁先生要回上海了?

丁:我是尊府上之命而归。

六娘:捉出贼了吗?

丁:只差一步之遥,但府上下了禁令。

六娘:你说贼是不是那个人呢?

丁:你是说老太太吗?我看她是最不可能同盗案有牵连的一个人。

六娘:那么你说谁最有可能?

丁:我已卸职,不能多言一字。夫人和六爷,何日出游我们上海?

六娘:近期怕是不能远行了。

丁:府上出了什么事?

六娘:老太爷病了。六娘直率地凝视着丁侦探。

70

京城。“天成元”票庄外景。

梁老帮宴请丁侦探。

宴后在梁老帮账房。

丁:我只能说,这个案子同你们京号绝无牵连。

梁:多谢丁先生明鉴。那套石头,虽有可能经我们转送,但我们绝对不可能走漏风声。再说,在如今这样的乱世,京师有多少稀世珍宝流落民间,古玩市价跌落不振,不是别有用意,谁会冒那样大的风险,去偷老太爷的那两方小小的石头?

丁:以梁老帮的看法,强盗作案可能性不大,而家贼作案的可能性比较大?

梁:侦破了这么长时间,想必丁先生对案底也有八九分把握了吧?

丁:既已卸职,不便多言一字。

71

上海。丁侦探家中。

“天成元”沪号一伙友，给丁送来一张银票，写着两千两淞江银。

伙友：孟老帮还备了一桌便饭，想聊表为丁大人洗尘的意思，还望丁大人赏光……

丁：请致意你们孟老帮，本探近日有个极其紧急的案子在身，实在不能领情了。

72

字幕：一年之后。

丁侦探偶过沪号，进入。

孟老帮：丁先生，好久不见了。

丁：我是来看看刘守义，去年我们在康府共事数月，是老朋友了。

孟：他跑街去了，很快会回来的。请里头坐一坐，上茶！

丁入内，就座。

孟：怎么不见丁先生常来走动，是不是又接了大案？

丁：哪里还敢再接大案，康府那个案子再伤了我的元气了。

孟：康老太爷已于去年十一月十七升天了。

丁：我走后，康家及孙老总没有难为你吧？

刘：没有。

丁：准你休假了吗？

刘:准了,你走后,我就回家休假了。

丁:太太怎么样,还疑心你是鬼魂吗?

刘:不了,什么事也没有了,就是我们至今仍然无后。

丁:老太爷升天前后,你听到什么消息没有?

刘:只知道老太爷的喜丧,办得惊动了天下。

丁:关于那件盗案,听到什么消息没有?

刘:没有。

73

字幕:民国五年(1916年)。

上海某街头。丁侦探偶遇刘守义。丁请刘同进一茶馆。

刘:去年秋天,我下班回晋休假,听到了有关那件盗案的新消息。

丁:什么新消息?

刘:案底终于大白了。你猜是怎么回事?

丁:你快说吧,不用啰唆!

刘:原来偷老太爷石头的,既不是家贼,也不是外面的强人。

丁:那是家贼和外盗里迎外合作的案?

刘:不对,没有家贼,也没有外盗。

丁:那么是石头本来就没有丢失?

刘:也不对,那两方石头,至今还下落不明。

丁:你也给我布起迷阵来了,快说到底是怎么回事!

刘:原来老太爷一直没有得到那两方石头。

丁:什么?老太爷就没有得到那两方石头?

刘:是的。老太爷升天后,大少整理遗物,在书房许多旧信札中,发现了端方当年写给老太爷的一封信。信的大意是说,端方他闲来集得一套阴鹭文印石，石料还算得上是好石头，篆刻也不乏名家刀笔，可惜大多是应酬之作。难得是，全篇文字都集齐了，一句不缺。又说，想起老仁台有此同好，就交你家京号转呈去，聊作品玩，看腻了，再赐还好了。与案子最紧要的，是说这套印章中唯有两方，石系青田灯光冻，篆似文三桥手笔，恐辗转有失，他留下来了，只附了印蜕。

丁：这个端方，他在戏弄老太爷吧？

刘：据康家现在分析，端方玩弄这一手，可能是想从康家筹措一笔巨款，以图东山再起，他当时正被朝廷罢了官。他想引诱老太爷购买这套石头。

丁：那老太爷为什么没有上当呢？

刘：他们都说老太爷料事如神。

丁：老太爷的胃口还是被端方吊起来了，老太爷果然是极其想得到这两方石头的！

刘：有人说，老太爷去年巧设了这个盗案，就是想动员康家全力，把那两方石头找回来。因为去年端方已经死了。

丁：这并不是一个高明的方案。很可能这是后人的一种附会巴结之说。

刘：也有人说，老太爷巧设了这个盗案，是为了看看大少当家主政，应付事变的能力。那时，清廷刚亡，天下正乱。

丁：这更是一种巴结附会！你想，老太爷当时已是一个年已九旬的老人了，他怎么会有兴致有精力来演出这样一场戏？那不仅是康家所有的人都要动员起来演这场戏，而且他自己也得演出。比如，在长达几个月的时间里，他躲避在一个秘密的所在，只见大少等很少的几个人，其孤寂和乏味可想而知，像他这样一个人物，怎么会受得了呢？

刘：他们说，在老太爷巧设了这个盗案之后，就移居祖屋了。

丁：祖屋？

刘：康府的祖屋，就是他们创业的祖先住过的极其简陋的老房子，为了不忘祖先恩德，历代都修缮祖屋。康家的老人，在临终前数日至数月，都会主动提出移居祖屋的。

丁:你怎么不早告诉我,康家有这样一个传统呢?

刘:那是不祥之举,我怎么敢那么猜想?再说,康府已经有许多年没有人移居祖屋了。老太爷活了九十岁,而当年三爷四爷去世时,都没有敢提出移居祖屋。

丁:这祖屋一定在康府的花房附近!

刘:你怎么知道?

丁:一定在那里!老太爷既然决定移居祖屋,那说明他已经知道自己不久于人世了。在这样一种精神状态下,他更不可能来演出那样一场自己必须参加的戏了。以我看,老太爷丢失了他并没有得到石头,一定是出于某种幻觉!临终心理状态下的一种幻觉!

刘:怎么会呢?都说老太爷直到临终,仍料事如神。

丁:过去是巴结附会,现在已经是一种传说了。但我敢肯定,老太爷当年绝对是出于一种幻觉。我们为侦破一个幻觉,折腾了几个月,难怪找不到案底!

74

字幕:民国十六年(1927年)。

上海某街头,丁和刘又偶遇。他们又入一茶馆小叙。

丁:老弟早得贵子了吧?

刘:仍是一件憾事。不过,我在“天成元”已有二厘身股了,四年一个大账期,能分红利近千两。

丁:恭喜发财了。康家的票业生意还成吗?

刘:已大不如前了,以前二厘身股,分红比现在多一倍。孙老总已赋闲了,京号梁老帮做了老总,总号也迁往北平了。对了,听说老太爷一直没有得到的那方石头已经找到了。

丁:又是一种传说吧?在哪里找到的?

刘:听说就是从兰州买回来的那两方石头。老太爷临终前,仍然逼着要那两方石头,大少只好把兰州送来的那两方石头呈上了,据说老太爷一看说就是这两块,总共七十二块,我一起都带走了,阿娃辛苦了,万贯家产,通国生意,都丢给你了。说完,老太爷就闭眼了。

丁:现在的传说更像传说了。

刘:但当年出售那两方印石的兰州古董商,后来出示了原印蜕,经方家鉴别,确系文彭真迹。但石头上的真迹已经被他磨去了!因为当时我们的兰州老帮犹豫不决,疑心是赝品,他就磨去了真迹,照何举人的印样,找人重新刻就。当然,在磨去真迹前,他印下了许多印蜕。这印蜕已成绝拓,也相当值钱了。

丁:康府不是也有印谱印蜕吗?

刘:听说当年康府怕人盗墓,只给老太爷带走了印谱,把石头留下了。也有说,这不过是康府放出的一种风,同样是防人盗墓。

丁:越来越像传说了,离当时真相也越来越远了。

丁回到家中,翻出从康府带回的那两方假石头,携了,往一古玩店,请为鉴别。

一老者看了说:石头是已不多见的上佳印石,青田灯光冻石,似古印,但篆迹太劣,不知磨去了什么真迹?

丁目瞪口呆。

字幕:剧终。

1994年5月改毕

白银帝国

1

山西太谷城。繁华街市。“天成元”票庄总号的门脸。“汇通天下”的招牌。悬挂的华丽宫灯。从门到窗，紧闭的护板。一块告示牌，其上书：

值敝号四年大合账，暂停营业。年后正月十一照例开市。谨告客官周知。

光绪二十五年腊月

号内大厅，一长案上，一架一百〇八位的巨型算盘。两位账房先生分据两头，埋头飞速拨动算珠。不时有伙友持账簿进进出出报账。

大厅内桌上，地下，墙边，堆满了码摞甚高的银锭，几无一处空地。

随一走出大厅的伙友，匆匆进入总账房。其内亦是无处不被银锭堆满。

信房内，亦是无处不被银锭堆满。信房先生翻拣成堆的信件、电报。一伙友匆匆走出。

伙友宿舍内，地下，炕上，亦被银锭堆满。一伙友伏案酣睡，账簿落地。另一伙友进来：嗨，想砸饭碗呀——你倒敢睡！

伙友惊醒：半个月没上炕睡过觉了，实在太困……

另一伙友：废话！谁不一样？快走，下银窖！

两人持账簿出来，走到后院，按一机关，砖地开启一洞口。两人下去。

无尽头的地道，两面小窑一个接一个，窑内码满银锭。

孙北溟大掌柜（年近七旬）的账房内，也是满地银锭。他一脸疲惫，逾显老迈，靠着椅背睡着了。

总号协理，即二大掌柜进来，轻声说：大掌柜，肃州的银镖到了……

孙未醒来。

协理：大掌柜，大掌柜……

孙惊醒：我睡着了？

协理：大掌柜也是太辛苦了！

孙：谁不辛苦？我到底老了。

协理：年轻伙友也熬不住了。肃州银镖到了——

孙：啊，终于到了？就差他家了。这就都齐了！走，看看去。

协理：大掌柜，就不用劳动你了。卸银，清点，结票，招待镖师，我都安顿好了。

孙：我得亲自面谢镖师和驼队老大，这是咱们天成元的规矩。

天成元总号后门外。几十峰骆驼已卧地，众人在忙着卸货。

孙与协理出来，几位镖师与驼队老大忙聚过来。

孙抱拳施礼：各位师傅，各位老大，孙某诚谢诸位了！千万里走镖，平安到达，诸位功劳，敝号不会忘！已在聚乐园饭庄备了酒席，先为诸位洗尘。

一镖师：大掌柜，在河西遇了大雪，镖期有所延误，还望贵号宽恕！

孙:不妨,不妨。咱们是老交情了! 诸位一定要好好喝酒!

孙回自己账房刚刚坐定,财东康家的管家老夏忽然进来。

孙:老夏,何时到的? 我刚从后门回来,未见你的大驾——

夏:哈哈,敝人可正瞧见大掌柜在慰劳镖师驼倌,哪敢喧宾夺主? 赶紧避让吧!

孙:这是肃州的银镖,最后到的一家。至此,我天成元遍布天下的三十六家分庄,除域外几家另账结算外,全都将银镖平安解押回来了。至此,各地客户所欠我号银两,已收齐入库。这四年本号给东家挣下的银子,也一两不少,悉数入了总号的银库了!

夏:看这满院银山银海的,这一届账期,又是一个丰年了?

孙:还算差强人意吧。最后的总赢利数目,还没有合计出来。不过也快了。老夏此来,是替康老太爷催问合账结果吧?

夏:孙大掌柜没有忙糊涂吧,老太爷什么时候这样沉不住气过? 他是叫我来问问,京号的戴掌柜回来了没有!

孙:戴老帮也该到了吧。各地分庄的老帮,该回来的,差不多全到了,也只差戴老帮一位了。到底是京号老帮,受老太爷格外惦记!

夏:戴掌柜在各码头几十位老帮中,自然是人位最高。可老太爷格外惦记的,不是这个!

孙:那惦记什么?

夏:戴掌柜不是捎信说了,他在京城给老太爷淘得一块上佳的青田灯光冻石? 老太爷天天都在惦记着这块石头! 已经催了好几回了,叫我进城来问问:戴掌柜回来没有! 为了这块石头,他真沉不住气了!

孙:我真忘了这回事了! 戴老帮的信,还是我转交老太爷的。

夏:我说的不冤吧? 你忙糊涂了! 老太爷嗜金石如命,能忘了?

孙:我到底是老了! 今日是腊月十八吧? 戴老帮该到了。请禀告老太爷,腊月二十三的报账典礼,能如期举行。

夏:我们也正忙着张罗呢!

2

康庄,康宅。从一片超大宅第,推到康笏南的小书房。房内,满是书籍、字画、碑拓。

康(年逾七旬)伏案在持刀篆刻一方石料为鸡血红的印章。手腕苍老,但走刀练达。他的贴身老仆老亭,站立一旁。

老夏进来。

康停刀急问:怎么,戴掌柜还没回来?

夏:孙大掌柜说了,戴掌柜就要到了。

康:就要到了,就要到了,还是这句话!不是有什么事,瞒着我吧?

夏:老太爷,谁敢瞒你!年关时候,早一天,晚一天,常有的事。别人不放心,戴老帮你还不放心?他是办事万无一失的老帮。

康:神仙也有闪失的时候!

夏一笑:老太爷一生临危不乱,逢喜如常,今儿为一块石头,倒沉不住气了!我伺候你一辈子,这才算长了见识。

康:你见识过什么!青田冻石,早已世间难觅了。若真如戴掌柜所言,不仅为上佳的灯光冻石,还系青田老坑所出,那连我也没有亲眼见过的!

老亭:我看,戴掌柜不会给你淘一块假石头回来!

康:他张罗生意,是上佳好手,于金石毕竟不精呀!

夏:我看老太爷还是静候佳音吧。孙大掌柜叫禀告你,腊月二十三报账大典能如期举行。肃州最后一家银镖,今儿也平安押到了。总号满院银山银海,我看又是一个丰年!

康:老三有消息吗?他也迟迟不回来?

夏:三爷也该到了。从口外回来,路途太远了,又是十冬腊月的。

康:哼,口外能算远?人家肃州、福州、广州的老帮都回来了,他回不来？我看他是不想回来！

康伏案继续走刀刻印。夏只好退下。

康宅庭院中。夏见一匆匆走来的仆佣，问：什么事，这么慌张？

仆佣：城里福音堂的那位洋师母，求见老夫人……

夏：为什么事？

仆佣：只说是拜访。

夏：那就去禀报老夫人吧。

康老夫人杜筠青的居室。讲究，华美，宽敞，也略显幽暗，空洞。

美貌异常的杜（二十七八岁），在端坐读佛经。案头，一炉香将尽。

她的近身女佣吕嫂，引美传教士莱豪德夫人进来。

杜放下佛卷，起身迎客：天这么冷，师母此来，是坐轿，还是骑马？

莱：我是走来的。

杜：又是走来的？吕嫂，快沏杯热茶！

莱：没有几里路的。你们的年关将近，我提前来给老夫人祝福！

杜：师母不必这样客气！年节对我，也不重要。

莱：老夫人还是这样厌世？我终于不能帮助你，很难过。

杜：我已觅得解脱之途了。世间众生之苦，远甚于我！

莱：与老夫人交往多年，未能将我主之福音传至贵府，是我太无能了。

杜：佛与基督，也可殊途同归的。

莱：殊—途—同—归？英语如何说？

杜一笑，说英语。

莱：但愿如此。我今天来，除了给老夫人祝福，还有要事相求。

杜：有何事，尽可说！

莱：近年，山东教案频发，我们外国传教士多有不幸遇害者。近闻山东巡抚毓贤因此被罢免。但又听说，这位大人要移任来山西主政！

杜：这样的朝政大事，卑微如我，怎么帮得上忙？

莱：我公理会在贵乡传教，已十多年了。布道之外，始终竭诚施医，戒毒，办学堂，尽行善举。想来也不曾结怨贵地官民。贵府是太谷大户，在官府民间都声望卓著。若肯出面教谕公众，善待我会……

杜：康家的事，我哪有做主的份！我只能求佛保佑你们。

莱：贵为康家老夫人，又与我会有多年的厚谊，说话总是不一样。

杜：这样的大事，你得去求老东西！

莱：老—东—西？英语为何意？

杜不语。

3

康宅大门外。

康三爷（二十七八岁）带七八随从，策马而来。人笑马嘶，动静不下。

老夏带几位仆佣迎出。

夏：三爷，你可回来！老太爷都不高兴了！进去你得小心。

三爷：今儿才腊月二十，不迟吧？

康笏南小书房。

三爷进来，即跪下给康磕了一头：父亲大人，我回来晚了。

康端坐，不动声色：起来吧。我见你也难了！

老亭忙扶三爷起来。

三爷：刚进腊月，我本来就打点回家了。不想，相熟的一位蒙古族王爷，邀我往四子王旗一带打猎，不便回绝，只好去了。下了雪，狩猎所获颇丰！

康：你就只顾玩乐吧！家事，商事，全与你无关！

三爷：口外是祖宗发家的圣地。我也是遵照父亲的意旨，在那里历练本事。

康:我也没有叫你成年猫在口外,不管家事商事!我这把年纪了,能替你们支撑到什么时候!

三爷:为儿不孝。

康:先去歇着吧,年下再说!

三爷:父亲大人,我托人给你买到一块石头,略表孝敬之意。听说甚不易得!说毕,呈上。

康接住,眯眼略看,用手一摸,即说:这是辽东冻石,太坚硬,治印损刀,难现笔意,不值钱的。你花的价钱不低吧?

老亭拿起石头察看。

三爷:我哪里懂行?他们也敢骗我!

康:金石这行,水深呢,不用多计较了,难得你一片孝心。去你继母处问候一声,不要太冷淡了。

杜筠青居室。

三爷进入,努力镇静下来,不敢正视杜,跪下:母亲大人,我来给你请安了。

杜恬然过来扶起三爷:说过多少回了,我不喜欢这种礼节!眼看就到年下了,怎么才回来?上下都说,一年到头,难得见三爷一面。

三爷:趁下了雪,到四子王旗打了几天猎,回来晚了。

杜:雪天,草原,狩猎,那是进入诗境了。只是,狩猎杀生,毕竟不好。

三爷:母亲大人真信佛了?

杜:佛境无边,我还没有真入门。

三爷:我为母亲大人带回一条芬兰雪狐裘领,略表一点孝敬之意。

杜接过,凝视良久:我担不起"孝敬"二字,何况这雪狐本也是一条性命。

三爷:避杀生,我谨记就是了。

杜:我一直想到口外走走,可惜没有机会。

三爷:这很容易!我愿陪母亲出游口外。

杜:哪有那么容易?听说蒙人多信佛。

三爷:他们信喇嘛教。母亲真想出游口外?

杜:说说罢了,哪那么容易!

4

入夜,天成元总号大厅内。一明亮的汽灯高悬。一德式洋火炉,燃烧正旺。炉上一俄式铜水壶,吐出蒸汽。厅门紧闭。其内只有孙大掌柜,协理和账房先生三人。

协理持账本念账。账房飞速拨动百位大算盘。孙端坐一边,凝视算盘。

账房拨定一排算珠:四年全号汇兑流水总额,三核无误。

孙:此项核讫。

同时在案头账本上,写下什么。

协理:那就三核四年收存流水吧。

账房将巨型算盘提起一摇,算珠复位。

协理念账,账房拨动算珠。孙亲自到火炉前,沏水给二位。

天成元后门外。一小轿,几个骑马的,停住。京号老帮戴膺(四十多岁)从轿中下来。

两位守门镖师走过来,认出:是京号戴掌柜!刚到呀?一路还平安吧?

戴:托二位吉言,还算平安。你们也辛苦!

镖师:戴掌柜总这样客气!大冬天的,远路风尘回来,戴掌柜才辛苦!

号内柜房。戴及两位随行伙友的行李,在接受总号的例行检查。

总号一老年伙友：戴掌柜，大掌柜和老东家早就在盼你回来了，怎么才到？路上没耽误吧？

戴：年关了，京号事太多，早走不了。总号合账，各位也够辛苦吧！

老伙友：哪回不这样？那不，柜上几位当家的，正挑灯最后核账呢！大掌柜交代了，戴掌柜万一回来，他就不便出来招待了。柜上已在饭庄给你们定了酒饭……

戴：不用这样麻烦！常年在外，我们就想吃口咱太谷茶饭。就叫柜上的伙房，给做口热乎的家常饭，最好不过！

大厅内。

账房：四年全号放贷流水总额，三核无误！

孙：此项核讫。

协理：那就三核四年全号赢利总额吧。

账房将算盘复位。

5

康笏南小书房。房门紧闭。其内仅康，孙，三爷。

康：大掌柜，这次密议，我第一次叫老三在场，意思你也明白吧！我这么大年纪了，还能替他们当家当到什么时候！老大耳聋，出世人一般。老二迷了武术，不知商道为何物！日后康家，只好托靠老三了。

孙：三爷智勇都有，能当大任的。

康：孙大掌柜，你也学会说阿谀之词了？老三他真要智勇都有，我早专心于金石，或陪筠青，出游天下了，还用这样日夜殚精竭虑，甘心折寿？

三爷：为儿不肖不孝……

康：我不是对你说了，今儿在场，没你说话的份，只在一旁静观就得了！

孙：康老东台，我也这么大年纪了。给你领东天成元还要到什么时候。我也该告老回乡，课孙养花，一享天伦了。

康：孙大掌柜，你我同进退吧。我先问你一句，戴掌柜回来了吗？

孙：昨天夜里才到。我给你问了，石头带回来了。是真是假，只怕还得你亲自鉴别。戴老帮说，他也是外行。

康：戴掌柜不会办穿帮的事吧？

三爷低下头。

孙呈上几纸账单：老东台，三爷，本届账期全号汇兑、收存、放贷的总流水，全号的总开支，四年的总赢利，经合账核讫，各项结果都开列出来了，请过目严查！

康略略翻过，递给了三爷。

康：大掌柜，天成元这届账期业绩出我意料！这四年国势不振，尤其去年有戊戌变局，今年有朝廷禁汇，你能张罗出如此业绩，功劳不小。也算是一个丰年呀！

孙：这等收成，只能说差强人意吧，不是最好。功劳在全号同仁，孙某已老迈，实在也没走过几着好棋的。

康：总说老迈，老迈，大掌柜是另有弦外之音吗？

孙：年纪大了，又逢乱世，毕竟力有不逮。这是实情。

康：我不是说了，你我同进退吧。我说丰年，也不是过誉。祁太平同业几大号，近年有这等业绩的，还不多呀！

孙：这也正是我想请老东台深虑的。今年日升昌也逢合账，日前探得：它四年总流水略多于我们，但总赢利却低我们不少。日升昌是我西帮业界老大，近年与我们明争暗斗甚剧。后天腊月二十三，两家要同时揭榜合账结果，我们赢利胜出它……

康：它老大的面子挂不住？

孙：岂止是面子挂不住！就怕以后……日升昌的霸道，同业都知道的。

康略一想：我们不能隐瞒赢利，这是老规矩。再说，老大也不是铁打的吧？

孙:那就如实揭榜?

康:如实揭榜!

孙:那股份红利分多少,字号公积留多少,也请东家定夺。我意,为应对乱世之不测,这届公积还是多留为好。

康:我也有此意。但不会亏待天成元顶有身股的同仁!这四年中,驻外老帮有哪几位功劳大?

孙:当然还是首推京号的戴老帮!应对戊戌乱局,破解朝廷禁汇令,都与戴老帮在京师官场精心运筹关系甚大。其次,就数西安的邱老帮了。这届西安庄口的业绩,竟超过汉口、上海,大出我意料!

康:这倒在我的意料之中。

三爷:邱泰基也有这么大的本事?

康:你不用多嘴!

孙:上海、苏州,为江南工商重镇。可惜本账期我沪号、苏号生意都不如人意。沪号孟老帮能通英国语,易于兜揽洋商生意,只是文弱有余,才智不足。苏号的刘老帮,本也是把好手,也不知怎么了,近年生意总不温不火。

康:孟刘两位,回来了吧?

孙:都说不能回来过年了。也是自觉脸上无光吧。

康:有丰有歉吧,不必严责过甚。

6

康庄,鞭炮声四起:腊月二十三的小年气氛甚浓。

康宅大门外,张灯结彩。不时有天成元驻外老帮的小轿、车马到达。三爷和老夏在大门口忙着迎客。

西号老帮邱泰基(三十四五岁)坐轿到达。他衣着华贵,喜形于色。

京号戴老帮坐小轿到达。他衣着如常,谦和礼让。

相互问候毕，夏低声对戴说：老太爷正等着你呢，快去吧！

戴进入康宅大门，行至仪门，老亭迎出。

戴跟着老亭，穿厅过院，曲曲折折，到达康的小书房。

老亭掀起棉门帘，戴进入。

康起身迎来，戴即跪拜：提前给老太爷拜年了！

康：戴掌柜，你跟我不必这样多礼！

老亭忙扶起戴：老太爷天天盼你到来！

戴：京号年关事太多，早走不了。官场、商界，处处都得打点到。还有，为等杜老爷，也多耽误了几天。

康：杜长萱他回国了？

戴：出使法国大臣，应诏回国，杜老爷随从回来。

康：他升了秘书官没有？

戴：还是一等通译官。今年山东直隶教案不断，义和拳民蜂起，朝廷甚头痛。出使西洋的大臣纷纷被召回议事。

康：有这么厉害吗？太谷的洋教，倒还安静呀？

戴：京师官场、商界，对此事态，忧虑甚多的。说着，取出一银壳怀表，呈给康：这是杜老爷让转交的年节贺礼，刚从西洋带回来的。

康接住，略一看，即置于案头：哈哈，他是我的岳丈，倒先赐礼！

戴：东家送杜家的年礼，我已照例呈上了。也遵老东台意旨，转达了邀杜老爷回太谷小住的意思。

康：他答应没有？

戴：杜老爷只是说，他也很想回故乡走走。我看，脸上似有难色。

康唉叹一声：不说了。戴掌柜，你淘到的那块青田冻石快拿出来吧！

戴取出呈上：于金石，我是外行，不知上当没有。

康接住，即凝神细看，尤其反复对着亮处透视，有倾，欣喜道：真东西！是真正的青田灯光冻石，是老坑出的佳品！戴掌柜，你是在何处淘到的？

不是在琉璃厂吧？

戴低声说：是从庆王府弄出来，他们因一时急于用银，有求于咱们京号，就让出了这块东西。价钱也不贵。

康：我说呢，市面哪能淘到这等石头！青田老坑出的灯光冻石，肌理细腻温润，最易吃刀，能得尽篆体笔意，且妙在不坚不燥，易受印色，钤拓出来，印蜕漂亮得很！所以青田老坑冻石，早已挖掘殆尽，世间难觅了。戴掌柜，甚好，甚好！

戴：这我就放心了。

老亭：这下，老太爷能睡个好觉了。

康：价钱不拘多少，我出。戴掌柜，近日我治了一方闲印，专送你的。当然石头没这块灯光冻石金贵，是块昌化鸡血石，也不算俗。说着，从案头拿起一方石印。

戴接住：能得一方老太爷亲手篆刻的印石，在我们，比得一块灯光冻石还要宝贵多了！诚谢老太爷！

戴细看篆文，念道：急其功，缓其颂……

康：错了，错了，那方是送西安邱掌柜的！这方才是送你的——

戴换过篆印，轻念：信—赏—尽—能。

康：这四年，戴掌柜与邱掌柜在外张罗生意最出色，我治印相赠，聊表一点嘉奖之意。篆文都是随手拾来的韩非子言，并无深意的。

戴：诚谢老太爷！

康宅大门外，天成元总号孙大掌柜、协理、账房先生、信房先生，乘轿到达。鞭炮声更烈。

7

康宅一宽敞厅堂。

二十多位驻外老帮及总号的协理、账房、信房在相互问候、交谈。

康、孙及三爷进来，众人归位。

康亲自相中堂前祖宗牌位和财神牌位敬香。后跪拜。

三爷跪拜。

孙跪拜。

京号戴老帮带头，众人结伙，依次跪拜。

众人就位后，康起身给众人作揖行礼：各位掌柜，今儿是腊月二十三，过小年，又逢我天成元四年合账揭榜之喜。老号掌柜，驻各码头老帮，大多重聚一堂。我先向在座的和未能回来的诸位掌柜、老帮，道一声诚谢了！康家祖业，康家老小，全仰赖诸位了。

孙起身还礼毕：东家信赖敝人及天成元全体同仁，也是我等大幸！这四年我等竭忠尽职，张罗天成元生意，虽历时势之艰，朝局之变，同业之争，收成总还算聊可向东家交代。

说时，拿起一张红地金字的账榜：敝人谨以天成元领东之职，向康老东台及康三爷禀报本账期全号经营大账如次：自光绪二十二年正月起，至光绪二十五年十月讫，全号营业总流水为两千六百一十五万三千一百二十一两银，其中汇兑总流水一千二百四十万零三千七百四十八两银，收存总流水八百五十万四千五百七十二两银，放贷总流水五百二十六万四千八百零一两银。全号总支出二十五万三千六百八十三两银。四年全号总赢利为七十五万二千四百四十二两银。敬请东家细查严查！

孙报账期间，众人鸦雀无声，屏气细听。及至报账毕，才低声议论声起——喜气洋溢。唯有三爷无所动，似枯索难耐。

康：我看，又是一个丰年呀！当今朝廷户部，全年理财，也不过七八千万两银子。我一家小小天成元票庄，一个账期过手银子，也在二千六百万两之多。每年过手之银，相当朝廷岁入之一成！诸位掌柜、老帮、伙友，辛苦了！我康家要破例奖赏。

老夏过来对三爷耳语，三爷才起身：诸位辛苦了。

孙:以我之见,本账期获利虽还算丰厚,但近年正时局多变,不能不有不测之虞。赢利分割,还是易多留字号公积。

康:孙大掌柜所说甚好。但也不能亏待字号诸位掌柜伙友。我看,七十五万两赢利,留十五万两做公积,所余六十多万两,按股份分红。东家财股分红后,再摊出五万两做公积,以便诸位的身股多分红。

孙:老东台,这不妥吧?

康:有何不妥!请账房就按此合计一下,本账期一份股份,红利为多少?

总号账房先生随口便说:东家财股二十一份,字号现有身股合十七份,总计三十八份股,分六十万零二千四百四十二两红利,一股合一万五千八百五十三两六钱——

众人一片嘘唏。

康:这一份收成,是诸位辛苦所得!较官场官俸,丰薄不说,总还干净。较官场更清明者,咱们是论功行赏,无亲疏之偏,捐纳之弊。

孙:本账期诸位老帮中,业绩最著者,京号戴老帮为首,其次为西号邱老帮。故拟为戴老帮加股二厘,晋至九厘身股;为邱老帮加股一厘五,晋至七厘五身股……

戴起身:戴某受东家、老号器重,多年主事京号,京号业绩,得地利者多,敝人才智实也平平。二厘重奖,我真不敢领受!邱掌柜主事西号,并无地利而业绩卓著,才当……

邱只好起身:戴掌柜大才大智……

康:哈哈,二位大将不要谦让了,就按大掌柜意思,受之不却吧!你们退让,别人还加不加股,又能加多少?本账期是丰年,凡有功绩劳绩者,都要有所嘉奖!未顶身股的伙友,也要酌情加辛金。唯一使我作难者,还是孙大掌柜呀!

孙:我的身股已满一份,到顶了。这是规矩,万不能破的。孙某已老迈,只求能功德圆满,全身而退,此生足矣!

康：当着众老帮，不能说这种话！对大掌柜，我当另做嘉奖。

8

康宅另一大厅。十张八仙桌，分列厅内。每桌四人，桌上丰宴已摆开。主桌，康、孙、戴、邱。其余众老帮分坐各桌。康家子一辈男主，大爷（年过半百），二爷（四十多岁）、三爷、五爷（二十出头），孙一辈两位少爷及康家塾师、账房、武师等，分列各桌作陪。管家老夏指挥众家仆，忙碌其间伺候。

远看主桌。康将那块银壳怀表赠孙。戴说了句什么，孙一惊，细看怀表。康将那方鸡血红印章赠邱。邱惊喜。外间鞭炮声大作。

鞭炮声落，康起身致辞：过小年每逢合账，本东家照例要在此宴请诸位掌柜、老帮。老身已这把年纪，丰收歉收，也经见多了。此账期收成不赖，本也不该大喜过望的。可我还是甚感欣喜。喜者为何？近年天时地利皆不如人意，时势朝局之变尤难把持，但康家祖业，我天成元宝号，却未见衰势。此全仰赖诸位掌柜、老帮及全号伙友。日后四年，仍须仰赖诸位，自不必多说了。天成元宝号能得诸位金融良才，我康家祖业之长盛，当可指望也。各位还是尽兴多喝酒，再回家过个好年，歇够半年长假，好好守一守媳妇！

孙起身作答：诚谢东家信赖我等！本账期收成虽还交代得了东家，但诸位万不可稍生骄奢之风。这四年平遥日升昌营业流水与我号相当，然而赢利却远逊于我。逊我为何？彼号骄奢日甚也！诸位当引为借鉴，整肃号风，严守号规，才能不负东家重托。

康：大年下的，还是多说吉利话吧。

众人起身，齐声：谢老东台仁厚，祝老东台长寿——

落座后，邱持一锦盒，起身：老东台，这是一张元人碑拓，谨作西号年礼，望笑纳。

康：哈哈，邱掌柜倒会投我所好！不会是赝品吧？

夏端一漆盘，邱将锦盒放上。

各桌老帮也相继呈上年礼，多为印石、字画、古玩，亦有山参、灵芝等。夏一一收了。

献礼毕，大少爷过来拉了拉大爷，大爷起身，静穆站立，大少代言：大伯慰劳众掌柜！

二爷起来，抱拳粗声道：诸位掌柜辛苦了——

三爷起来：康家仰赖诸位了！

年轻的五爷起来，细声：掌柜们辛苦了。

两位少爷齐立：掌柜们辛苦了。

老夏：请老夫人代东家女眷，慰劳众掌柜——

杜素装简妆，依然光彩袭人，由吕嫂伺候着，走进来。

杜合十：诸位掌柜，常年奔波在外，我愿佛祖能时时保佑你们。

众人意外骚动。

戴出一礼盒，起身：老夫人，这是京师市面卖的一套时新绒花，权做京号年礼。不成敬意的。

杜：我幼时在京城，常戴绒花的。谢谢戴掌柜了！

老夏托盘收了。

一老帮起来：老夫人，这是一枚西洋钻戒，谨作我们汉口分号的年礼。

各老帮相继呈上给老夫人的年礼，多为戒指、首饰类。

献礼毕，杜：以后不必如此为我破费了。各位尽兴畅饮吧。

9

杜回到自己的居室。

吕嫂端着满满一盘礼品，问：老夫人，这些礼品放哪？

杜：不拘放哪吧。

吕嫂从一柜中,取出一针线笸箩样的荆编品。里面已有不少各式戒指、首饰,随意放着。

吕:老夫人,新收的年礼,你不过目清点一下?

杜:把戴掌柜送的绒花留下,其余倒进去得了,清点什么,每回都一样!

吕留出绒花,其余捡入笸箩:老夫人,都快放满了!

杜打开看绒花:年下,各家媳妇姑娘来拜年,由她们挑吧。都挑走才好。

吕:她们能挑走几件!

杜:吕嫂,你也挑几件,年下赏晚辈。

吕:老夫人,你不是害我呀!我们做佣人的,哪敢带走主家的东西!

杜:我赏你,你不敢要,那就罢了。

吕:老夫人的情,我领了。可我们要这么金贵的东西,也没用处的。我们哪配穿金带银呀?

杜:我也不配穿金戴银!

吕:要不,还是人家京号的戴掌柜会孝敬人。几朵绒花,比那西洋钻戒还讨老夫人喜欢!

杜:我在京城长大,自然喜欢京城的土仪。

吕:绒花,也听着吉利!绒花,荣华,荣华富贵。

杜有不悦色:罢了,你把这绒花也收起来吧!

10

康宅一间客房内。

一儒雅老者,端详着手中的那块青田灯光冻石:好石头!我还是年轻时候见过一次这等青田老坑出的灯光冻石。康老财,此为我一生第二次亲见!

康:仁兄,我可不是请你来开眼!是想借你生花妙手,为我雕一印纽。

老者:这么一大块好石头就治一印?皇上御玺,也没这么大吧!

康:我一个乡间老汉,治御玺做甚!当然得先借仁兄慧眼,将此冻石巧为分割。再择其中一方最佳者,雕一印纽。

老者:我一生治印,真还没在此等佳石上试过刀!老友如此抬举敝人,当然乐于遵命了!只是,今日已腊月二十五了,我早已收笔封刀。过了正月吧,在下定用功效劳!

康:我还急着篆一闲章,年下赠人呢!

老者:那哪成!这么好的石头,不细心品味,精心雕琢,那不是作孽呀?

康:不是急用,我敢恭请你这高手?

老者复端详冻石:送谁呢?官场大员,还是商界同侪?

一直站立在侧的老夏:我们老太爷,是为我们老夫人亲备年礼……

老者笑了:你们一年到头,朝暮相守,还有此等柔情——难得,难得!

康复杂的笑。

老者:那印纽当雕"蛇盘兔"了?老夫人属兔,你老先生属蛇。民谚云:蛇盘兔,必定富。我早说过,贵伉俪系绝配也!

康:印纽只雕玉兔即可。所以我才特借老兄写意之长,以避流俗。

老者:一生难得在此等佳石上试刀,却被逼作急就章。幸见老友古稀之年,现儿女情长,倒发吾诗兴矣。快派人往我寒舍,取我刀笔家什!

老夏忙退出。

康:耽误仁兄张罗年货,我当会加倍补偿的。

但老者已凝视冻石,浑然入境。康即静坐一旁,不再言语。

11

入夜,鞭炮声热烈而持久。康宅大门,仪门,各院门外,悬挂的灯笼点亮。映照出新贴出的春联。

贴了春联的两扇房门被推开。老夏指挥仆佣，点燃供桌上的许多红蜡烛。烛光照亮三尊神主牌位：中为“康氏列祖列宗之位”，左为“天地诸神之位”，右为“关帝财神之位”。

仆佣摆放供品。

仆佣将一精制的紫檀托座，放置在祖宗牌位前。老夏亲手将一陈旧破损的驼屉子（驼毛编织物），放置于托座上。

康率四子两孙进入。仆佣退出，夏留下。

康亲自上香。

康跪下，紧随着，四子在后一排，两孙在再一排，同时跪下。夏远退到暗处。

康：不孝笏南率子孙敬拜列祖列宗——

三代人同时三叩头。

跪拜祖宗毕，康就座于供桌左手的太师椅。

四子同向康跪拜：父亲大人吉祥安康——

两孙向康跪拜：老太爷吉祥安康——

礼毕，康指驼屉子：没忘这是何物吧？

三爷代言：祖上用过的驼屉子，原为驮物护驼器具，今为我康家传家圣物——

康：此物何圣？

长孙代言：祖上在口外拉骆驼起家，艰辛万苦，方有康家子孙后代今日富贵——

康：每临大年三十，尔等都如此流利作答。我看你们是只记其言，不省其义吧？

老大浑然站着。

二爷：为儿不肖，也是不敢稍忘祖宗功德的……

康：哼，一年到头，舞枪弄棒，也是遵祖训？

二爷:我实在无商才,不敢有辱祖业……

三爷:父亲大人,我在口外,渐知祖宗起家艰难……

康:你先不要说话!老五,我问你:你大哥年轻失聪,你二哥又自甘无才,你呢,就只会守媳妇?你就不想与你三哥互为激励,互为帮衬,以日后继承祖业?你们以为我真会长生不老,供你们坐享富贵一辈子?

五爷:年后,我也想往大码头走走,以广见识……

康:今日,当着列祖列宗的面,我向你们弟兄四人郑重做出交代:老大,老二,既然无力接手祖业,那老三你就得担起重任,预备替我当家!老五,你预备帮衬你三哥!老二,你也得从江湖收心,尽力帮衬他们!康家祖业传到尔等手里,不光是富甲天下,更有难担的千钧重任!败家子孙,有如亡国昏君,在世间最落骂名!尔等谁愿如此?

二爷、三爷、五爷及两位少爷都跪了下来。唯有大爷还浑然站着。大少忙拉了拉,他才跪下。

12

大年初一景象。身换新衣出行的人流。装饰一新的车马、轿辇。点放鞭炮的童稚。

一辆华贵的马车,行进在此景中。

车轿内,杜依然素服淡妆。吕嫂穿了新衣。

车在一大佛寺前停下。佛寺后面,秀丽的山势。

佛寺山门内,香客不少。

杜虔诚拜佛。佛钟声音悠扬。高大的金身佛像,俯视杜。

杜布施一张银票。老僧还礼谢纳。

13

康的小书房内。康沐手，焚香。然后端坐书案，拿起一方已雕出印纽的灯光冻石，凝视。

印纽特写：晶莹剔透的质料，似像非像的玉兔相态，溢出含情神韵。

康执刀正欲开篆，伫立一旁的老亭：老太爷，今儿正月初一，不宜动刀的！过了破五，再刻也不迟……

康：你懂甚么！治印，刀即为笔。古人写字，先由刀始，其后才有笔。古时逢吉日，于甲骨金石之上留志，不用刀，用什么？我治此印，是专挑了大年初一布新的吉日。

老亭：老太爷，我又长了见识。

康：你也出去吧。跟他们说，我谁也不见了。

老亭退下。

康执刀凝视。

14

近午时分，几匹护马，一辆华贵马车停到康宅大门外。

老夏慌忙出来迎客：啊呀，是郭大掌柜，贵客到了！转身对仆佣喊道：快请三爷出来迎客！仆佣跑入。

日升昌穿戴考究的郭大掌柜，由随从伙友扶下车，仰脸看看康家大门：还与往年一样？该有新气象呀！

夏：跟你们日升昌比，康家是小户人家。

郭：哈哈，小户人家？

三爷不情愿地往出走:又是谁来了?

仆佣:平遥日升昌的郭大掌柜!

三爷:是他吗?从平遥来,几十里路呢!

仆佣:就是郭大掌柜!排场就不一样。

三爷刚出仪门,就迎见郭:郭大掌柜,恭喜发财!

郭:我远道而来,就是专门恭喜贵府发财的!

夏:还是同喜,同喜!

客厅。主客坐定。

三爷:大老远的,郭大掌柜光临敝舍,真是……

郭:昨儿受祁县渠家邀请,在他家过的年三十,看了一夜堂会戏,也算熬岁了。渠家养的戏班,真还有几个好角儿!今儿,就近来给你们家老太爷拜个年!

夏忙说:我们家老太爷昨儿也熬岁来!这不,还没起来呢。毕竟年纪大了。已经传进话去了:日升昌大号的郭大掌柜驾到!

三爷:家父到底年纪大了。

郭:哈哈,我看你们家老太爷是修炼成精了。如今咱西帮票行,没人能比得过你家老太爷!

三爷:郭大掌柜说的……

夏:郭大掌柜是说年下的吉利话。日升昌是咱西帮龙头老大,谁也不敢跟你们比的。

老亭站在康的小书房外,隔着窗户纸,低声说:老太爷,平遥日升昌的郭大掌柜,来了,来拜年——

房内无动静。

老亭稍停,又低声说:日升昌的郭大掌柜,来给老太爷拜年——

仍无回应。

客厅内。

郭:今儿趁给康老太爷拜年,我还有一事请教。

三爷:家父……

夏:郭大掌柜不用这么客气!

郭望了一眼随从,一伙友即递过一锦盒来。

郭:年前,我得了仇英的几张册页。怕不保险,想请你们老太爷给看看。三爷,仇英知道吧? 前朝画坛四大名家之一家。名声大了,仿冒的也就多。

三爷:惭愧,我于字画金石,真是外行。

郭:令尊大人,于此可是道行深呢!

夏:郭大掌柜稍候,我再去催老太爷……说毕,匆匆出来。

小书房外。夏小心跑来,低声:老亭,还没回话?

老亭摇摇手。又对着窗户纸,轻声:老太爷——

无回应。

小书房内。

康正凝神走刀于冻石上。刀过处,石屑飞溅。

传入老亭声音:老太爷——

康凝神不觉。

客房内。

郭大掌柜有不悦色:三爷,令尊大人若有所不便,我也算人到礼到了!不敢多打扰了。我还得顺路往曹家拜个年……

三爷:郭大掌柜,已经吩咐膳房备了酒席……哪能走呢?

郭:不多打扰了！改日得闲,再来拜访。

郭的随从过来收起锦盒,有更分明的不悦脸色。

夏慌忙进来:郭大掌柜,我们老太爷就到了,就到了！全因为下人进去通报,没说清楚！这不,刚才在下很挨了老太爷一顿责骂:既然是郭大掌柜光临,你就早该亲自来通报……

康进来:得罪了,得罪了,郭大掌柜！老汉先给你赔礼吧——

15

康宅大门外。

康,三爷,夏等,送郭上车。

车马远去。康等进门。

康等进仪门。

夏:郭掌柜来拜年,可是稀罕事！往年,也不记得他来过。

康:老三,你看呢？这其中有文章没有？

三爷:他不是说了？除夕在祁县渠家看戏来,今儿就近来拜年。祁县紧挨咱太谷,没多远路……

夏:我看,没这么简单！

康:老三,你用心想想吧,看这里头有什么文章！

三爷:我……

康:大年下,你就少出去喝酒,下棋,看戏,专心想想这件事！

16

入夜,杜的居室。

杜在灯下读佛经。

吕嫂慌忙进来:老夫人,老太爷要来!

杜一惊,又很快镇静下来:来就来吧。

吕慌忙加旺德式火炉,清理床榻等。

杜:你安静待着吧。

吕正不知所措,康进来:筠青,大年下的,还在用功?

康边说,边摘下裘皮帽,脱下鼠皮长袍。吕嫂一一接过。

杜:佛经深邃,进入不易。一旦进入,圣境迷人。

康:你与公理会的师母,交往多年,终于未笃信洋教,还是信了佛。甚好,甚好。

康与杜隔着书案坐下来。吕又慌忙收拾床榻。

杜:佛理于我,更贴近的。

康:我对佛学,向来也是至诚至敬的。只是商事俗务缠身,无暇精研。昨儿祭祖,我已做了交代:老三预备替我当家,老二、老五也要操心帮衬老三。只求早日清闲下来,陪你研习佛学!

杜:我研读佛经,是为得道,不是为博学。

康:研习佛学,自然是为修行养性。选老三当家,你无异议吧?

杜:康家大事,我可管不了。

康:子孙两辈,都还是敬重你的。今儿我闭门谢客,为你篆了一方闲章。因为年前得了一块世间难见的好石头!你看,这石头系青田老坑出的灯光冻石,就于灯光,晶莹剔透,故名。说时,将篆印凑近灯光。你看——真是晶莹剔透,清纯无瑕!

杜凑近略一看,平静依旧:我于金石,隔膜得很。

康:篆文,我选了一句宋词,耳熟能详的。说着,将钤了印蜕的兰花信笺展开,印色红艳,行篆似舞。

杜看:篆字,我也不大认的。

康:又岂在朝朝暮暮,秦少游词句。

杜不语。

康转脸对吕：你早些去歇着吧。

杜立刻说：今儿我去龙泉寺拜佛，已许了愿：正月祭斋，素食，独处。望老爷成全。

康意外，失落，茫然，无奈状。

17

长明灯映照的祖宗牌位。幽深的厅堂内，康孤身一人跪在供桌前。

康：……笏南续弦杜氏，已有八载，却一直有如银河之隔，终年难得相近，列祖列宗惩罚不孝笏南，尚无终期耶？笏南实无贪色之心，仅求于承重操劳之隙，稍得温衾柔榻……

传来外间隐约的鞭炮声。

吕嫂将房门闭锁。

杜拾起冻石篆印，投入那个置放戒指、首饰的筐箩中。

杜端坐灯下，展读佛卷。

外间隐约的鞭炮声。

18

一辆考究的大鞍马车，行进在乡间大道。

车帘掀起。坐于车内的杜：三喜，正月里又学会了什么新鲜秧歌？

车倌三喜：一正月，老夫人照旧三天两头进城洗澡，我哪有空去看秧歌？

坐在杜前的吕嫂：老夫人想听你唱几句新鲜秧歌，你说那么多废话！

三喜就甩了一个响鞭，唱起来：

家住儿太谷在沙儿河，

北洸村搭台台唱秧歌。

咱姐妹，走一回，

害怕老天爷下将来。

耳忽听得南山儿里响了一声忽忽儿雷，

天气哪就不好咧，

早般些就回儿儿来。

吕：还是这两句，唱了多少遍了！

三喜：吕嫂，你给老夫人唱两句新鲜的！

吕：我要会唱，能轮上你唱？

杜在车内快意地笑。

太谷城内一条后街。从一精致的门洞望进去，可见“华清池女部”的招牌。门外停着杜的马车及另外几辆讲究的马车。三喜在与其他车倌聊天。

吕扶着杜，从门洞里出来。虽被冬衣紧裹，杜仍洋溢着出浴后的清靓。

吕及三喜，伺候杜上车。

马车在繁华街市中停下。现出公理会福音堂的西洋式大门。

杜下车，一人步入大门。吕与三喜留在门外，争吵似的说笑。

莱浩德师母简洁的房间。

莱：山东，直隶，还是有不好的消息传来！

杜：恕我说一句不敬的话，贵会在太谷乡民中，还并不显要的。不显要，自然也无积怨。本地民风重商，敬财神甚于敬佛，更何况外域的洋教？

莱：夫人真是要皈依佛教？

杜：我细察多年，还是佛能救我！贵基督教，崇尚救世。我身陷于俗世，终是无救的。而佛引我出世，此是我唯一有望得救之途。

莱：夫人还是未得我会要义。基督博爱无边，无人不能得救的。夫人视婚姻为不幸，自爱太甚，本也不是罪过。如能施爱于人，便能见世界之开朗。

杜：这话，我听师母说过多次了。可惜，终于我无缘的。

莱：夫人，眼前正有一机缘，召唤夫人施爱于世！

杜：什么机缘？

莱：近来山东、直隶教案之乱，我会忧虑不已。夫人是贵地上流显要，若能皈依基督，成我会一员，贵地乡民必会争相效仿，消弭误解，善待我会的。此为施大爱之举，望夫人三思！

杜：师母也是太高看我了！我哪里有此等声望？不说我已决意笃信佛学，即便我皈依贵教，只怕更会引祸于贵会的。我一旦受洗礼，入洋教，太谷上下，岂不要热议贵会？为避祸，贵会保持一向的不显要，才更为安妥的。

莱摇头不解。

19

天成元总号信房。信房先生拆阅信件中，忽然停住，大惊。

他持一信件，急奔孙的账房。

孙接信看时，亦大惊。

一辆较为普通的马车，急驰在城外乡间大道。

马车停在康宅大门外。

康的小书房。

康看过信件，并无惊色：老亭，你去叫老三过来。

老亭忙退出。

孙:这是谁家捣的鬼?

康:还能是谁家!

孙:太谷同业中,在上海能跟我们一争的,只有志成信。可他家与英国汇丰银行,一向就没有生意往来。

康:我看,不是太谷同业!

孙:不是太谷同业,哪能对东家的家事知道得这么清楚?老夫人跟美国公理会福音堂的交往,外地同业也有人留意?

康:要想捣鬼,何患无隙!

孙:那会是谁家?

康:明摆着的!

老亭进来:三爷外出了——

康:他又去了哪?正月早过完了,他还安生不下来?

老亭不语。

一间文雅客厅内。

三爷同一老者在下围棋。

棋到中盘,三爷落一黑子。

老者将手中白字丢回棋钵:你真是棋艺大衰。这一局,你输得更难看!

三爷茫然。老者指点。

康的书房。

康:大掌柜,先不管是谁家捣鬼。汇丰的生意,一定要挽回!筠青与公理会的交往,是多年的事了。无非与女教士闲说些异域风物,何曾皈依洋教!她近年笃信佛祖,倒是真的。

孙:这我知道。但沪号孟老帮不是有大手段的人,又被汇丰吃透。他若有本事回天,也不会发密信求助的。

康:此为新账期伊始第一仗,不可失守。汇兑英商购茶款项往汉口,蒲圻,临湘,也一向为我天成元承揽,更不能拱手让人。沪号老帮不强,老号就速派“钦差”前往！

孙：这位“钦差”，我看唯有京号戴老帮可胜任。但人家正在歇假，驻外数年，好不容易回家小住，实在不便叨扰的。

康：邱掌柜如何？

孙略有犹豫：邱老帮也一样在歇假……

康：那我出面替你请请？当“钦差”回来，再补足假期吧。

孙：老东台这样给面子，他……当然会欣然领命的。

20

三爷骑马在先，一辆大鞍马车居中，一辆普通马车在后，行进在乡间大道。居中马车，一赶车的车倌，一跟车的仆佣。其后马车，只有一赶车的。

居中的车轿内，传出康的声音：叫老三过来！

跟车的仆佣喊住三爷。三爷下马，趋近康的轿帘。

帘内康声：你想出来没有？大年初一，日升昌的郭大掌柜来访，其中有什么文章？

三爷：父亲大人，仍想不出他在做什么文章……

康声：哼，成天不着家，能想出什么来！给，你看看吧！

轿帘边递出那封信函。

三爷边走边看，渐生惊色，不由念出声：……毓贤罢官山东，系受美国公使参奏。天成元财东与美国洋教有如此交情，毓贤移任山西，对该号岂能善待？该号万一有祸，生意岂能不受牵连……

三爷慌忙趋近康：父亲大人，母亲将有灾祸？

康声：你慌什么！这是有人无事生非，欲嫁祸于我。你看这人是谁？

三爷：我看不出……

康：大年初一的文章，你还破不了题？

三爷更茫然：难道是日升昌？可母亲大人一向远离商事……

康:愚不可及!

21

康的车马进入一中等村庄,在邱宅门外停下。

邱惊慌迎出。

老亭从殿后的马车下来,过来伺候康下车。

康下车后,悠然打量邱宅大门:邱掌柜,府上门脸倒是俭朴。

邱:早想翻修了,只是常年不在家,一直未动工。

康等进入邱家庭院。康悠然环视:是祖宅吧?很有耕读传家之风。

邱:叫老太爷笑话了!等天气稍暖,即要翻修寒舍。

康:翻修?是要焕然一新吧?

邱:再新吧,能新到哪?就算排场到敝村首户,亦是光耀东家的天成元大号!这四年得丰厚红利回来,村人对康家更敬仰无比。

康:哈哈,邱掌柜,你倒会说话!

邱简陋的客厅内。

邱持信函,有怒色:同业争夺利源,亦不能如此乘人之危呀!

三爷急道:这分明是无中生有!

康:你先不要多嘴!邱掌柜,你看如何破此危局?

邱:老太爷理商,早出神入化了,在下哪敢多言!

康:我们远道而来,就是想听听邱掌柜高见。我与孙大掌柜都老迈了,多年蛰居太谷,对外间风云,毕竟隔膜了。

邱:老东台是考我吧?

康:诚心想听你的高见。

邱:以我看,应从疏通毓贤大人入手!毓贤新任山西巡抚,我们抢先拉拢,上呈实情,上海危局自然会破。

三爷:邱掌柜说得对!

康:你又多嘴!邱掌柜,拉拢新任抚台,谈何容易?

邱:我在西安,与陕省布政使端方大人交往,听他说过这位毓贤。为官倒是勤政正道,就是性直心急。鲁省信洋教的教民,势众霸道,与一般乡民积怨甚深。毓贤为乡民做主,也是应该的,但惩处教民,出手太狠,就使洋人不满。尤其为反洋教的义和拳民撑腰,局面就更难收拾了。

三爷:这样一位抚台,也不好疏通吧?

康瞪了三爷一眼:邱掌柜有疏通良策吗?

邱:想办法吧。

康等告辞时,邱的夫人出来行礼致谢:谢老太爷器重大恩!

康视邱夫人,现幻觉——邱夫人渐像杜,且有他所期盼的殷勤娇羞状。

邱夫人更羞怯。

康悟,笑:邱掌柜,家藏美妇呀?好好在家守着吧!

邱笑,夫人更脸红。

22

康的一行车马,回到康宅门外。

三爷扶康下车:父亲大人,靠邱掌柜疏通新抚台,能指望吗?

康:疏通新抚台,倒是必要。只是沪上的汇丰,人家会等着我们疏通吗?你也想想,上海汇丰那头,该如何张罗?英商的汇兑生意,不能丢了!

23

康及老亭所乘的两辆马车,停在了另一村庄的戴宅门外。

老亭扶康下车时:为何不带三爷来?

康:他来何用!

戴从容迎出:老东台光临,也不早说一声!

康:我闲来无事,出来走走。戴掌柜常年驻京,难得一聚。我是来听戴掌柜说京师见闻的。

戴:想听,打发人叫我过去不就得了?

康看戴宅门脸:戴掌柜,早听说你的府上儒雅得很,果不其然!

戴:老东台笑话寒舍呢!

康:我看真是一无官气,二无商气,不俗得很!

戴笑:那就剩寒酸之气了。

进入庭院,一份精致而安详的气息。

康环视:果不其然,儒雅祥和,藏而不露!我多眼红了。

戴:老东台只会笑话我!

康:听说府上还有个很不俗的园子?走,看看去。

一不大的后花园,铺陈自然,气韵灵动。园中葫芦型水池,随意缩成的细腰处,架了一道几无修饰的小木桥。池旁假山,似天成的山岩般简约。假山外一座凉亭,却极其精美。

康、戴等在园中走动的远景。

凉亭特写,亭柱上的题刻楹联:行己有耻　博学于文

康看楹联:戴掌柜,你是有大志的人呀!

戴:刻了顾亭林这两句,不过聊以励志,效忠东家吧。

雅致的客厅。

戴看过那封信函:汇丰的生意,我看一时还丢不了。

康意外:戴掌柜,快说说你的见识!

戴:以我之见,汇丰不过是想借此占我们些便宜罢了。他要真想将汇兑茶款的生意转手别人,哪会先将此等借口泄露给我们的沪号?英商念旧交,应给出一个堂皇的借口。

康:戴掌柜多年驻京,与洋商交往也不多吧,何以能如此把准他们的脉?

戴:老太爷忘了?杜老爷常出使西洋!我每去拜访,不免要听杜老爷说西洋事。听得多了,也就略知一些吧。汇丰因我号与洋教有来往,就不跟我号做生意了,他哪愿意担这样的名声?

康:有理,有理。沪号掌柜,常年与洋商打交道,遇了此事,竟然慌了。戴掌柜,那我只好替孙大掌柜来求你了!

戴:老东台言重了!有需在下效劳的,尽管吩咐好了。

康:那就请戴掌柜以“钦差”身份往上海走一趟。只是耽误你的假期,我与孙大掌柜于心不忍。

戴:得老东台与孙大掌柜如此器重,戴某只感荣幸!

归途,康在车中沉思不语,无轻松感。

24

戴,五爷及几名随从骑马,两辆马车,行进在进山的官道上。

五爷对并行的戴说:戴掌柜,没有你在老太爷跟前说话,娘子哪能与我结伴出来?真不知如何谢你!

戴:五爷,谢了几次了,还谢?你们小两口如此恩爱,老太爷也高兴。

五爷:我们早想往江南走走。可老太爷只许我一人出去历练……

戴:我西帮以天下为畛域,生意都在外间码头。五爷你早该出来多见世面的。

五爷:我自知无大才。领天下生意,非有大才不可。

戴:谁是天生有大才大智的人?常远行,广见识,多历练,就练出来了。

马车内,年轻美貌的五娘,撩帘兴奋地观赏外面景色。

25

早春的苏州城外。

车帘已掀起,五娘更兴奋地观赏外间的湖光山色。

五爷近前指点。

苏州城内,天成元分庄门外。

戴及五爷的车马到来。

苏号出来几人迎接。

戴:刘老帮呢?五爷伉俪初来苏州,他出来迎客呀?

苏号副帮:刘老帮不巧有事外出……

入夜,苏号刘老帮的账房。

戴:明日一早,我就启程赴沪了。刘老帮,五爷夫妇年轻,出门不多,你们要小心照应。离开太谷时,我可给东家老太爷担了保的。

刘:请戴老帮放心!

26

上海晋阳饭庄。

一雅间内，只有戴、天成元沪号孟老帮、英国汇丰银行福尔斯帮办三人就席。

福：戴掌柜的判断，我们感到欣慰。只是，您有一点误会了我们的意思。本行并无意借此压低贵号的汇费。贵号汇费，多年守约如一，甚可预期，这正是我们看重的。

戴：汇水不妄贪，这是我号的祖训。守此祖训，是关乎汇源长盛不竭的大事。但不贪涨，也不能轻易降低的。

福：戴掌柜，我把话说明了吧，我们不过是借此事，重测一下贵号有无……孟老帮。

福说了一句英语：汉语怎么说合适？

孟：足够的智慧？

福：对，足够的智慧！

戴笑：我号若有勇少智，能同贵行交往这么多年？我号财东，是由走茶起家，临湘、蒲圻一带的湘鄂茶市，为康家的老地盘。贵国茶商都知道的，贵行欲舍我，贵国茶商也不情愿吧？

福也笑：戴掌柜如负命来严责我们，我行也只好另择别人承汇了！

孟：争夺生意，也不能乘人之危的！

福：贵东家老夫人，还没有什么麻烦吧？

戴：老夫人与美国在太谷的公理会已经交往多年了。可惜终于也未皈依彼教。老夫人性情不同常人，淡泊于商事世事，常年隐居似的。公理会在太谷，也不显要。传教十多年，只得信徒百人而已。敝乡民风，重商不重教也。

福:上帝并不禁民经商的。

戴:中西毕竟不同。

福:近年贵国北方局势,我们也不能不有所慎重。红茶国际交易量大,我行承揽的购茶汇款,不是小生意。也许我们早该在贵国产茶地设立支行了。

戴又笑:若没有我西帮这么便宜的汇兑行,你们也早开设分行了!

福也笑:戴掌柜,我们要能聘到你这样的买办,就在蒲圻开设支行!

27

沪号孟的账房。

戴:打听出来没有?是谁家欲夺我汇丰生意?

孟:没有想到,竟然是日升昌!我们一向将它当同业老大敬重,也没得罪过它呀?

戴:近年我们生意比它做得好,或许有些坐不住了。我们就当不知道,还是一如既往敬重它。这千万要记住。

孟:但它也太……

戴:此关乎我西帮大局,不敢轻率用事。

孟:戴老帮这一来上海,动静不小。

戴:所以更得装不知情!我号与日升昌明争,必然要两败俱伤。这也是汇丰他们洋人银行所乐见的。对英人之狡猾,心里一定要明镜似的!

孟:我知道。

28

晨后已高的太阳,照着苏州"全晋会馆"的大门。

五爷、五娘、苏号刘老帮及随从走出来。

五娘:住在这么宏丽精巧的会馆,真似在仙境!

刘:此为我西帮钱业的先人们集资所建,名满姑苏的。

五爷:今儿我们去虎丘,不会流连太久的。请刘掌柜放心。

刘:轿辇已经雇好了,柜上派了伙友跟着伺候。我就不能亲往了,望五爷体谅。柜上离不开的。

五爷:刘掌柜太客气。临出来前,老太爷有吩咐,不叫打扰你们的。

五爷、五娘分别上了停在门外的两乘小轿。他们的一男一女仆佣及苏号一年轻伙友,跟着小轿,一行而去。

刘目送片刻。

小轿一行穿繁华闹市。苏号伙友向五爷仆佣指点沿街景象。

29

小轿一行在城外行进。前后有其他轿辇车马同行。

伙友与仆佣谈兴更浓。

小轿一行到达云岩寺山门外。寺内古塔静穆矗立。

五爷的轿子停下。随后的五娘之轿,却未停下,继续前行。

伙友及仆佣忙呼:到了,到了!

轿子继续前行。男仆及伙友忙趋前拦下。

轿帘掀起,一男子恶声道:大胆,谁敢拦爷爷的轿?

男仆、伙友惊愕。

轿子重起,扬长而去。

已下轿的五爷惊呼:你们五娘怎么不停轿?快叫停轿!

女仆跑来问:怎么不停轿?

男仆:那不是五娘的轿!

女仆惊呼:那五娘呢? 那五娘呢?

五爷也过来惊问:你们五娘怎么了? 你们五娘怎么了?

伙友跑去问抬五爷的两个轿夫:五娘坐的轿呢? 你们不是一起的吗?

轿夫甲故作意外:没跟上来? 真是两个衰鬼!

轿夫乙也骂:跟他们搭伙,真娘的晦气! 交代得清清楚楚,来虎丘,来虎丘,跟哪去了?

轿夫甲:走,快跑一趟吧,去将那俩衰鬼寻来!

轿夫乙笑对伙友:客官不必惊慌,没事的! 那乘轿子,跟差了。我们这就去寻他们,没有事的,稍等一会就到。

轿夫甲:我们的轿子,有劳客官照看一下。我们很快就回来!

两人循来路,匆匆去了。

五爷过来惊问:五娘呢? 五娘呢?

伙友:轿夫跟差了! 那不,这两人跑回去找去了。不会有事……

女仆:他们不是一道的吗? 还能跟差了?

五爷:天爷,你们五娘叫他们抬哪了?

男仆:五爷,你坐的那乘轿还在呢,不会有事。

30

午后,苏号内。

五爷的男仆惊慌地说:刘掌柜,大事不好,五娘不见了!

刘:你说什么?

男仆:五娘不见了! 五娘在会馆上了轿,到虎丘,下来的就不是五娘了! 中了调包计了……

刘身软,坐倒。

31

上海,天成元沪号。

孟老帮急看电报:“脱臼”何意?

信房先生:就是绑票!

孟大惊:五娘遭了绑票?天爷!赶紧派人去叫戴老帮回来!

信房:戴老帮正拜访日升昌沪号,还是不宜声张出去吧?

孟:也是,也是。五爷、五娘到苏州没几天呀?怎么就出了事!

入夜,孟的账房。

戴:苏号在当地有仇家?

孟:没有听说呀?近年苏号生意不强,但刘老帮并不是霸道的人。

戴:苏州是江南商业重镇,生意很可有作为的。刘老帮说过什么没有?

孟:没有听他说过什么。戴老帮,会不会是日升昌……

戴:不会,我看不会!我西帮争夺生意,不会出此狠手!孟老帮,我得连夜赶赴苏州。你这里,万不能声张此事。另外,沪号尽快预备几万两现银,以便那边急用。

孟:知道了。戴老帮也要多小心!

戴:我无妨的。绑票,无非是要讹些银子吧。我们先把人赎出来再说。可用密语电告太谷老号,说戴某已往苏州救人,无须太惊慌。

32

苏号内。

刘惊慌异常状。

戴:刘老帮,无须太惊慌的。这也不是你的过错!

刘似更慌:五娘万一……怎向东家交代……

戴:此事由我向东家交代!绑票,无非是讹诈银子。下肉票了吗?

刘慌忙递上一纸。

戴急看:要十万两现银?限期七天?石湖?草上飞?刘老帮,“草上飞”,听说过吗?

刘:从没听说过……我跟镖局的老大们打听了,苏州地界,没听说过有强人“草上飞”……

戴:石湖在何处?

刘:在城西南六七里处,那不是僻静的地方呀?

戴细看“肉票”,忽有所悟:不是惯匪!不是江湖强人所为!

刘:戴老帮……何以……

戴:刘老帮,你我是做银钱生意的。运送十万两银锭,是一个什么阵势?一二十辆送银撬车,赶车的,押车的,三四十号人马!如此惊天动地的赎票,能像是江湖强人做的活儿?不必太惊慌。我们就筹十万两银子,按时运往石湖救人!

刘稍安,忽又惊慌起来。

33

戴匆匆进入“全晋会馆”。

戴刚进入一间客舍,五爷便扑过来,揪住他:是你拐走了她?是你拐走了她?

男仆忙说:五爷,这是戴掌柜,京号的戴掌柜!

戴:五爷,五娘快回来了……

五爷不松手:是你拐走了她!就是你拐走了她!

五爷脸部特写:已是一张丢了魂灵的痴呆之脸。

34

太谷,康宅花园。午后日暖时,康正在全神练习形意拳。

老夏与孙大掌柜惊慌跑来。

夏:老太爷,出事了,出事了!

康继续练拳:天塌了吧,用得着这样慌张?

孙:“五娘出事了!”递上电报。

康收拳,并无惊色,接电报看:脱臼?

孙:就是遭了绑票!此密语从未用过,信房现查了,才明白!

康仍无惊色:那老五呢?他没“脱臼”吧?

孙:电报没说,相比五爷没事。

康:既然戴掌柜已往苏州,就无须惊慌。给苏州回封电报,先救人,银子不用可惜!

孙:老号已回了电报,也是这个意思。唉,五爷、五娘也不是爱张扬的人,怎么出了这事?

康:你们也先不要张扬此事!

35

三爷骑马归来,半醉。

随从男仆扶他走进仪门,老夏迎住,低声:三爷,又喝多了?

三爷:没喝几口!老太爷又传我?

夏:老太爷倒还没叫你,可五娘出事了!

三爷大叫:五娘?出什么事了?

夏:小声点!小声点!

三爷仍大声:五娘出什么事了?

夏:五娘……病了,病了。

三爷:病了? 厉害吗?

夏:不要紧。三爷,你快回屋醒醒酒吧,小心老太爷又叫你!

夏对三爷的男仆说:还不快扶三爷回屋!

康回到小书房,老亭沏茶。

康:去叫老三来!

老亭出去。

老亭回来:三爷……正睡……叫不醒……

康怒:又喝多了?

老亭:说是刚回来……

康怒将茶杯摔地。

36

老夫人居室。

杜:他三爷,你坐下说吧。

三爷未坐:我有事来求母亲大人。

杜:求什么! 有事尽管说好了。

三爷:昨儿午间,我与曹家大少小聚,实在不是为饮酒取乐。更不知五娘出了事……

杜惊:他五娘? 出了什么事了?

三爷:母亲大人还不知道? 在苏州遭了绑票!

杜:真的? 老五小两口,也不爱惹是生非呀?

三爷:详情我也不知! 我也是今儿才听老夏说的。赶紧去见父亲,父亲拒不见我,只叫老亭传出话来:叫他只管喝酒,不用管别的! 我实在……

杜:他三爷,你父亲他也不容易。年纪大,家业大……

三爷：五娘出了这样的事，我正想呈请父亲，赶赴苏州！可父亲拒不见我。

杜：江南也这样乱吗？那里也有拳民教案？

三爷：昨儿我与曹家大少小聚，也是在议山东、直隶的乱局。

杜：他三爷，我问你，我与公理会有交往，是不是也遭人非议了？

三爷：是有……但那是商界为争夺生意，无事生非！

杜：谢你告诉我实情。

三爷：二哥已赴直隶沧州，说是会江湖武友，其实也是想探知那边义和拳民的情形。

杜：你们为康家生意操心，那是应该的。对我，倒无须多虑。

三爷：孝敬母亲大人，也是应该的。否则，我也无脸来求助。

杜：求我做什么？

三爷：向父亲说情，准我急赴苏州！

杜：好吧，我替你说说。他二爷常年交接江湖，要去，该与他二爷同往。只是，苏州遥远，来得及吗？

37

一间华艳的闺房。灯光幽暗。

一美艳的妇人哭泣。

刘老帮跪求：我与你私好，已违西帮铁规。纳你为妾，实是难于登天呀！万望开恩，来生相报！

妇人：那我们就同赴来生吧！

刘：湘姐，不要如此相逼我！

妇人：寿哥，我此身此生，已属意于你，为奴为仆也情愿的。若断情弃义，我也只有一死了。

刘：唉，我也不愿断情的。但你如此挟东家五娘相逼，岂不是断绝你我退路？

妇人：我不会伤害五娘，更不要你十万银两，只求你不要弃我！

刘：只有五娘安好回来，我们才能从长计议……

妇人：寿哥，你不是诳我吧？

刘：唉，我也舍不得你……

妇人扑来跪地相拥。

38

苏号柜台外。

一个紧贴柜台站着的顾客背影，悄悄将一信札丢在脚下。

顾客背影，离开苏号。

一拿鸡毛掸的小伙友，走出柜台，清洁中发现信札。他将信札捡起，交给了柜台后的副帮。

副帮从未封口的信皮中，取出信笺一看，慌忙跑入后院。

刘老帮的内账房，他站看信笺，轻叹一声。

戴老帮接看信笺，说：这是何意？

信笺特写：

刘掌柜亲鉴：实在是抱歉！吾等请人，出了大错。该请的，没请到，错将康五娘请回。失敬，失敬。所幸未敢慢待康五娘。贵五娘正在石湖客船赏景，恭请贵号即往潮音寺码头迎回。冒昧失敬处，还望海涵。草上飞谨拜

戴：刘老帮，竟有此等荒唐事？

刘：戴兄，宁可信其有吧，救人要紧……

戴略作思索:那好,我带镖局武师赶赴石湖!刘老帮,你得留守苏号,小心其中有诈。

刘:戴兄想得周全。

39

镖局七八位武师,飞马疾驰在城外大道。

几乘小轿,疾行在同一场景。

湖面浩渺。湖岸山峦起伏,宝塔佛寺隐现。临湖小码头,寂静异常。

镖局武师飞身下马。

武师甲:此地不是荒凉处,怎么不见一个人影?

武师乙指湖中:那边有游艇停着——

武师们呼喊:船老大——康五娘——

无回应。

武师甲:快游过去看看!

武师乙:湖水太冷了,还是寻只小舟来!

戴等的小轿到达。码头上,除了武师们,已聚来一些当地人。

武师甲:戴掌柜,坏事了!康五娘已溺水身亡……

戴惊愕:撕票了?

武师乙:我们已跟船老大打听过,是歹人对康五娘有所不敬,五娘投湖自尽的……

戴:什么时候的事?

船老大:没多久,没多久。几个男子,带着这位小娘子,雇了我的船游湖。我看小娘子一路惊慌,无言语。那几人粗言相戏,小娘子似也听不懂,只惊慌,倒无动静。是有一汉子,要摸小娘子的手,娘子惊慌躲避,起身逃跑,转眼就落入湖中。早春湖水多冷,哪还有救?救起小娘子,那几个男子,也仓皇逃掉了！今日晦气呀！

戴等上游艇。

特写:船舱里,一具湿淋淋的女尸。头发凌乱,一只赤脚。

40

苏号。

与戴随行的一伙友,惊慌闯入:刘老帮,不好了！五娘投湖自尽了！

刘颓然坐下。

伙友:戴老帮叫赶紧安顿收殓诸事！

刘独自一人在写遗书。房门紧闭。

刘将遗书折好,放入信封。

信封静静放在桌上。

刘悬空的双腿,在摇晃。

41

深夜,戴看遗书。

戴:刘老帮自尽的消息,没有传出去吧?

副帮:没有吧?

戴:这个烟花女子是谁?

副帮:我也不清楚。但坊间正传,姑苏名妓湘姐也吞金自尽了！

戴:苏号危在旦夕了！

42

星夜，十多名拳师，飞马急驰在北方旷野。

飞马中的二爷，满头汗出。

马急停，扬起前蹄，二爷骤然落马。

众拳师勒马，跳下，围住二爷。

二爷疼痛状：腿，这只腿——

一拳师点亮马灯。清晰的二爷委地疼痛状，僵直的一条腿。

43

晴天。苏号门外的挤兑人群，拥挤嘈杂。

柜台内，几个伙友忙碌而从容地查验存款银票，核算利息，兑付银锭。

一伙友查验银票特写：举银票向亮处，映出篆体“康”字水印。

银票特写。

后院账房内，戴老帮叮嘱苏号副帮：不要慌，叫前台伙友尽量从容兑付，礼客如常，不能有半丝慌张泄露出来。

副帮：我已多次交代他们了。只是号内银库现货不厚，怕难以应对此挤兑风浪。

戴：这由我来想办法！你只管照应好前台就是了。

雨天。苏号门外的挤兑人群依旧不减，拥挤嘈杂更甚。

柜台内，几位伙友虽然依旧笑脸迎客，从容应对，但额头汗水不断，面色显出疲惫。

后头账房。

副帮：戴老帮，挤兑已是第三日，库中现银眼看就要告罄。我们还是向西帮同业紧急拆借几万两现货，以备不测。同业也纷纷主动催问，尤其是日升昌，再三问，是否需要援手接济？他们也怕受牵连呀！

戴：这是明摆着的一步棋，我岂能看不出？可这次挤兑风浪，是祸起萧墙！我们自家惹的祸，借别家的援手，就要低人一等了。不光是你们苏号，我天成元在各码头的庄口，都要受牵连，尤其是沪号！所以这场非常之祸，必用非常手段，才可平稳化解。太谷老号，既派我做'钦差'，这里应对的成败，全由我戴某一人担待，即便塌了底，也与苏号伙友无关！

副帮：戴老帮是我天成元第一把好手，我们都知道的。只是……

戴：现在是苏号生死关头，你先要临危不惧！你我一慌，下头的伙友还能从容得了？

44

上海一西洋咖啡馆内。福尔斯与孟老帮坐在僻静的一角。

福：有消息说，贵号在苏州遭到挤兑，真的吗？

孟：是有此事。我们苏号老帮遇不测辞世，市面生出流言，引发挤兑。不要紧的，我号有足够存银应对。

福：不要紧？金融行业，受挤兑可不是小事！

孟：福尔斯先生，我大清金融现状，你该了解的。朝廷法定通货，是银锭铜钱，流通之不便，早日甚一日了。故我号等西帮票号，因信誉弥久，历年开具的存款凭条，俗称银票的，已被市面当作纸币流通。多数银票逾期不来兑现，这对我们利弊双存。借此挤兑，回收一些陈年存条，也不是坏事。

福：贵号居然会这样看待挤兑？

孟：这也是恰逢我号新账期伊始，存银充裕。

福：孟掌柜，我冒昧问一句，此挤兑风浪，是否与贵同业日升昌有关？

孟：这不可能。我西帮同业间，争夺生意是难免的。但对西帮全局之信誉，谁也不敢伤害的。我号受伤，能不累及西帮其他票号吗？

福：孟掌柜，贵号如需要，我们汇丰也愿相助。

孟：多谢贵行了。但对付此次小风浪，连我西帮同业也不必援手的。

沪号内。

孟问信房先生：有苏号新来的电报吗？

信房：没有。

孟：我们押送的银镖，也该到了吧？

45

阴天，无雨有风。

上午，苏号门外的挤兑人群更众，围观的闲杂人等也很多了。

后院的银库，元宝、鹰洋，已稀疏可数。

账房内，戴老帮也略有焦急。他问信房先生：沪号没有新的电报吧？

信房：没有。

午后不久，一骑马镖师疾驰至苏号后门，跳下马来。

账房内，戴老帮听过镖师耳语，长叹了一口气。

苏州一条繁华街市。三十多辆运银橇车，一辆接一辆，见首不见尾，逶迤而行，占满街市。每辆车上，都插着两面小布旗，一面写着“天成元”，一面写着“太谷镖”字样。十几名镖师或骑马，或步行，持刀枪押车紧随。

街市两厢观看的人群，拥挤嘈杂。

运银大队，接近苏号前门，这里更是一片轰动。

46

入夜，苏号内账房。灯光昏暗。

戴老帮对在场的副帮、账房、信房先生，放低声音说：今日从沪号运来的三十万两银子，其实只有十万辆。

三人惊愕。

戴：其余的，都是与五十两银锭相仿的石头……

三人更惊愕的表情。

戴：倒不是沪号调不来三十万两现银，是因为苏号受此重伤，存银过多，不够安全。以石充银，布此迷阵，实在是万不得已才使用的非常手段。三位须用性命担保，不得外泄此绝密手段！

三人连忙庄严点头。

戴：津号此次大祸，真叫人后怕！幸亏终于化解危局。

副帮：这全赖戴老帮智勇过人，手段高明……

戴：你们不用夸我。我西帮御商，有旁人不及的一手，就是善用危局。危局引人注目，能漂亮化解，必斩获平常不能斩获之声誉。借此危局之力，我天成元已在姑苏露了富，挽回了信誉。但有无后患，就靠你们操心了。苏号之祸，刘老帮已用性命抵罪。你们只管专心以后的生意就是了。近日这里发生的一切，由我向老号交代。

47

翌日上午，戴老帮走出苏号门脸。外间已风平浪静。

戴上一乘小轿。

小轿在“全晋会馆”门外停下。

客舍内，五爷又扑来揪住戴：是你拐走了她！是你拐走了她！

戴痛心，无奈。

48

太谷城外，一乘小轿在急匆匆赶路。

小轿在康宅仪门外停下。

康笏南的小书房。孙大掌柜进来就跪下了。

康一惊，去扶孙起来，孙不起。

康：苏州撕票了？

孙：刚接到戴掌柜密信，未及营救，五娘受辱投湖自尽，刘老帮也自裁抵罪，苏号受汹涌挤兑……

康怒：刘掌柜就这样软弱？谁叫他抵命！

孙：苏号大祸，都因他私交名妓引起……绑票五娘者，就是他私通的那个名妓雇人所为，想借此逼他纳其从良……

康拍案而起：驻外掌柜，不许带家眷，不许蓄外室，不许狎妓，这是西帮票号铁规！你的麾下，竟已胆大如此了？

孙大汗淋漓：我老迈昏庸，重用了这个混账东西，也当受惩谢罪……

康：这是动摇了我天成元百年基业，你们就是都来抵命，又能有多大补益！

孙：孙某老朽之身，已不值钱，就是抵命，也难报老太爷的知遇之恩！老来惹此大祸，致五娘惨死，苏州重镇生意受损，五爷……

康惊问：老五他怎么了？

孙：五爷……已疯了……

康颓然坐下，仰天长呼：列祖列宗呀……

孙：孙某愿听老太爷严裁！

良久，可怕的寂静。

康突然怒喝道：孙大掌柜，你引咎退位不难，可叫我请谁继任！

孙：京号戴膺老帮，是我号第一把好手。他主理京号以来，京号已成各码头生意的枢纽。这许多年，天成元的一大半江山，实在是由他在运筹支撑。这次苏号危局，幸有他智勇应对，苏号生意，我号信誉，已转危为安……

康不语。

孙：由戴膺接手领东天成元，我死也稍安了。

康怒道：你也只知道死！天成元出此祸事，我怎么能立马换帅？想将天成元的根基不稳，泄露给天下人吗？

孙：可我惹此大祸，如何能面对各码头老帮，整肃号规号风？他们都知道我一向偏爱这个刘混账……

康：你不要多说了！前账期丰收，本当给大掌柜另作嘉奖的，现在也只好免了。你先将号归号风整肃如初，再说退位吧。

49

康的小书房。

三爷跪着：父亲大人，有件事，我不得不禀报……

康：什么事？

三爷：二哥在沧州听说五娘被绑票，带武友赶赴苏州，路上……失落马下，一条腿……

康怒：苏州之事，谁告知他的？

三爷：是我……

康长叹一声：你也是武夫吗？临危也不三思？

50

康宅祭祖厅堂内。康氏祖宗牌位幽暗。

供桌前,只有康一人跪地祈求。身后堂门紧闭。

康祈求语:列祖列宗,笏南不肖!自承祖宗票号宝业以来,笏南殚精竭虑,不敢懈怠一日。及今吾康氏家族大富,已成天下巨室,宝号天成,你引咎退位不难,可叫我请谁继任庄口遍及海内,理天下之财,取天下之利。本可告慰列祖列宗,惜安逸骄奢之风,胆大妄为之举,日渐浸淫祖业根基。其罪全在笏南!近日苏州之祸,令膝下残一子,疯一子,丧一媳,夺一老帮性命,苏号挤兑几不可收拾……是列祖列宗在严惩笏南!今笏南但凡有一堪当重任,传承祖业之后辈,当自裁辞世,往列祖列宗前谢罪!笏南已近古稀,枉享长寿!续弦五妇,得六男,无一成大器者。长男年轻失聪,终身闭门习《易》;次男一介武夫,今又伤残;三儿本就无大才大智,又不肯专心正业,耽于声色犬马;四儿早夭;五儿本天资聪慧,今竟为一小妇人失疯;六儿亦早夭!孙一辈,仅得两男,更执迷不悟,都喜文厌商……笏南实不肖不孝之至!今吾康氏大富之家,天下宝业,叫笏南传承予谁?乞列祖列宗以百年宝业为重,保佑笏南膝下今唯一健存之三男,令其早悔悟,长智勇,承接吾康氏血脉,光大吾百年宝业……

一阵微风拂动,供桌上香灰骤落,香烟凌乱。

51

康开门走出厅堂,看见吕嫂停在门外,惊异。

吕低声:老夫人叫问问,老太爷晚间要有空, 过去坐坐。

康惊喜。

杜的居室。吕点燃一支红烛。烛光渐亮,照出放下帷幕的床榻。

杜在案头恬然静坐。

康推门进来。

杜平静说：吕嫂，你去歇着吧。

吕出来，将房门关紧。

房内。

康脱外衣：筠青，只有你能疼我了……

杜：我不如他五娘，娇弱如她，竟付孽债，太可怜了。

康：这多是我治家理商无能。

杜：富无涯，利无尽，何时到岸？

康：祖业亦不可败。

床榻上。康发泄重负。杜冷如木石。

帷幕外，红烛泪下。

52

天成元沪号。

孟：五娘暂厝苏州，日后移灵回晋倒好说。只是五爷，疯症日重，是否可来沪就医？

戴：唉，谁能将他带离苏州？他是死活要等五娘回来！当初，是我劝说老东台，准许五爷携五娘出来。今落此下场，我如何向老太爷交代？

孟：这是刘老帮惹的祸，与戴兄无关的。

戴拿起一张《申报》：我也只能将功补过吧。你看，京师已现反洋的义和拳会，时局令人放心！所以，我也不想回晋歇假了，不日即启程返京。

孟接看报纸：所幸江南尚无反洋拳会出现。

戴：也得小心！山东、直隶拳会，蔓延甚快，你看连京师都挡不住了。

孟：京师为国枢，竟也挡不住？

戴：我看，这都是甲午战败的遗祸！日倭割去我辽东、台湾，列强都急眼了,沙俄跟着霸占了旅大,德国占了胶东,法国租界广州。祖宗热土被洋人如此鱼肉,国人谁心里没一团火?

孟:在上海,洋人银行夺我西帮利源,也是日甚一日了。

戴:我们做金融生意的,该知道日倭讹去的那两亿两白银赔款,是一个何等惊天的数目!俄、法、英、德四国列强眼馋了,又逼朝廷向他们巨额借债,转付对日赔款,利息多高!光是上海的汇丰银行,每年收转这甲午债款,就要渔利多少?吾国滚滚白银被讹去,如此巨利被夺去,我们也想反洋呢!

孟:苏号遭挤兑时,幸遵戴兄所嘱,未中福尔斯圈套!他分明露出挑唆之意了。

戴:对待洋人,我们也要有他们的狡猾!心里有所图,大面上不露痕迹。所谓师洋制洋吧。

53

戴乘小轿,穿行于京师街市。

街市上有头戴红巾的小股义和拳民,踩街游行。

京号内。

信房先生:老号已有来信,甚为夸奖戴老帮在苏沪作为。对你提前返京,更是……

戴:不必说了。苏沪之鉴,我当给你们细说。

54

天成元京号门脸,较别处分号要华贵一些。但“汇通天下”的招牌,却是一式的。

一皇室小宫监，来到门外。

有伙友慌忙跑出来迎接。引其进前柜房，又进后头客厅。

客厅内。戴迎接，让座。

小宫监：我们爷新积攒了一堆银票，存在你们柜上。

戴：小公公请喝茶，我这立马就给您办！

戴一边亲自清点银票，写存折，一边说：崔公公这么信得过天成元，向来钱都存敝号，我们责任大了！

宫监：这都是我们爷的辛苦钱，小心存着！

戴：那还用说！就是砸锅卖铁，也少不了崔公公一文钱的。

宫监：戴掌柜，我跑你们天成元，可跑多了，还没听您说过这种不吉利的话！砸锅卖铁？你们柜上的银子不是海了去了？

戴：小公公可不敢误会！我是说，到什么时候，崔公公存我们这儿的辛苦钱，也是保险的。近来，京城也出了义和拳，不知宫里听说了没有？

宫监：义和拳？知道，知道。听我们爷说，庆亲王、怡亲王，还有几位贝勒爷，都想练这种神拳呢！

戴：这些王爷贝勒，也信义和拳？

宫监：可不是呢！义和拳，刀枪不入，你们没听说吧？

戴：真还没听说过。崔公公的折子写妥了，我们孝敬小公公您的一点辛苦钱，也另上了您自个儿的折子，请过目。

宫监：利钱照旧吧？

戴：那当然，那当然。

戴的账房。只有戴与梁副帮二人。

戴：这些亲王近臣们，也信义和拳，不是好兆呀！

梁：可不是呢！京城同业，都甚忧虑的。市面上，官府里，闲银都争着往我西帮的票号存，好像存咱们这儿，就保险了！

戴：国人反洋，那是干柴烈火，一旦烧起来，谁能幸免？朝廷不能轻易点火呀！

梁小声：现今朝廷，哪敢指望？

55

太谷邱宅。庭院内堆满砖瓦木料。

邱引孙大掌柜和三爷进院。

邱：大掌柜，三爷，有什么吩咐，传我去就得了，还用得着二位亲自跑一趟？这不是给我难看呀？

三爷：这是家父的意思。

邱：啊呀，那就更不敢当了！

孙：有要紧事，进屋再说。

客厅。

孙：刚接西安庄口密信。日升昌已抢去了我号汇兑陕西官款的生意！

邱：不能吧？我与陕西官场的交情，无人能比的！

孙：西号密信，白纸黑字，岂会是假报？日升昌使的手段，是替陕西藩库垫付上缴京饷。

三爷：日升昌真是跟咱们过不去了！

邱：岂有此理！

孙：包揽陕西官款的汇兑，是你主理西号的第一大功劳，更是西号的第一大利源。我们此来，就是想问问你，此桩生意，还有救没救？

三爷：家父对此事，倒不着急。大概对邱掌柜寄有厚望。

邱：大掌柜，三爷，你们若信得过邱某，就听我一句话：日升昌想占西号便宜，没那么容易！

孙：事关重大，可是军中无戏言？

邱:面对东家和大掌柜,我岂敢妄言?

孙:那好！事不宜迟,就只好耽误你的假期了。日后弥补吧!

三爷:中断邱掌柜假期,家父也甚感不安的。特别交代我,转达此意。

邱:那就转告老太爷吧,我不日即启程赶赴西安!

56

清晨,邱在村口告别夫人等,跨上一匹红马而去。

邱夫人感伤目送男人远去,直到消失。

官道进山间。

邱骑的红马走在前。马上已不是邱,而是一马童。其后是一顶四人抬绿呢大轿,堂皇而行。

一行停在山间驿站。

驿丞慌忙迎接。

红马绿轿一行出山。

一座城池在望。

城池外,一知县出仪仗迎候。

红马停下,马童下马。一衙役忙过来问:二爷,敢问这位上峰大老爷是……

马童:是天成元大号的邱掌柜呀!

衙役脸冷,返身跑回,朝知县耳语。

知县脸沉下来,怒喝:还不给我拿下!

邱刚从绿轿中出来,即被众衙役扭住。

邱挣扎:误会了吧?误会了吧?我是天成元的……

知县:拿得就是你！商贾之流,竟敢坐绿呢大轿,招摇过境,忤逆朝制,还不知罪?

57

县衙内大院。三爷,孙,知县等往外走。

三爷:大老爷,请留步吧。

孙:大老爷,留步吧。这个小掌柜,太混账了。回去一定严惩的!

知县:贵号将他保回去,如何严惩,本官就管不着了。但在本官地面,如此违制,不敢不管。绿呢大轿,那是朝廷三品大员才能乘用的轿辇！本官也不敢乘用的。

三爷:还得再次诚谢大老爷的宽宏大量!

孙:大老爷,日后有需要敝号效劳的,请不必客气!

知县:贵号理天下之财,本官岂能不知？有得罪处,也望包涵。

58

山间官道。

孙坐马车,三爷、邱及随从等骑马,返回太谷。

孙脸色铁青。

邱与三爷并行。

邱:小小县官,没见过世面！三爷,我还是先赴西安吧,对付日升昌,不能迟缓呀!

三爷:这是家父的交代,务必要见你一面。

59

邱到康宅大门外,即下马。步行而入。

仪门外,康笏南着朝廷四品官服恭立,脸色不大好看。身后,三爷、康家的塾师、管家、护院武师、家丁、仆佣一干人众,也列队恭立。

邱刚现身仪门外,康即躬身作揖,用洪亮异常的嗓门喝唱道:受花翎四品衔补用道康笏南,在此恭迎邱大人大驾!

邱大惊。三爷等的一干人众,也是一片惊愕。

邱仿佛被外力击倒似的,猛然匍匐在地。

康依然躬身作揖,洪亮喝唱:邱大人,你快起来吧,不用给我跪!你排场大了,该我们给你跪!

邱瑟瑟发抖:老东台,康老东台……

康:邱大人,你排场大了!出必舆,衣必锦,排场比官场大员还大!

邱:老东台……

康:邱大人,今儿怎么没坐绿呢大轿来?

邱:……

康:邱大人,你爱排场,你就讲你的排场!你爱坐绿呢大轿,你就尽管坐!你爱吓唬人家州官县官,你就吓唬……

康洪亮地丢下这些话,就愤然转身,走进仪门去了。

一干人众这才敢出声:一片哗然。

三爷一脸茫然,忙随康进了仪门。

老夏忙说:快散了吧,散了吧!

邱惊恐地站起来,忽然又跪下了。

夏:邱掌柜,你也起来吧。

邱慌忙给老夏磕头:夏爷,求你进去再问一声,我能再见康老东台一面吗?

夏:邱掌柜,你没看见?老太爷正在火头上呢!你还是先回吧。

邱跪着不起。夏也走了。

60

正午的太阳照下来,邱依然长跪不起。

吕嫂夹着一个跪垫,端一碗茶水,过来说:邱掌柜,这是老夫人叫给你送来的。老夫人说了,你还想跪,就跪在这垫子上。跪了半天了,你也喝口水。不过,老夫人还是劝你,赶紧回家去吧!

邱接住跪垫和茶水,但都放在了一边,不敢享用:替我谢老夫人吧!替我求一回老夫人,去跟老太爷说一声……

吕:这种事,老夫人可不管。

说完,就走了。

西斜的太阳照过来,邱依然长跪不起。

老夏过来:邱掌柜,你怎么还不起来?

邱:夏爷……

夏:邱掌柜,我再叫膳房给你送些茶饭来吧?不吃不喝,能算本事?

邱:我哪能吃喝下去……

黄昏时候,仪门外一片寂静。邱才无望地站立起来,拖着僵硬的腿脚,艰难地走向大门。

邱牵着马,失魂落魄地走出康庄。走了一程,忽然跳上马,慌慌张张向城里赶去。

61

天成元总号，孙大掌柜的账房内。美孚灯已点亮。

孙一脸惊愕，对低头站着的邱说：康老太爷自捐纳了这个四品花翎，还从未以此吓唬过商号的人！就是应酬州县的小官，也很少穿这身官服的……

邱惊慌跪下：大掌柜，老东家这是盛怒了？

孙：非常之举！非常之举！

邱：大掌柜，我为天成元效力近二十年，你得救我一把！

孙也盛怒：你们都这样毁我，谁来救我！苏号的刘混账，胆大包天，竟敢私蓄外室，刚刚惹下连环大祸！你又得意忘形，摆起了官场大员的排场，激怒官衙！你们岂止是在毁我，是在毁东家的百年票号呀！叫我救你？我孙某还不知如何向东家谢罪……

邱：我是罪不可赦……连累大掌柜……

孙：我已老迈，吉凶都不足虑了。你们正在当年，怎么竟如此不自珍爱？真是枉在天成元数十年！

邱：我是罪不可赦……

孙：邱掌柜，我一向看你聪慧过人，有才学，有襟怀。哪想到你竟如此器小易满？这几年，你在西安张罗生意，是很出色。可那才是多大一点局面？你该坐绿呢大轿，那我张罗天成元几十个码头的生意，岂不该坐皇家御辇！

邱：我罪不可赦……空疏张狂……

孙：你要命的关节，不是空疏，是不懂一个“藏”字！善“藏”，不只是我天成元，更是我西帮票商的秘典真传。我西帮理天下之财，取天下之利，执国内金融牛耳，不谙善藏之道，以财傲世，岂不要结怨天下人？更要紧的，朝廷官场，岂能见容于我西帮？

邱已由惊而呆，喃喃不知所言。

孙却只管训斥：邱掌柜，你擅长拉拢官场，可你沾染了官场的太多恶习！苏号刘混账，他是暗恋女色，你是张扬恶习。他想抽身已难，搭上了自家性命！你是浑然不觉，身陷官狱……

邱木然问：刘掌柜已经死了？

孙：他虽知耻而死，却惹起苏号挤兑，几乎不可收拾！

邱更加木然的脸面。

62

满天星斗，夜已深。

床榻的帷帐中，邱像死人一样躺着。两眼直直地呆望着虚无处。

夫人跪着摇他：老天爷，你怎么一句话也不说！

寂静的晌午。

床榻上，小憩的邱夫人猛然惊醒，一看身边已无人，慌忙跳下地来，向屋外跑去。

西厢房房门紧闭。她一把推开门。

里面是账房摆设。邱已经把自己悬挂在梁上，两腿尚在挣扎，晃动。地上，一个精美的方凳倒着。

夫人以惊人的麻利动作，扶起方凳，跃上方凳，一把抱住男人双腿，奋力将男人举了起来。

姚和男人一起摔落到地上。

姚撕心裂肺地惊叫：老天爷，你就这样无情！

邱的腿脚在活动。

正房床榻上，邱木然的脸面上，有泪水流淌。

夫人一脸刚毅，正用绳索在捆绑男人。

站在一边的仆佣：夫人，不能这样！

夫人怒道：你们不用管！还不快去给我套车！

邱一动不动，任由夫人捆绑他。

62

天成元后院。

姚夫人跪在孙大掌柜面前，一脸刚毅，并无泪水。

孙一脸惊愕：我们没有逼他呀，何至如此？

63

邱宅内。

一男仆惊慌地向里院跑着，一面呼喊：老爷，夫人，东家康老太爷来了！快，康老太爷来了！

邱夫人迎出来，问：谁来了？

男仆：康老太爷，东家康老太爷！

夫人未惊慌，一边往出走，一边从容理头整衣。

康、三爷及老亭已经走入外院。夫人紧走几步，就跪下了。

康过来扶她：真没想到，邱掌柜竟有你这样了不起的夫人！你比他强！

康的眼中，邱夫人又幻化为杜，坚毅从容的杜……

夫人：康老太爷，我也是着急了……我去叫他出来。

三爷：家父是专门来夸奖你的！

夫人：奴家不是成心想惊动老太爷……

康：你真是惊动了我！我真不知道咱天成元的女眷中，还有你这样一位巾帼俊杰！你救了邱掌柜一命，也救了我一把！你一个俊俏优雅的媳妇，就能把男人举起来？你也不知道慌张？

夫人低下头：当时也是着了急……

康：你还捆绑着邱掌柜吗？

夫人：没有，没有，早……

康：多绑他几天，也无妨。

夫人：当时我不知实情，他什么也不说。

康：好！这叫绝处出智勇！你有咱西帮本色，是咱天成元女眷中的俊杰！

老亭：老太爷这么夸你，还不赶紧谢过？

夫人正要下跪，康一把拦住：不用听他的！要谢，我得先谢你这位女中俊杰。

邱夫人更幻化为杜。

夫人：老太爷快进屋坐吧。他也想给你认罪……

三爷：父亲大人，既来了，也见见邱掌柜？

康：我不见他！夫人，我见着你，就不枉跑这一趟了。你对你男人说，就说是我说的，叫他多跟你学！

说毕，康转身向大门走去。众人跟随相送。

正房内。

邱夫人问男仆：老太爷夸我的一句话，我可没听清。当时给夸慌了……

男仆：老太爷是说，绝处出智勇。

邱一怔，慌忙给夫人跪下：夫人，你救了我！你救了我！

夫人：当然是我救了你！无情的东西，你不知道当时你有多沉多重，我几乎举不起来……

64

天成元总号,孙大掌柜的内账房里,仅康笏南和孙二人。

康问:大掌柜,我吓唬完邱掌柜,你是不是也吓唬了?

孙:没有呀?我只是想开导他。当然,也不免严词训斥了几句。津号的刘混账,刚刚惹了连环大祸,邱泰基他又惹此麻烦,我没脸向东家交代呀!

康:你向他说刘掌柜的事了?你告他刘掌柜已经自尽了?

孙:提了提。

康长叹一声:大掌柜,我披挂上阵,刚刚吓唬过他,你这一提刘掌柜,不是给他指了一条死路吗?我要想叫他死,还用得着这样披挂上阵!就是想把他踢出天成元,也用不着如此手段。我就那么爱穿那身四品官服?

孙:老太爷,我手下出了这样两位混账老帮,实在是治庄无方,没脸再给康家领东了……

康:大掌柜,你为我们康家领东几十年,为这一点小小不严,我就辞退了你老先生,岂不是要置我于不仁不义!天成元,本来只是出了点小风小浪,竟折了刘、邱两员大将,再损你这位老帅,岂不是要将天成元置于惊涛骇浪之中!你不要再提退位的事了!刘掌柜混账是混账,毕竟以命抵罪了,他的后事办得如何?

孙:已经暂厝津郊了。以后再择期移灵回晋……

康:移灵回乡费用,我们出,但要厚葬!这位邱掌柜呢,你想如何处置?不会把他开除出号吧?

孙看了康一眼:老太爷对他如此用心良苦,我哪敢呢!

康:字号的人位大权,在大掌柜你手里。你不要看我脸色。

孙:邱泰基做生意是一把好手。但他如此骄奢出格,总得依号规处罚!减他几厘身股,改派到边远的庄口做副帮,也不算重吧?

康:大掌柜,你不会把他改派到俄国的莫斯科吧?我不断听你说,好手都嫌莫斯科太遥远,班期又是五年,没人愿去。

孙:莫斯科用不着他这样的高手。甘肃的肃州扼守通往新疆的茶马大道,我们的生意也不小……

康:邱泰基他是忘本了。贬到口外归化,叫他重历我号发家艰难,如何?

孙:归化是东家在口外发家的圣地……那就贬他到归化吧。

康:我只是提一句,合适否,还得听你大掌柜的。

孙:就改派归化了。归化、库仑、买卖城及俄境恰克图、乌兰乌德诸庄口,历年积压俄国纸钞甚多。着邱泰基去处置这些纸钞,也不算大材小用了。

康:甚好。但愿他能将功赎罪。

孙:只是西安那头,邱泰基已谋有对策。他与陕西布政使端方大人有交情。

康:我说呢,他这么爱坐绿呢大轿!

孙:邱泰基说,端方也是嗜金石碑帖如命。只要设法弄件端大人稀罕的东西,夺回官款汇兑,还是有回旋余地的。

康:挑件稀罕的碑帖,倒也不难。只是谁有邱掌柜的本事,去巴结端方?大掌柜,西安的生意,你们尽力张罗吧。就是丢了西安生意,也不能姑息骄横恶习!

65

康的小书房。

康长叹一声:唉,孙大掌柜真是老迈了!

三爷:大掌柜严责手下老帮,也是应该的。

康:应该?我兴师动众,披挂官服,其中用意,你看不出,连孙大掌柜也看不出来？我只是想吓唬一下邱掌柜，叫你们知道我对他是既恨又爱，有深意在其中！邱掌柜被吓傻了，倒情有可原，他哪见过这种阵势？孙大掌柜他也被吓傻了？居然给邱掌柜指了一条死路，几乎坏我大事！

三爷：与京号戴掌柜相比，邱泰基毕竟逊色。这次苏号连环之祸，多亏了戴掌柜！日后能接替孙大掌柜领东者……

康毅然打断：糊涂！你还是这样糊涂！戴掌柜的本事，我岂能不知？但正因为他的本事太大了，我才放心不下！

三爷：我看戴掌柜，本事大是大，可也是十分仁厚贤良的。

康：糊涂，糊涂！戴掌柜才能贤德都远胜于你，他做领东大掌柜，你如何能驾驭得了他？我康家今日生意遍天下，治商，犹如治国。韩非子有言，“圣人之所以为治道者三，一曰利，二曰威，三曰名。”戴掌柜有才多能，可赏他以利；有贤德，可敬之以名。唯有这威，我看你难得！威从刑罚来，他几近十全十美，你如何罚他？主无威，如何能御臣？

三爷无语。

康：邱掌柜德才虽逊于戴掌柜，但此正是可御之处！赏其长，罚其短，威可立也！邱掌柜理商，毕竟也是一把好手。

三爷：父亲大人用非常手段调教邱掌柜，恩威并施，用意原来在此？

康：此为御人之术，要藏之于胸。而赏罚之法，则要显之于堂。“法莫如显，术不欲见”，这是法家御人的精义。你要于此多用心！

三爷：邱掌柜若由此一蹶不振……

康：我的眼力还未衰！今日对你所言，关系祖业兴衰，你一定要深藏于胸，铭记于心！

66

一弯残月。一支百十峰规模的驼队缓缓走在塞外的荒原上。驼铃在寂静夜色中显得更为悠长，辽远。

邱泰基牵着他的枣红马，随驼队步行，只是甚为疲惫。

一驼队老大：邱掌柜，我们真服了你了。就一步也不肯骑骆驼？

邱：我安逸太久，不如此，西帮本色要丧失殆尽！

老大：这一程路，要走到天亮，才能赶到下一个草场。邱掌柜，你还是上骆驼稍歇一歇吧。

邱：多谢老大盛意！我心里有底，累不倒的。

67

京师八大胡同，陕西巷。

一“相公下处”，庭院优雅，客厅陈设考究。

天成元京号老帮戴膺（已穿初夏衣服），坐在客厅，闭目等候。

领妈：戴掌柜，今儿是招待哪位贵人？

戴仍闭目：不用多问，伺候好就得了。

领妈：那还用说！戴掌柜，这一向京城也闹起义和拳了。得防备点吧？

戴：我还想问你。你们这里，常有京官来，什么不知道！

领妈：戴掌柜这是笑话我吧？看时局行市，谁能赶上你们西帮眼毒！

一男仆进来：贵客到了！

领妈慌忙出去。戴站了起来。

户部某司刘主事便服进来。戴欲行大礼，刘止住。两人进入一雅间。

戴：刘大人今儿出来，是想聚聚，还是有见教赐下？

刘：头年，本官经手，存在贵号的一笔户部库银，还未到期吧？

戴：八月到期，这才刚进五月。怎么，有了用项？

刘：可不是！本来是一笔闲银，存在贵号想生些利息。哪想，近来库银支绌，腾挪不过来了！

戴：朝廷有了急用？

刘：嗨，还不是义和拳闹得！朝廷怕洋人借机生变，叫户部早备军饷。

可各行省藩库，又借口时局不靖，迟迟不肯按时上缴京饷。部里就是清扫库底，也还是腾挪不过来！

戴：刘大人，敝号这里方便！这二十万两库银，户部随时可提取，利息照旧。

刘：戴掌柜，贵号到底还是靠得住。要不，我们敢把闲银存你们这儿？

戴：刘大人，时局真是如此严重了？

刘低声：可不是呢！听说宫里也有练义和神拳的。老佛爷也说了，义和拳民忠勇可嘉。

戴：那我们也该及早收缩票号生意了。

刘：你们西帮，也不亲洋，怕什么！洋人的气焰，也是该压一压了。咱们赔款割地，他们还是一步不让！

戴：东西洋在华银行，也逼迫我们甚紧，许多利源被他们夺去了。不说这些事了。今儿备的薄酒，还愿刘大人不要挑剔。

酒席摆上后，一男伶装扮的美女翩然而至，紧挨了刘坐下。

戴敬过刘几巡酒，起身告辞出来。

刘与女伶放肆亲狎。

68

康宅仪门外。一乘蓝呢官轿停放着。衙役、轿夫站立。三爷、老夏等在另一边站立。

着夏装的康：杨老爷大驾光临，吓我一跳！

着微服的太谷知县：康老乡衮，本官也是无事不登三宝殿！

客厅。只有康与知县。

知县：义和拳由直隶传入本县，已有些时候了。老乡贤知道吧？

康：听说了。直隶来了个张天师，设坛请神授拳。

知县:近来从者渐众。这伙拳民打的旗号,即是“扶清灭洋”。在本县的洋人,只有城里公理会福音堂的几位美国传教士。义和拳会,即以反洋教起事。

康:公理会在太谷信徒不多,与我乡民,也无多少积怨的。

知县:时势难料呀!省上毓贤抚台大人,对义和拳民并不嫌弃的。尊夫人一向与福音堂有交往。本官今来造访,就是想劝尊夫人及早外出避一避风头。近来这伙拳民,已在威逼‘二毛子’,就是公理会在本县的信徒。

康:杨老爷,不瞒你说,内人筠青虽未入公理会洋教,老身也很替她担忧的。早劝她往江南走走,以避不测。可她不肯听呀!

知县:尊夫人是开明女士,不会不明时务吧?

康:杨老爷,老身就求你了!请屈尊见一见贱内,亲自命她外出躲避。大人朝廷命官,太谷父母官,你的话,她该听的。

知县:本官今儿到府上,可不是来施令的,只为私谊而已。如方便,我倒愿意劝一劝尊夫人。

康:当然方便。

三爷陪杜进入客厅。两人向知县施礼。

康:筠青,知县大老爷今儿亲驾来咱家,是专为你呀!

杜:杨老爷,我不知罪……

知县:老夫人误会了!本官今来府上,是想请老夫人帮忙的。

杜:我一个民妇,能帮大人什么忙?

知县:近来本县义和拳民,到处扬言要先收拾“二毛子”,再抓拿洋教士。本官知道老夫人并未入洋教,只是与福音堂牧师略有交往。但拳民生事,哪管这些?老夫人身份显赫,拳民若难为你,必会掀起大风浪。拳民生事,正企求将动静弄大。事态弄大了,本官也不好收拾呀!

杜:我会生出那么大动静?

康:杨老爷也是防备万一。

知县:时势难料呀！为本官应对眼前乱局计,恭请老夫人能及早外出,暂避一避风头,如何?

杜:我看平息眼前乱局,也需杨大人能保福音堂牧师平安。出了教案,也不好交代的。公理会在太谷,本也没有多少积怨。传教多年,无太多信众。念其历年行善,办戒烟所,开西医诊所……

知县:洋人不贩鸦片进来,国人哪会吸食成瘾！贩烟挣了钱,戒烟又行了善,洋人真会名利双收！国人吸毒伤身,西医诊所又岂能补救?太谷吸食鸦片之风甚烈,今追随义和拳者,多有因吸鸦片而败家的子弟。

杜:杨大人有此悲悯子民心肠,善哉！我也多谢杨大人一番慈爱盛意。与公理会瓜葛,卑妇已有化解之策,不会累及官府的,也不会累及商界,更不会累及太谷乡民。

知县:老夫人有何良策?

杜:不值彰显的。杨大人放心就是了。

三爷陪杜出来。

三爷:母亲大人,如往江南避风,我愿伺候母亲同行！

杜望三爷,良久:我并不想往江南去。

三爷:母亲想去哪里?

杜:到时候,你便知道了。

69

杜洗浴毕,从华清池后门出来。

上马车。

马车在福音堂门外停下。

车倌三喜敲福音堂大门,久敲不开。

有几个头戴红巾者，围来呼喊：二毛子，黑心肠，拜洋教，天雷打！

三喜过来喝叫。

吕嫂：老夫人，咱们还是赶紧回家吧！

杜不理会，亲自去敲福音堂大门。

大门终于开了一条小缝，伸出一头脸来。

教堂室内。

杜：我已向知县大人替你们求过情了。

莱师母：多谢老夫人了。知县态度如何？

杜：一言难尽。眼下局势，也不是知县大人能左右的。你们也该及早撤往外地的。

莱：我们这种洋人模样，目前走哪也不方便了。一切只能交付于主了。

70

京师。

远处浓烟升腾，掠过高耸的正阳门楼，掠过西斜的太阳。街市上，人们慌张奔跑，惊叫。

戴膺走出京号，遥望远处浓烟。一京号伙友从失火处跑来，脸有烟污。

戴：是哪失火了？

伙友：老德记洋货铺和屈臣氏大药房，被义和拳放火烧了！荷包巷、珠宝市、大栅栏、煤市街，已是火烧连营……

戴速返京号，对众伙友说：不要慌，赶紧收拾账簿，收藏银钱，预备撤离！各司已责，麻利处置，但谁也不能慌！

众人忙碌收拾。

戴又走出字号，观望远处火势。

远处浓烟迷漫更甚。街上人们奔跑更急。相邻商号,已有仓皇撤离的。

戴复回字号,督促众人收拾。

戴再出来,观望火势。相邻商号,撤离者更多。

戴的视线停在一商号门外的招幌上。招幌被风吹动。风向是朝失火处吹去。戴走到街心,再观望风向。

京号内,美孚灯已点亮。

戴神色凝重,坐在柜内。

一老年伙友:戴老帮,附近字号差不多全撤了!我们也走吧,以防万一。账簿是我们的命根,又最怕火……

戴:再等等,不用慌。

一伙友惊慌跑进来:戴老帮,前门楼子也着火了!

戴奔出字号。

暮色中,远处烟雾迷茫,火光清晰。高高的正阳门楼,有火光从门窗中喷吐出来,显现出可怖的绚烂。

戴凝视良久。

戴返回字号:再等等,不用慌。街面已大乱,仓皇撤出,账簿也有遗失、被抢的危险。更可怕的,是我们众人一撤,歹人还不乘乱进来抢劫银钱?再等等吧,我看风向未变。前门楼子起火,就可见风向未变。

午夜。火场已无火光,只有残烟依稀,残月依稀。

字号内,戴对众伙友说:虽躲过一场火劫,但一场大劫已临。前门是京师内城的第一道门脸,前门被焚,京师也危在旦夕了。我们得赶紧做撤庄回晋的打算。

71

口外归化城。街市上有驼队走过，也有头戴红巾的拳民走动。

天成元归化分号门脸，虽不够精贵，在周围也甚出众。

柜台前，两位持大刀的戴红巾者盘问：老毛子在你们柜上存钱没有？

一伙友：没有，没有。

红巾甲厉色：胡说！

伙友：真是没有……

红巾乙举刀：爷爷们能冤枉你？

邱笑脸出来：啊呀，是两位大师兄驾到！慢待了，先请里头喝茶！

红巾甲：不要给爷爷来这一套！老毛子在你们柜上存钱了吧？

邱笑脸依旧：这事我们也不敢瞒二位，咱们进里头说话！

两红巾相视后，随邱进入柜房后门。

客厅。二红巾就座饮茶。

邱故意放低声音：实话二位大师兄说吧，俄国老毛子早该反了！敝号以前跟他们做生意，受欺负大了！简直是霸道无比，欺人太甚！二位看看——翻案上账本。这好几笔欠款，多少年了，老毛子生是赖着不还！

二红巾看账本，半疑半信状。

红巾甲：谁知是真是假？

邱：账上白字黑字，岂能有假？不瞒二位说，敝号正想借义和神拳之威，跟老毛子要回这几笔欠款呢！

红巾乙：拉倒吧！想叫天公大元帅替你们讨债？快拉倒吧！

邱：那就恭请二位有空时，也来给敝号伙友们传授几套神拳？得天公大元帅神助，我们也向老毛子出口恶气！

红巾甲：那得请我们张天师来设坛请神，我俩可传不了你们！

72

太谷天成元总号。

三位红巾拳民，也在柜台前喝问：福音会在你们柜上还存了多少洋钱？

协理：他们怕受你们围困，已将存银全数支走了。这有账可查的。

红巾甲：你们就偏心这些洋鬼子吧！为什么不扣住？

协理：客户存取自便，这是敝号规矩……

红巾乙：你们东家就娶了个二洋老婆，跟福音会近乎着呢！

红巾丙：早晚得跟这个二洋老婆算账！

康宅大门外墙壁，被贴一张歪斜的黄纸“揭帖”。

揭帖特写：光绪二十六年传单／山东圣府张天师传来／因天主耶稣，不尊法佛，欺神灭圣，致今天地之怒，久旱不雨。遂降下神兵，传义和神拳会，扶保中华，合逐外洋。学此秉正，虔心传之，才能保父母，免一家之灾。如若不传，临时晚矣。

一家仆引老夏出来观看。

老夏揭下，匆匆进门。

73

京师一间有西洋摆设的卧室。

杜父躺于床榻，甚虚弱。

戴近前：杜老爷，可不敢说这种不吉利的话！还是安心将息吧。外间世事荣辱，先不要去想它了！

杜父：我一生跟随朝廷公使，在域外与洋人交涉抗争，岂能不知列强欺我大清之甚？又岂会亲洋媚洋？到头来，竟在京畿街头，遭拳民众殴凌辱……我也是朝廷一等通译官，当众受此奇辱，朝中竟无人追究！

戴：京师已成乱局，连前门楼子也给烧了，也没人管。杜老爷，想开点吧，还是保重自己要紧。京师乱象丛生，吉凶难料。我劝杜老爷还是及早出京，寻处僻静地界，安心养病为妥。

杜父：如今到哪去寻这安静地界？

戴：京师乱成这样，生意已做不成了。京号正在张罗撤庄事宜。杜老爷就和我们一道，回太谷避祸养病吧。太谷毕竟是咱们老家！

杜父：唉，太谷虽为故土，我是难回呀！

戴：京号伙友十多人呢，一路伺候杜老爷，不会困难的。

杜父：唉，戴掌柜，今单独见你，正是有难言之隐，向你交代。不做此交代，我难瞑目呀！

戴：杜老爷，万不可焦虑太甚！

杜父：戴掌柜，此难言之隐，我也只能对你一人道出。望日后能避开康笏南及康三爷，暗向筠青转达。我对不住她呀……

戴：避开？

杜父：当年我带筠青回太谷祭祖，不想竟使我父女失和至今……我知道筠青至今不肯原谅我！当时恰逢康笏南丧妇，他甚是喜欢筠青。我们回京不久，康家便来提亲。其时，我也正仕途失意，想借助康家财力，打点官场，便欲答应这门亲事。试问筠青，她竟也愿意。但我不知筠青所属意者，原来是康家三爷！及至迎娶时，筠青才知道是嫁给康家老太爷，怨恨无比。但已无可挽回。从此，她将一腔幽怨，全集中于我……我这是贪财卖女呀！

戴：杜老爷……

杜父：及今我悔恨无比，也是枉然了！只望戴掌柜能将我这临终悔恨，设法转告筠青。唯愿她知我悔恨，不敢求她宽谅……西洋视男女相悦为婚姻第一要义，我真是枉出洋多年……

戴：杜老爷所托，戴某尽力成全吧。杜老爷更当念此父女深情，将贵体康复，亲见令爱，消释前嫌的。毕竟时过境迁了。

杜父：戴掌柜，我此生已难见�青了！

京号。戴匆匆赶回。

副帮惊慌：听说洋人抢占了大沽炮台，朝廷已向各国列强宣战！

戴也大惊。

副帮：咱们得赶紧撤庄了！

戴：还未处置的几万两现银，不便携带。杜老爷又病得厉害！

74

口外归号。

后院账房内，桌上堆着半匹红布。一伙友在撕裁红巾、红布条。邱看着几个伙友在试扮拳民相。头抱红巾，腰扎红带，脚踝系红布条。

一扮好的伙友问邱：二掌柜，你看像不像？

邱：模样倒像，就是神情不大像。我们是假扮，但不能露出假来！

伙友：他们是什么神情呀？

邱：满大街都是，你们不会留心看看！假扮拳民，虽是下策，但为保归号平安，得把假戏演真了！

75

太谷。天成元总号门脸外，有三五拳民在呼喊。

一电报局巡兵来送电报。

拳民朝其喊叫：不是洋人来的电报吧？

巡兵戏答：朝廷来的，要不你们跪下先接了？

说毕，进入字号。

孙惊看电报。

孙对信房先生说：赶紧派人送往东家！

总号一伙友骑马经过福音堂。

其大门外围有更多的红巾拳民，呼喊口号。

伙友飞马至康宅门外。

康家一男仆正在揭新贴的黄纸传单。

76

入夜，杜的居室。房门紧闭，仅康杜二人。

康：�青，今儿接了京号电报，说朝廷已向列强诸国宣战了！再不能迟疑了，你得赶紧出去避一避！

杜：我只有出家修行，皈依佛门一条路。唯此，能遂我愿，可保康家，也免累及乡里。

康：你还是不肯丢弃此念呀？

杜：我生此愿，久矣。只是念及你的颜面，念及康家声誉，不忍断然行事。今之危局，正是佛赐我一难得机缘。祈你成全我吧！

康：筠青，我待你敬爱又加，何以竟如此绝情？

杜：康家富贵，你之宠爱，我岂能不知？但我实在没有福缘，消受这一切。你我相守多年，我终视你如父执，无法更易。枕席之间，终有负罪之痛，受刑之苦……此系我之洁癖，罪不在你的。

康颓然不语。

杜：这些年，你赐我的恩情甚重。你为康家之长，维系祖业，殚精竭虑；

为西帮巨擘，运筹天下生意，智勇兼备。我也是很敬佩的。

康：筠青，我是早想卸去一切重负，专心与你相守的。只是……

杜：我并无此种怨恨。与家父相比，你是伟男。唯如此，我只能相敬，不能相近……

康：我本来不想告你，京号电报中，还提及你父亲病重……

杜略惊，不语。

康：筠青，要不，你先赴京省亲，探视父病。别的，容日后再说。

杜：佛赐我机缘，你还是成全我吧！

康：唉，筠青，你如此相逼，决意要绝情诀别？

杜：时不待我。如不允我出家，也只有做“二洋老婆”赴难。

康颓然长叹。

床榻外，红烛泪流。

床帷内，杜静如冰玉，康老泪横流。

77

午后。杜的居室。

三爷焦急进来。

吕嫂：老夫人还是昏睡未醒！

三爷：服药了吗？

吕嫂：好歹服下了，不见效呀！

78

午夜。京号

一声撞裂门窗护板的巨响。

戴惊醒。又一声裂响。

戴翻身下床，急速奔向桌案，收拢账簿，再奔到后墙佛龛前。麻利取下佛像，开启暗门，将账簿投入。关闭暗门，放回佛像。

窗户已被闪烁的火光映亮。砸击声，喝骂声，不断传来。

戴打开房门。一满脸血污的伙友跑来：戴老帮，他们砸开护板，破窗进来了……

两个脸蒙红巾的大汉，手举火把的在前，手提大刀的在后，冲了过来。

提刀大汉：爷爷们是天兵天将，来抓拿勾结洋人的二毛子！你们字号的掌柜亲洋通洋，地道的二毛子！还不快给爷爷滚出来！

戴拱手行礼：两位大师兄，敝号与洋人洋行并无交往，反而常受洋人银行挤压……

提刀大汉：少废话！你是不是掌柜？

戴：敝人就是。

提刀大汉举手就扇了戴一记耳光。扇毕，捏住戴的下巴，另一大汉将火把移近，两人查看戴的脸颊。

提刀大汉：杂种，敢哄爷爷？二毛子脸上，一打就显出字来！二毛子掌柜到底在哪？搜！

两大汉将戴以及伙友推回戴的账房。

京号其他人员，也相继被推了进来。

房门被从外反锁。火把的光亮一直映照着窗户。砸击声，杂乱的脚步声，叫喊声，也一直不断。

戴低声：近来只听说义和拳民攻打教堂，查封洋行，没有见难为国人的字号呀？

一伙友：这帮人，一个个身强力大，凶恶似匪。街上的拳民，没这么整齐的。

另一伙友：义和拳行事，都要请神念咒。这帮人，动辄打骂，很像江湖歹人……

戴:可我们也不曾得罪江湖呀?

外间渐趋平静。但火把光亮仍在窗纸上闪烁。

戴撕破窗纸,向外望。院中已空无一人,只有一支火把插在一个花盆中,还在燃烧。

戴:快卸门,快卸门!

房门被卸下。大家急忙奔出。

戴奔到字号银库,已是一片狼藉。

一伙友下到存放银锭的地窖,传出叫喊声:戴老帮,全没了,全没了,一锭银子也没留!

戴与伙友们提灯跑到字号前门。前门大开。门外留下一根粗木柱。地上有牲口粪,车马印迹。

被砸损窗户特写。

戴:赶着车马来打劫?这无疑是江湖盗匪所为!

一伙友:这帮匪类!有能耐,怎么不去打洋人?

戴:唉,看来是在劫难逃!银窖里所剩的这几万两现银,既已被劫去,我们也无牵挂了。一两日内,撤庄回晋!

79

归号院中。

一义和拳大师兄,正在念咒请神。

邱及众伙友戴红巾在旁观看。

大师兄念咒后,直身倒地。良久,弹起站立,神态迷蒙,疯狂跳跃。

80

黄昏时分,天成元总号门脸,遍被黑白绸缎的大丧祭饰。

孙在账房书写挽联。

一小伙友跑来:大掌柜,京号戴掌柜他们回来了……

孙惊:戴掌柜? 在哪?

伙友:在后门……

孙奔去。

戴等十几个京号伙友,个个狼狈似乞丐,默默走来。

戴等一齐向孙跪下:大掌柜,京师已一片战乱,京号遭歹人打劫……戴某无能,只得撤庄回来!

孙扶起戴:快起来吧,都起来吧! 时局已至此,不能怪你们。

戴起来:这大丧是……

孙:东家老夫人没了……

戴惊愕:老夫人?

81

康宅,灵堂。杜的遗像。

三爷跪在灵堂失声痛哭。

老夏过来抚慰:三爷,还是节哀吧。

三爷:老夫人她无儿无女,也只有我来当孝子,哭她一场。

老夏:三爷,京号戴掌柜来祭奠。

三爷:戴掌柜?

老夏低语:京师危急,戴掌柜撤庄回来了。

三爷起来。

戴进入。跪下行礼。起身凝视杜的遗像。

杜的遗像,青春鲜活,犹似真人。

82

杜豪华的棺柩,盖棺已殓。

康笏南一脸哀伤,亲手执漆刷,加上一道桐油。

三爷满脸泪水,也加上一道桐油。

法师诵经。

83

一处庄园。

杜筠青醒来,慢慢看清了陌生的处所:吕嫂,这是在哪?

一女尼模样的妇人过来:老夫人,你终于醒过来了——

杜惊愕:你是谁?

女尼:老夫人,暂无须多问,日后自会明白。

杜:我这是在阴间吗?

女尼:老夫人还安在人间。你看外间阳光——

杜:为何置我于此?

女尼:老夫人稍等。女尼出去。

少顷,老亭进来。

杜:老亭?我这是在哪?

老亭:老夫人不要多问了。为遂老夫人所愿,平安出家修行,老太爷只好隐秘操持,先为老夫人举办一场浩大葬礼。因此,才移老夫人至此……

杜惊:先为我举办葬礼?

老亭:康府为老夫人办大丧祭奠,已经多日了。再过几日,将行发殡大礼。

杜:他还是不愿背负夫人出家的恶名吧?

老亭:老太爷实在是为成全老夫人!外间局势危急,不如此,不能躲避拳民的追究。老夫人出家修行,世间只有老太爷、老夏、在下及这位女尼四人知晓。发丧之后,世间再不会有人打扰老夫人了。

杜:那就代我向他致谢吧,谢他的老到多谋!

84

杜筠青披风裹身,黑纱掩面,站在庄院临街的小阁楼窗前。女尼立其身后。

送葬的鼓乐声正由远而近。

杜凭窗望去。

外间风和日丽。

最前面,高高的引魂幡,轻轻飘扬。

纸钱高高抛起,悠悠飘落四方。

二十多人的仪仗,稳步走来。前头扛着"肃静""回避"的大牌,后面举着旗、锣、伞、扇,鞭、板、锁、棍。仪仗所执,为纸质的仿制物,精致如真。

更为精致的绢制童男童女。

四人抬的影亭里,挂着杜的大幅遗像。前后拥挤着争看的乡民。

遗像特写。

黑纱后杜惊愕的表情,化着红烛照映下那一小幅油画肖像,它与遗像极其相似。

鼓乐班。吹鼓手们卖力地吹奏。

手执法器,口中诵经的和尚、道士。

一片纸扎(供死者升天后所用的各样物品),件件逼真。

一片送葬的男宾,多为本家族及商界有身份的人物,人人略戴轻孝,手执祭香。

二十多个戴重孝的孝子队伍，一片装出来的哭声。打头的，披麻戴孝，扛着哭丧棒的第一孝子，身材高大，被人搀扶，在真心失声痛哭。

杜不由说：前头孝子是谁？

女尼：只能是康三爷吧。

杜惊叫：他三爷？

三十二人抬的灵柩。豪华异常的棺罩。

一大片哭丧的女眷。

黑压压随后的送葬人群。

杜：亲见自家葬礼，亦是难得机缘。我就此永离红尘俗世了。

女尼：老夫人一定要往五台山剃度出家？在本地尼庵出家，也是一样的。眼下又逢拳乱，路途不靖……

杜：太谷商风炽烈，红尘没世，不是出家事佛之地。五台山系文殊佛祖之清凉圣境，我早已心向往之。

85

戴孝的三爷，骑马路过福音堂。下马，凝视。

福音堂被火烧过的残败象。周围空无人众，只有两个县衙巡兵在把守。

街市上，已无红巾拳民。

三爷在一酒楼门外下马。酒楼“聚乐园”匾额。

一雅间内，两桌酒席。戴及京号众伙友，已分坐在位。

三爷进来，戴等起身行礼。

三爷:各位快请坐吧。今儿我是代家父慰劳各位。等孙大掌柜到了,就开席。

戴:东家蒙大丧,还这样宽待我等,实在心里不安!

三爷:家父说,本该他亲自来慰劳各位,无奈身心不支,只得委屈各位了。京号掌柜伙友,都是我天成元难得商才,能不折一员,平安到家,就是一大功劳。

戴等齐跪谢恩。

戴与三爷离席在一旁低语。

戴:老夫人正在当年,何以竟……

三爷:唉,我也想不到呀!拳民把母亲当作“二洋老婆”,叫嚣要抓拿她,竟惊忧致病,一病不起……

戴:老夫人原也是开通之人呀,唉。

三爷:母亲也是太率真了!多撑几日,拳民风潮也就过去了。今街市已不见拳民影踪!

戴:听说县衙接了上峰官文,令弹压拳民。

三爷:省衙这位抚台大人,前不久还派出马队,来太谷助拳民攻打福音堂,几位洋牧师都蒙难了。

戴:唉,一边是洋人列强紧逼,一边是反洋拳民蜂起,连朝廷也处置失据了。

孙匆匆进来。

孙:恕我晚来!刚接县衙公文,叫商界捐款,预备接皇差!

三爷:接皇差?

孙:京师已沦陷,朝廷移銮西狩,已入山西境了!

戴:京师已失,朝廷出逃,到底酿成此塌天之祸了!

86

康宅，供奉祖宗的厅堂。供桌香案，烟火缭绕于康氏列祖列宗牌位。

康明显苍老许多，一人跪地祈求：……笏南不孝，贪色杜氏，已受严惩，笏南无怨……今朝廷忽失京师，此兆大不祥。笏南不肖不孝之致，再受严惩亦无怨！然今可传祖业于后世者，唯三儿重光一人！彼本弱而未成大器，又忽临此空前乱世，是列祖列宗欲强其志，益其智，赐其能乎？近日朝廷已移銮太原，此亦前所未遇。是福是祸，笏南尚难洞悉，祈祖宗稍示。有列祖列宗保佑，我康氏祖业宝号，断不至似大清朝局，由乱而衰……倘有前定劫数，笏南愿一人赴难，赎一切罪孽！唯祈赐智勇予重光，以传康氏血脉，保祖业长续……

香烟凌乱，香灰跌落。

87

天成元总号。客厅。

孙大掌柜：正有一为难之事，想请三爷出面帮一把。

三爷：大掌柜太客气了！危难当头，有我能出力处，决不推辞。

孙：刚接了官府一道牒帖，命我西帮八大票号总理，不日赶赴太原府，晋见朝廷的户部尚书大人。

三爷：那孙大掌柜就遵命前往吧！不是遇此劫难，朝廷哪会给我们这么大面子？当今户部的王尚书，位列大学士，入军机朝枢，太平年月，你哪能见得着！

孙：这也正是老身为难之处。我虽为贵府领东几十年，毕竟乃一介布衣。应酬地方官场尚可，应对朝廷重臣，实在怕有所失措！

三爷：有什么可怕的？如今朝廷是逃难到山西，想来也不是拿天颜来震慑我们！

孙：王中堂亲见我们这些人，也绝不是礼贤下士。我估计，是要向我西帮票号借钱！

三爷：向我们借钱？

孙：西太后、皇上两宫出逃，跟着浩浩荡荡一群皇亲国戚，满朝文武，扈从兵马，每日花费之巨，可想而知。遇此突变，库银带不出来，各省又接济不及，仅靠山西一省官府存银，能支垫多久？我票号以调度银钱为业，户部是深知的。向我们借钱，最便捷不过了。

三爷：朝廷张了嘴，我们也不便不借吧？

孙：眼下是非常之时，又面对朝廷，借与不借，借多借少，太不好把持！孙某已老朽，实在是难当此重任的。

三爷：可大掌柜不去，叫谁去？

孙：堪当此任者，唯有一人，京号的戴掌柜！

三爷：戴掌柜多年驻京，对京师官场倒是熟悉。只是，官府点名是要各家大掌柜去……

孙：这正是我要求三爷者！请戴掌柜代我行领东之责，面见户部，本该由我禀示老太爷的。就怕老太爷讥笑我临危后退，有失天成元体面，不会准许。由三爷出面说项，此事似有指望。

三爷为难：大掌柜，这事，我怕出不上力。

孙：老东台最器重三爷，我是知道的。

三爷思索后：危难当头，我也只好替大掌柜试说一回。

康笏南书房。

康震怒：请戴掌柜代行领东之责？这是谁的主意？

三爷：是孙大掌柜的意思……

康：我给你做的交代，你当耳旁风！

三爷：大掌柜意思，也只是暂请戴掌柜代劳一趟……

康怒:代劳亦不当！老三,你还是这样少谋无术呀?

三爷:眼下危难当头,孙大掌柜老迈畏难,邱掌柜又远在口外……

康长叹:你还是这样少谋无术！危难之时,更需提防能者坐大呀!

88

夜间,天成元总号。孙的账房灯光幽暗。康疲惫坐着。

孙:我怕有误天成元的大事。面对朝廷重臣,我实在怕有辱天成元体面……

康:纵有相国之尊,也是他请你去！有什么可怕的?大掌柜你要嫌辛苦,我就代你走一趟吧,如何?

孙:老太爷,那我只好去了。

康:邱掌柜有信来吗?

孙:邱泰基在归号,倒是张罗得尚可。乱局中,归号未受损伤。

康:甚好。

孙:邱泰基说,正欲往库仑,收结俄商陈账。

康:甚好。这是知耻而后勇呀!

89

辽阔的蒙古草原,黄昏时候。

驼队营地搭起的许多毡房,周围堆放的无数货物,奔跑的牧羊犬,缭绕的炊烟,走动的众多驼倌,驼倌粗犷的吼唱,宛若一座小城。

货物边,许多"驼屉子"的特写。

远处,近千峰骆驼放牧归来。夕照下,似一大片游动的褐色云层。拉近,又似奔涌的洪流。

一高坡上蒙人的敖包(小石块积起的圆堆,其上插有些褪色的彩色布条）。邱向敖包掷上几枚小石块，绕敖包走一圈，行蒙人祈福礼。

90

黄昏时候，一辆马车，几个骑马的镖师，行进在太谷的官道上。

三爷飞马赶来。马车停下。

三爷趋前对坐在车内的孙大掌柜说：我去见过戴掌柜了。他叫我转告大掌柜，见了户部的王中堂，只需记住两个字：哭穷！

孙：哭穷？

三爷：京号歇业，津号被劫，直隶、山东、河南的生意，也为教案拳乱困扰不堪。总之，一味诉苦哭穷就是了。

孙：一味哭穷？

三爷凑近低语：我此行，可不敢向家父提起！

91

太原，皇华馆内一公堂。正中，坐着一位身着头品官服的老年大员。两边，分坐几位二三品大员。他们无奈地听着。

票号八大掌柜，恭坐下头，个个一脸苦相。

一大掌柜：……敝号日升昌，平日枉顶了一个老大之名。京畿一乱，第一家被抢的，就是敝号！损失之巨，百年来仅见！

另一大掌柜：京师失守那天，敝号仓皇押银出京。刚至彰仪门，就遭乱匪抢劫，十几万两银子，转眼间全没了……

又一大掌柜：我们做票号生意，号内存银都是过路之财。汇兑，收存，数额甚大，但都是别人的银子。忽然被洗劫一空，日后就是砸锅卖铁，也补不了这塌底之洞……

孙低声问身边一同仁：你们商量好了？这么异口同声……

同仁瞪他一眼。

92

康宅，花园。

康步态沉重，在走到一照壁前，停下，细心观察。又走到一花坛前，停下，细心观察。

老夏走来：孙大掌柜来了。

康：请他进来吧。

花园中一凉亭内。

康：见着王中堂，没吓着你吧？

孙：他也没说几句话，似萎靡不振……

康：他是人穷志短吧？想跟咱们借钱，想也不会太跋扈了。

孙：可不是呢！我们一哇声哭穷诉苦，王中堂也未斥一字，只是无可奈何听着。

康：你们一哇声哭穷？

孙：是的……异口同声。

康略笑：你不是应对甚佳吗？士农工商，士农工商，我们商贾一向忝列四民之末。现在朝廷落难，倒把我们摆在了前头？何况，眼下朝廷的亏空，那是一个无底洞，我西帮再富，也填补不满的。哭穷之后，你们借给朝廷多少钱？

孙：大家先凑了二十万之数，王大人嫌少，只好又加了十万。

康：三十万，一家分摊三四万，不多，也不算少。王大人有相国之尊，总得给人家一点面子。孙大掌柜，你这不是应对甚佳吗？

孙：我……不过随同仁大流。

康：甚佳！此时万不可出头露脸。

93

戴宅。黄昏时候。

灯已亮，戴膺在房内伏案书写。

一仆人慌忙进来：老爷，康老东家来访！

戴：康老太爷？忙离案出来。

康已进院：戴掌柜，我出来凉快，弯到贵府，不会打扰你吧？

戴：老太爷近来身体也不好，有何吩咐，叫我过去就得了！

康：我这一辈子，也算饱经沧桑了，本不该如此不支的。

进入戴的书房。康看书案：戴掌柜，你这是在抄写什么？

戴：撤庄回晋一路，京号账簿多有遗失，我正努力将记忆着的账目，先紧大项，追记下来。

康：我天成元有戴掌柜这样的忠良之才，还有什么风浪可惧呀！

戴：老东台越这样夸我，我越觉不安！京号受此大挫，几万两银子被劫……

康：戴掌柜不必如此自责。你率京号众伙友撤回来，一路很受了罪！这些天，休养得如何？

戴：多谢老太爷惦记！我西帮一向不惧万里跋涉，这点辛苦算不了什么。只是对时局失算，撤庄太晚了，未逃过重创！

康：朝廷把京师都丢了，我小小京号，岂能保全？戴掌柜，我今晚不速而至，也是想听你对时局的识见。日前，太原传来消息，说朝廷已议定，将继续西行，往西安驻銮。朝廷驻銮西安，是图偏安，还是欲蓄势收复直隶京津？历此浩劫，大清还有指望吗？

戴：我虽在京多年，毕竟是商界小民，对朝局哪能看明白？以我愚见，朝廷倒也还不至甘心偏安西安，但蓄势战败东西洋列强，怕也不能指望。

康：既不甘偏安，又难收复京都，将是什么局面？

戴:如今国势,重头在南方。直隶京津虽失,南方尚无恙,国势就不至一败涂地。叫我看,朝廷收拾这场劫难,也无非是再次赔款割地,与列强媾和吧。朝廷或许还能回銮京师,但大清也更是弱君弱国了。

康:弱君弱国?弱国弱君!

戴:大清朝廷,至今依然不重工商,岂能不弱!看看东西洋列国,谁家不重工商?船坚炮利何来?工商发达所致也!

康:戴掌柜说得一针见血。不重工商,死守腐儒,岂能不弱!朝廷两宫巡临山西,这也算百年难逢!老身有一奢望,很想亲睹两宫圣颜。当然不是图天颜赐福,只是想亲眼看看当今这弱国弱君的面目。不知戴掌柜有门路张罗没有?

戴:老太爷想亲见两宫?

康:近来家事商事蒙难,都与朝局相关!当朝者人近在家门口,不见一见,很难忍的。

戴:朝廷后宫的崔公公,是大内的二总管。京号与他倒是有些交往,他的私下积蓄,一向就存在咱们京号。但不知他随扈出来没有?

康:戴掌柜,那就麻烦你了!如身体已调养过来,就请赶赴太原试一试!所需破费,尽可大方出手。

戴:那我就遵命一试。

归途中。

老亭低声问:这种通天的事,戴掌柜居然也答应了?

康:我就是要看看他到底有多大本事。

老亭:我看此事难成!

康:但愿如此吧。

94

杜的居室。康独坐凝视杜的遗像。

老夏进来:戴掌柜派人送来了急信!

康接信,拆阅,长叹一声。

老夏:没有张罗成吧?

康:成了。

老夏:连觐见皇上皇太后这样的事,戴掌柜也张罗成了?

康:他本事太大了!不只是打通了宫禁,还铺垫得如此体面,本事太大了……

老夏拿过信读:得知两宫八月初八起銮出太原,第一站在徐沟打尖。便以老东台深怜徐沟县小财薄,天旱民苦,愿捐两万两现银,谨助该县接皇差,孝敬朝廷。此义举经崔公公转达上去,皇太后圣颜大悦,准于起銮前,赐见老东台……

康:破费区区两万,便得见天颜,还落一个体抚民苦,孝敬朝廷的善名!我这一道通天难题,非但没有难倒他,反叫他一展好手笔……

老夏:戴掌柜才智过人,本来是谁都知道的。

康:可老三他太弱呀!弱君配强相,国将属谁?弱君配弱相,国也将弱……

老夏:老太爷太多虑了。三爷不弱,邱掌柜也不弱。戴掌柜也不是欺主的人。

康:弱国弱君,赔款割地,其兆不祥……

95

太原巡抚衙门。

康笏南穿官服，坐于一室内。外面传来尖怪的喊声：谁是太谷的康财主——

康慌忙出来：在下就是。

样子凶狠的崔宫监，过来一把攥住康的手臂：上头叫起，跟我走！

崔牢牢攥着康，快步穿庭过院。康被牵行，狼狈不堪。

至一华丽正房前，停下，崔呼：太谷康财主传到——

门帘被掀起，康被崔推入。

康伏地行大礼：恭请皇太后皇上圣安——

西太后歪在座榻上吸水烟。皇帝呆坐于另一坐榻上。

静默良久。康伏地不敢动。

太后苍老的声音：尔多大年岁？

康：奴才枉活七十有二。

太后：七十二了？平身吧。

康：皇太后皇上万岁万岁万万岁——

康站起来，但依然垂首，不敢看圣颜。

太后：年逾古稀了，看不出来。尔是如何保养的？

康：奴才一介草民，闲居乡野，不过枉度日月。

太后：山西人很会做生意！尔也开钱铺？

康：奴才开一间小小票号。

太后：山西人开的票号，很会挣钱，予早知道。今来山西，更知道了。

康：晋商略得小利，全蒙皇恩浩荡！

太后：都会说皇恩浩荡！予与皇帝今次出京，才知道皇帝哪有钱呀？出京一路，予与皇帝饥寒交迫，难以尽数！何以如此？皇帝没带京饷盘缠出来！花一分钱，都的跟他们要！三番五次跟他们要，和叫花子差不多了！

康出了一头冷汗：小号本当更多孝敬圣上的……

太后：予不是说你。你们山西商户还算忠义。予是说各省督抚！京饷在他们手里，花一文钱，也得跟他们要！一个个嘴上说得好听，背地里就是拖延不运京饷来，成心叫予与皇帝当叫花子！予跟皇帝说了，回京以后，朝廷也开一间自家的钱铺。就跟你们山西人开的钱铺似的，走到哪，也能支出钱来，不用这么叫花子似的求他们！

康：皇太后圣明！

直到此时，康才抬起头来，大胆看了看两宫模样。

两宫特写：西太后似一平庸的老妇人，皇帝似一失神的病弱者。

太后：予听说，西洋的朝廷就开有自家的钱铺。尔知道不知道？

康：奴才僻居乡野，外间情形，知之不多。只知洋人银行甚是厉害。

太后：予早知道，西洋朝廷开有自家的银行。不拘叫银行，叫钱铺，回京以后，予与皇帝一准要自家开一间！今日召见尔，就是要尔知晓予意。

康：奴才谨记懿旨！

太后：尔去见皇帝，看还有何谕旨。

康转向皇帝：奴才恭听皇上圣旨！

皇帝呆坐不语。

96

康宅一厅堂内，一桌酒席。康、孙、戴、三爷在座，老夏伺候。

康：戴掌柜，全凭你张罗得力，老身才有幸一瞻天颜。日后去见列祖列宗，会受夸奖的。当再次给你记功加股！

老夏过来倒酒。

戴：万不敢当！此系老太爷应有机缘，我不过跑跑腿罢了。

孙：听说平遥日升昌，都想步我们后尘，谋着在两宫过境时，也设法觐见圣颜。

三爷：朝廷向来轻商，视我们为卑贱者。如今落了难，倒先想起我们来了！

康:朝廷重商,哪还能任由我们理天下之财,取天下之利!这次听西太后说,朝廷也想开自家的银行,我真是出了一身冷汗!

孙:戊戌年维新,朝廷也有此议。官家银行真要办起来,我西帮票号就更难独揽天下金融了!

戴:以我愚见,朝廷办银行,倒还不是大患。官场中哪有擅长理财的人物?运作天下金融之良才,于今也尽在我西帮中。朝廷真要仿照洋人,开办中央银行,也只有请我西帮加入。何况朝局危难至此,何日能收复京师?回京后又有何变?一切尚难预料。

三爷欲言又止。

康:朝廷,官家,只是我西帮客户。尽可兜揽生意,万不可深涉其中!

孙:朝廷既要往西安驻銮,被日升昌夺去的官款生意,它也做不成了。朝廷到了西安,陕西京饷就地缴纳,他哪还有汇兑可做!

康:这也是人算不如天算吧。

孙:朝廷驻銮西安,我西号就似以往的京号了。西号自邱掌柜走后,人位太弱。我看,戴掌柜还得多受辛苦,往西安支撑局面。

戴:愿听吩咐。

康:戴掌柜歇假期间,南下上海,北上京师,近又张罗觐见天颜大事,劳苦功高,也该借此时机,补假息养了。

孙:那就请邱掌柜暂回西号,应对此非常局面?

康:邱掌柜贬出口外才几天?岂可再娇宠他!西安老帮人位,你就另选人吧。老亭,快给戴掌柜斟酒!

老夏来倒酒。

97

中俄边境辽阔的天空。远望俄境内的恰克图小城。

古旧的边境海关。两边,俄兵,清兵巡走的特写。长长的载货驼队向俄境走去。

中方境内的买卖城。由整木筑成的房屋，店铺，带俄式风格；街市南北中正，店铺相连，显中式布局。市面已显潦落，俄人多于华人。

天成元分号门脸，有较明显的中式风格。与内地一式的“汇通天下”招牌。

脸色黧黑的邱，走出来。

日升昌分号门脸，比天成元还排场一些。

邱进入。

日升昌老帮迎接：邱掌柜，稀客呀！

邱行礼：李老帮，我是来拜山的！

李：敝人可不敢当！如今，你们天成元气势逼人，敝号快当不成老大了！

邱：我们才做了几天好生意？贵号是咱西帮票业的开山老大，能把敝号这点小长进放在眼里？

后面账房。

李：谁家不一样！俄国茶商在我这里押的卢布纸钞，也数额大呢！兑银期限早过了，俄商一拖再拖，我们也甚是头疼！

邱：眼下洋人联军攻陷京师，俄军又占大股。俄商借此气焰，恐怕更不肯守约兑银了。咱们得及早谋划对策呀！

李：在此边关，替俄商汇兑购茶款，是我西帮票业的大宗生意。不做可惜，做又越来越难！邱掌柜见多识广，有何良策吗？

邱：我看正可借眼下时局危难，来个以守为攻！

李：以守为攻？

邱向李低语。

李:俄人气焰正盛,能吃这一套?

邱:俄军再猖狂,俄商一时还是离不开我西帮票号。俄商来华购茶,数额巨大。可俄国银行在华并没有几家分行,俄商货款、运费,全赖我票号汇兑。当今,还是唯我西帮分号遍天下。离开我们,纵横数万里,它如何解押巨款?又有谁肯抵押它的纸钞?我们唱衰言退,它不会无动于衷的!

李:邱掌柜说的也是。那就不妨一试?

邱:贵号是老大,这出戏,还得李老帮挂帅呀。出面联络当地同业,邀请那边恰克图几家大的俄商,都得仰赖贵号。

李:哈哈,邱掌柜,你倒会做军师!

98

城外草原。

在一近河处,摆开的野餐会。草地上铺开的毡毯,放置的餐具,酒坛等。不远处,蒙人正在烧烤全羊。停下的车马。

五六个俄商,五六个票号老帮,围做于毡毯上。票号伙友及蒙人仆佣,忙碌伺候。

俄商甲(俄语):各位掌柜,今日何来如此好兴致?

李(俄语):今设此薄宴,是有不好的消息,向你们通报。

俄商乙,有得意色:不好的消息?是贵国京师失守吧?

李:此系国难,我等民商也无权通报。这位是我西帮派来的代表邱掌柜,带来了与你们相关不好的消息。

邱起身行礼:与各位初次见面,就带来不好的消息,实也是无奈。

李译出俄语。

俄甲:是什么不好的消息?

李对邱说:你就往重里说吧!

邱:我西帮受此国难连累,损伤甚巨。京津及张家口等重要庄口,都撤庄歇业了。同业老总集议后,深感本城及恰克图庄口,近年已无利可图,命及早做收缩撤庄打算,集中发展江南生意。

李译出。

俄商丙:你们怎么无利可图!仅我们几家茶商,明年交你们汇往汉口的茶款,就有多少?

邱:此亦正是老总们决意收缩撤庄的一大原因。茶款生意虽也不小,但抵押贵国纸钞愈来愈多,兑付的现银越来越少。今逢两国交战,贵国纸钞更难处置了。不如及早洗手的!

李译出。

俄甲:及早?自何时开始?

李:我们只好逾早愈好了!

俄乙:现在正逢新茶季,我们购茶大单已下,你们不能令我们措手不及呀!

李对邱说:他们果然着急了。

邱:这也是无奈呀!即使无此国难,我们也无力再抵押贵国纸钞了。

李译出。

俄商相互低语。

蒙人将烤肉端上。

99

太谷县衙门。

康与孙从衙门匆匆出来,上两乘小轿。

小轿行进在街市。街市上,人们行色匆匆,不断有举家外逃的车马。

小轿在天成元总号门外停下。

孙的账房。

孙:看来不是讹传。德法联军围攻紫荆关和东天门,一处失守,山西就难保了!我们还是早做撤庄的打算吧?

康:太谷是我祖土祖居,有我祖产祖业,还能往哪撤?我已这把年纪,也撤不动了,只能与祖土祖业共存亡。

孙:那我也陪老东台,留守字号共存亡!

康:字号还是要早做打算,存银,账簿,该密藏的,该转移的,尽速张罗。年轻有为的伙友,也尽量往山里避一避,以保人脉。

孙:这些,老东台尽可放心。天成元即便成一空宅,孙某也会留守到底。殉身于此,也情愿的。老东台还是应远走避难的!

康长叹一声:我倒不用你操心。你也无须在此死守。

康忽然站了起来,给孙行礼:孙大掌柜——

孙大惊:老东台,这是——

康:你我共事一生,当此大难临头之际,我康笏南只有郑重向你托孤了!

孙:老东台,你一生临危不惧,今何匆促如此?

康:我已今非昔比矣!大难将临,康家当家重任,我将交付老三重光。你务必在商事上尽力多帮衬他一程!他是我康家唯一能指望的血脉了。

100

深夜。康宅,供奉祖宗的厅堂。明烛高燃,香火幽暗。

康笏南与三爷跪地。

康:列祖列宗,今风云突变,兵祸将临祖土祖业!笏南不肖不孝,以遭此报应耶?大祸临近,笏南面对列祖列宗,谨将吾康家后事,交付三儿重光,祈保佑他安续我康氏血脉,重兴我票号祖业!笏南老矣,但临此存亡关头,誓尽一生智勇,保全祖产祖业!有列祖列宗在兹,笏南当不辱康门。泣血上达，言不尽意……

康三叩首。

康：重光，你也拜过祖宗！

三爷也三叩首。

康：重光吾儿，我意你已明白。今面对列祖列宗，我就将康家后事，郑重交代给你了！

三爷：危难当头，我理当尽力护家的。为祖业计，父亲大人应及早远走避难，由我来留守祖宅，应对不测！

康：你不用多说了！今面对祖宗，你将这一纸所列，先看清了。”说着，从袖中摸出一纸，递给三爷。

三爷接过来看。康取一蜡烛，近前。

三爷：仪门假山，后园影壁，八角花坛……

康：勿出声！只牢记于心。

三爷：纸上所列为何？

康：这是康家的九处隐秘银窖，系百年为商所积家资。总共藏有多少银锭，我不能说清。你只牢记：这些家资足够支撑我康家遍布天下的生意；这些银资也只能用于支撑我康家生意，万不能用于子孙奢靡挥霍；有此银资在，劫后复兴字号生意，当不会吃力！

三爷：为儿谨记。

康：此九处银窖，所设机关不多，只是所选地界出人意料些。你记牢了吧？

三爷又看一遍。三爷又看一遍。

康取过此纸，就烛点燃，渐化为灰烬。

康：家底已向你交代了。天成元字号，我向你做的交代，只一句话：日后你选领东，可靠者，唯邱掌柜一人耳。切记。

三爷：邱掌柜？

康：这是为你计，为康家计，切记就是。

三爷不语。

康:后事都交代清了。你当尽速同你大哥、二哥,带领合家男丁女眷,往山中避乱!

三爷:我年富力壮,正该担当危难。父亲大人才该及早出走避难!

康:此为康家后事计!不保你年富力壮者,反保我这老朽,才是愧对祖宗!你不用多担心,我自有保全家资之策。兵祸真来了,我会布一疑阵,令兵匪劫去一笔可观的银子,弃末保本,破财免灾。我毕竟不是白活到这把年纪。但日后康家兴衰,就全系于你一身了!

祖宗牌位隐现于幽暗中。

101

康家祖坟茔地。柏树苍森。

三爷及两位少爷,由几个仆佣伺候,在主坟前匆忙祭奠:烧香,敬献祭酒。三爷及两少爷行跪拜礼。

三爷:愿上苍保祖茔平安。

主坟侧旁,杜的新坟,已生小草。墓碑:"先妣杜氏筠青之墓"。

三爷将祭酒洒下墓前土地,静立良久。

一仆佣:三爷,咱们得赶紧回村了!

102

五台山上一尼姑庵山门。

前来拜佛的惊慌女香客,络绎不绝。

庵内佛堂,已剃度的杜站于老尼身侧,为香客击佛器祈福。

拜礼毕，女香客问：有佛祖保佑，兵祸能免吗？

老尼：佛法无边——

杜：阿弥陀佛——

103

深山间。一片松林呼啸。

三爷及两位武师，飞马在山间急驰。

三马出山，渐入平原。

过一村庄，一武师下马。趋前与一老年村妇说话。

武师回来：三爷，洋人兵祸并未至！

三爷长叹一口气。

三马至康宅。

三爷匆匆奔入大门。

杜的居室，康寂寞独坐，手抚那方青田冻石玉兔印章。

老亭引三爷进来。

三爷：父亲大人，你受惊了——

康：有祖宗保佑，我康家有惊无险，逃过此劫难了。

老亭：德法洋军，终未攻破东天门，退兵走了！

三爷：我们在山间也都安好，就是放心不下父亲大人！

康：再静观几日吧，不可急着回来！

104

天成元总号门脸，门窗护板紧闭。门前，街市萧条。

三爷从后门进入。

孙的账房。孙卧于床榻,愈显老迈状。

一伙友引三爷进来,孙忙起身。

三爷:大掌柜,你受惊了!

孙:我倒无妨。这也是天佑东家呀,兵祸未至!

三爷:也是孙大掌柜忠勇之忱,感动上苍了!

孙:三爷不敢这样说!孙某为康家领东一辈子了,还从未遭遇过此等危局。人也老迈了,实在是力不从心。

三爷:天成元能成西帮大号,全赖孙大掌柜功力。当此危局,更得仰赖大掌柜的。今北方蒙难,南方幸免,我天成元尚未停业呀!

孙:三爷,我票号运作天下生意,全凭依赖信路邮路。今遇战乱,太谷的信路邮路电报,全断绝了。总号已成死局,不仅生意上的汇路断了,就是各地庄口的日常情形,也吉凶不知。我成孤帅一个,想动也动不了了!

三爷:大掌柜当有破此死局之策吧?

孙:三爷,今朝廷驻銮西安。唯有西安与各地信路邮路尚通达。今西号已似京号。往日洞察朝局动向,也全赖京号。可惜我西号老帮不堪大任,未必能依朝局动向及时联动各地庄口,暂行总号之职呀!

三爷:大掌柜的意思,我已明白。派往西号,能暂行总号之职者,只有戴掌柜一人最堪当此任,对吧?

孙:但老太爷似有别意,不忍再劳动戴掌柜的。

三爷:大掌柜,当此危难之际,还是以天成元存亡为重吧。

孙:三爷,今你已当家,我听你一句话了!

三爷:大掌柜,我遵祖规,不深涉号事!调派强手,应对字号危难,本是大掌柜应有事权。

孙:有三爷这句话,我就敢走这步棋了。这也是我现今仅可走的一步棋了!

三爷:我也想同戴掌柜一同往西安去。

孙:三爷,你不能同往!

105

杜的居室。康无神地坐着。

静穆不语的老大,瘸腿的二爷,两位少爷及众女眷,分别前来向康问安,报平安归来。

众人走后,康叫住三爷。

康:各地庄口,还是没有消息吗?

三爷:信路邮路电报,仍未通。

康:那你替我去把戴掌柜请来吧。我想听他如何预见朝局走势。

三爷:戴掌柜……

康:戴掌柜怎么了?

三爷:我听孙大掌柜说,已派戴掌柜赶赴西安,打探朝廷动向……

康大不悦:是你同意的吧?

三爷:大掌柜焦虑不已,出此应急之举,我也不便……

康怒:我的交代,你当耳旁风了?你已当家,竟还是如此少谋无术!戴掌柜再建奇功,你如何御他!

三爷不语。

106

除夕夜。雪花飘零。稀疏的鞭炮声响。

康宅一片沉寂。大门上,贴着蓝纸对联,挂着白纸灯笼。

在祭祖的厅堂,侧面杜的遗像前,香火静燃。

戴简孝的子孙两辈,向杜的遗像祭拜。戴简孝的女眷祭拜。

康默然坐于一张太师椅,更显老迈,孤独。

杜的居室。

康在孤灯下,执一灯光冻石新印,走刀篆刻。案上一纸,上有墨写印样篆文:又岂在朝朝暮暮。

走刀忽失手,刀锋破左手一指,血涌出。

107

除夕同夜。五台山尼庵佛堂。佛灯辉煌。

杜与众尼僧在做盛大法事。

108

初夏时节,西安城中钟楼景。

天成元西安分号门脸。

户部刘主事微服进入。

戴慌忙跪下:不知刘大人驾到,失迎……

刘:我是私出,不是公干,不必多礼。

客厅。伙友给刘上茶。

戴:西号不及京号,茶叶不好,刘大人得将就了。

刘:在此地衙门,也喝不上好茶叶!好在,和局已议定,回京有指望了。

戴:和约上写的赔款,还是四亿五千万两银子?

刘:洋人占了京城,银子少了,哪能赎回来?只是赔款期限宽了些,三十九年还清。

戴:破财免灾,倒也算上策。可洋人也太会算计了!他们的舰船枪炮,就是金银打造,也不值这滔天数额吧?四亿五千万两赔款,光是三十九年的利息,就又是一个滔天大数!

刘:邱掌柜,这我比你明白。自甲午以来,洋人欺负咱大清的手段,就是恶战加赚钱!先用舰船枪炮打头阵,紧跟着就跟你论价算账!议和,就是算账。洋人的议和代表,都是精于理财的算账高手。咱们的议和大臣,哪会算账?起根就看不起理财算账的!

戴:我看也是。咱们的议和大员中,真该有刘大人这样的理财高手!

刘:免谈国是。邱掌柜,我今儿是有私事跟你说。

戴使了眼色,其他伙友全退下了。

刘:朝廷回銮京师,指日可待。我在西安淘了的几件古董,不大好往京师携带。跟随朝廷扈从,什么也不好携带。

戴:刘大人信得过敝号,就由我们替您转往京城吧。万无一失的。

刘:那就有劳戴掌柜了。另外,在此还有点现银'收成',也想换成你们的汇票。

戴:这事更好办!

刘:你们的京号毁了,复业不难吧?

戴:难是难,京号总是不能少的。我们就等朝廷回銮。

刘:我以往在京号还有存银。你们京号的账簿全毁了,银库给抢了,复业后,不会生变吧?

邱:刘大人放心,我还是那句话:您存折上写的本银、利息,一两也不会少!

刘:贵西帮为商,此为最过人处!否则,我敢往贵号存钱?哈哈。

傍晚时分。

小宫监进入西号。

戴迎其入客厅。

小宫监：我们崔爷叫来问问，有一笔私银，想汇回京师，你们能不能办？

戴：这是崔公公看得起敝号，什么时候吩咐下来，我们什么时候竭诚效劳。

小宫监：崔爷还叫问问，以前存在你们京号的私钱，没给抢了吧？

戴：京号是遭了打劫，损失甚巨！但崔公公存在我们天成元的银子，到什么时候也少不了一两一文。就请崔公公放心吧！

小宫监：我存折上写的银钱，也没丢了吧？

戴：丢不了！丢了也得如数赔你。

小宫监：我就说，赖谁吧，敢赖咱们！

戴：我们谁也不敢赖。小公公，朝廷回銮的日期，定了没有？

小宫监：定了，五月二十一，朝廷起跸回銮！

109

西号内账房。

西号副帮：戴掌柜，你真要动身回太谷了？

戴：朝廷回銮的日期已定，我得赶紧回去张罗京号复业诸事。

副帮：朝廷在西安议定的事，哪一件不是变来变去？这回銮日期，我看也悬！

戴：我听户部的刘大人说，现在是洋人催朝廷还京。朝廷不还京，哪能给他们赔款割地！

副帮：戴掌柜，近来西安周围一些州县，纷纷向我们打听借款事宜，预备朝廷过境的皇差。朝中一些大员，也来打听私款汇京的事。这都是大项资金调动，又都涉官场，戴掌柜一走，我怕应对失当的……

戴:此为西号建功良机,你们放手张罗就是了!

副帮:现在邮路、汇路仍不大畅通……

戴:我回晋后,当然会向总号陈说西安局势,总号也会全力支持你们的。绝处出智勇,化危难为良机,这是我西帮的本事。你们不可太自轻!

副帮:戴掌柜来西安这几个月,我西号盛名大震。我们就怕……

戴厉色:怕什么?日后西号有失,我替你们交代总号!

110

天成元总号已复业,但门庭冷落。街市也冷落。

孙的账房。孙、戴、三爷在议事。

戴:五月将尽,朝廷回銮京师仍无动静,看来真要拖延。

孙:近日官府已下了公文,要我西帮各票号尽速回京复业,开通天下金融汇路,迎接朝廷回銮。不日,同业将会商对策。

三爷:有何对策可会商?

孙:这次庚子之乱,我西帮在京津的字号惨遭全军覆灭,此为西帮票号开业以来前所未有之浩劫。资金损失之巨,先不说。我百年金融信誉之损伤,尚难预料。

戴:京师票号歇业,不是我西帮失信。朝廷把京师都丢了,我们岂能独撑银市不动!

孙:同业会商的着力处,也在于此。欲以我西帮票业全体名义,上达户部,求一复原期限,以防复业伊始即遭挤兑。

戴:户部一纸公文,只怕也难挡住京师银荒的。

三爷:户部公文,也不管用?

戴:朝廷议和议出一个赔款的滔天数额,市面银荒将不可避免!

孙:可各家京号受重创,存银损失殆尽,账簿也多有失毁。存银者持票争来兑现,贷银者躲避赖账,有出无进,如何支撑得住?听说日升昌、蔚字号几家大号，还存有几笔逾期未缴的官款，数额不小。若不准延缓，窟窿更大！

三爷：戴掌柜，咱们没有欠着官款吧？

孙：咱们京号，多亏戴老帮张罗得力，官款结清，存银也大多妥善处置了。真是多亏了戴老帮！

三爷：凡是由戴掌柜张罗的，日升昌就占不了咱们的上风！

戴：三爷，现在不是夸我的时候，更不是与日升昌计较长短的时候。以我之见，此次塌天大祸，既是我西帮前所未有之不幸，又何尝不是我西帮前所未有之转机？

三爷：前所未有之转机？

孙：戴老帮，快说说你的高见？

戴：大掌柜，高见可不敢当！此次塌天之祸，既为天下所瞩目，我西帮若能在京师力挽狂澜，补天救市，也必然会在天下人中赢得空前信誉。当然，若有退缩，卸责于官府，也将空前损我西帮百年盛誉的。

三爷敬佩点头。

孙：如何力挽狂澜，补天救市？

戴：不靠官府，凭我西帮财力，平抑京师银荒！一者，官府靠不上。二者，我西帮有此财力。我西帮藏富已久，当此天下危难之际，不大义补天，更待何时？

三爷：戴掌柜，惊天动地呀！

戴：三爷，这是我西帮应有气魄。

孙：三爷，戴老帮所言，确是西帮应有气魄。但显此大气魄，东家得出血呀！仅靠字号银底，恐力所不逮的。

三爷：请二位放心，现银，字号需接济多少，我就调多少出来！

孙欲言又止。

戴：三爷，这是大事。得禀报老太爷的。

三爷：自然。这事我来办！

孙:那好！同业会商,我天成元就这样倡言了。

戴送三爷出天成元后门。

戴低语:老太爷面前,不可言明此为我所倡言。切记!

三爷与戴交换眼色:我知道。我自然是说孙大掌柜倡言。

戴:三爷,言明是你自己倡言,最好!

三爷:我?

戴:老太爷与孙大掌柜厮守一辈子了,你说是大掌柜倡言,老太爷会信吗?

三爷:可家父更不会信我吧?

戴:会的。

111

下午,杜的居室。康的书籍,字画,古董,大多已移于此。杜的遗像遗物,仍在原处。

康坐在书案前,靠椅打盹,显老迈状。吕嫂在轻手轻脚清扫收拾。

老亭进来,轻声唤康:老太爷——

康不应。

吕嫂低声:刚睡着……

康惊醒:谁说我睡着了?

老亭:三爷说有要紧事,想见……

康:快叫他进来!

三爷进来:父亲大人,我来问安……

康:我不糊涂,有什么要紧事,快说!

三爷:朝廷回銮在即……

康：我先问你，还没有邱掌柜的消息吗？

三爷：听孙大掌柜说，口外归号已有电报来，告之邱掌柜远赴边境买卖城，催逼俄商兑换纸钞，已有成效。

康喜，精神振作：甚好，甚好！你看邱掌柜，真是知耻而后勇呀！中俄正交战，他竟敢向俄商讨债！使了什么计谋呀？

三爷：电报言简，还不大知详。

康：好，甚好！

三爷：朝廷回銮在即，近日官府已下了公文，催我西帮票号尽快返京复业，救活银市。不日，同业将会商对策。

康：返京复业，仅一条路可走，何必会商！重光，我先问你，你有何对策？

三爷：我……我还愿听父亲教诲。

康：你既已当家，就不可总依赖我。我一定要先听听你的主见！

三爷：我初涉商务，实在乏善可陈……

康厉色：你还是这样不用心？

三爷：父亲大人，那我只好将鲁莽之见说出来了。

康：你快说！

三爷：我西帮遭此塌天之祸，虽为前所未有之不幸，但也何尝不能化为前所未有之转机？

康意外：前所未有之转机？

三爷：此次塌天之祸，既为天下所瞩目，我西帮若能在京师力挽狂澜，补天救市，也必然会在天下人中赢得空前信誉。若有退缩，卸责于官府，也必将空前损我西帮百年盛誉。

康兴奋：力挽狂澜，补天救市，赢得天下人信誉？

三爷：就是不靠官府，凭我西帮财力，尽速返京复业，平抑京师银荒！一者，官府靠不上。二者，我西帮有此财力。我西帮藏富已久，当此天下危难之际，不大义补天，更待何时？

康惊喜:重光,你能出此豪言,大出我的意料!

三爷:父亲大人,我说得太鲁莽了吧?

康:甚好!完全是我西帮应有气魄!只是,此种气魄由你现出,我有些不敢相信!

三爷:父亲大人,经此次塌天之祸,我也有些懂事了。父亲将康家家底交代于我,我也才敢说这样的话……

康大喜:重光,你这样懂事了,我也能面对列祖列宗了!你刚才所言,正是我所欲言,也是我西帮返京仅可走的一条路!大义补天,此四字力重千钧。我当用此四字篆一新印,赠你励志!

三爷:父亲如此过奖,我不敢当……

112

"聚乐园"酒楼门外。三爷及孙迎日升昌郭大掌柜进入。

一雅间内。主客坐定。

孙:真没想到,郭大掌柜会亲临太谷!

郭:当此非常关口,义不容辞的。遭此浩劫后,返京复业,关乎我西帮存亡。所以,平遥、祁县、太谷的西帮大户,郭某都得先行拜访到,以谋共进退。尤其是你们天成元大号,风头正健,更得仰赖呀!

三爷:日升昌是我西帮龙头,郭大掌柜所谋所倡,我们当响应跟随的!

孙:三爷说得对。危难当头,郭大掌柜能如此及时出面张罗,我西帮大幸也!

郭:听二位这样一说,我也如释重负了!我们两家,近年在生意上,多有争夺。狼行千里吃肉,身在商界,哪有不争夺的?今国难当头,共谋进退,更是我西帮应有胸怀。

三爷:郭大掌柜胸襟,才是西帮之幸!

孙:平常时候,大家也得仰赖贵号的。

郭:不要只说好听的了。返京复业,你们做何打算?

孙:三爷,你说吧。

三爷:听大掌柜的!

孙:东家与字号已成共识,此次返京复业,不宜指望官府,要靠自家财力,补天救市,就是砸锅卖铁,也要守信如常,平抑京师银荒。

郭:贵号主张,与我一样!有几家大户,或主张观望拖延,或主张求助户部,我看都不可取!朝廷议和,议出一个滔天数额的赔款,户部早已焦头烂额,哪能指望得上?银荒既已不可免,拖延更凶险!所以,我西帮返京复业只有一条路,守信如常,出血救市,天大的窟窿也得补!

孙:日升昌在京损失甚于我号。郭大掌柜能如此明鉴,我号自当倾力跟随!但愿你能说服同业,以此共赴国难,成西帮大义!

三爷:为西帮之幸,我先敬郭大掌柜一杯酒!

郭欣然一饮而尽:天成元有你康氏父子如此勤政的东家,令人羡慕呀。我日升昌的财东,谁操心号事?就会坐享其成!今西帮中似日升昌东家者,不在少数。当此西帮存亡关头,此类财东依然只知享乐,不问商务!请他们出来议事,都不肯动一动。你不出来哪成?渡此难关,你财东得出血呀!

113

平遥城池。

关帝庙门外。车水马龙。不断有票号财东、大掌柜到达。

孙与三爷到达。

正殿内,威武关帝偶像。

供桌上,供着猪羊牺牲。

郭在敬香。

殿外庭院，西帮票号的财东、大掌柜近百人，肃然静立。

殿内，郭跪拜，起誓：郭某谨代西帮四十八家票号之东伙，在此起誓：各家谨守议定盟约，共赴国难，同舟共济，合力勇渡今之危局，以保西帮之长盛。有违盟约者，甘受武圣大帝严惩！

郭出大殿，面对众人：我西帮票业开有京号者，凡四十八家。今各家财东、大掌柜，齐聚于此。郭某已代诸位，向武圣关帝起誓毕。现谨将议定盟约，申明如次：一曰，四十八家京号，尽速复业，不以任何理由图谋例外。一曰，返京复业后，一律守信如常，凡各家所出汇票、存票、银票、小票，均认票兑现，不以任何理由拒兑。一曰，财力殷实大号，当大义放贷，缓解京师银荒。一曰，各号互为援手，及时相济，不使一家倒闭歇业，伤及西帮信誉。吾等共定此约，誓谨守不违。

众人齐应：吾等共定此约，誓谨守不违——

郭执祭酒，恭敬洒地。

114

京师，天成元京号。无风的大晴天。

工匠在修缮破损的房屋。戴指点着，在监工。

门外聚来数人吵嚷。戴出来。

甲人：戴掌柜，贵号什么时候能开业？

戴：这不，正赶工呢？

乙人举着银票：戴掌柜，能否先给兑些银子？存期早过了，握着这存票，不能吃，不能喝，我们都困死了！

丙人：利钱不要了，把本钱兑给我们就行！

戴拱手作揖：各位客官，请再宽限几日！敝号损毁如此，实在是无法营业的。

日升昌京号，破损更甚。

工匠在修缮。一伙友在监工。

门外聚来多人吵嚷。伙友出来。

甲人：掌柜的，贵号何日开业？

伙友：快了，快了。

乙人：到底哪天开业？

伙友：总得修缮完工，挑个吉日……

丙人：我们真是度日如年，快不要那么讲究了！

伙友：敝号不是杂货铺，总得……

甲人：你们不是有意拖延吧？

乙人：就是！你们到底还认不认旧票？

丙人：到底哪一天开业，说个准话！

一工匠出来：朝廷回銮，还没准讯儿呢！

甲人：你算哪路神仙？有你说话的份？

乙人：巴结人，这也不是地方！

双方嚷吵渐烈。

老帮从街市赶来，慌忙给客户作揖，赔罪，解释。

蔚泰厚京号门外，聚众甚多。

大德通京号门外，聚众甚多。

115

天成元总号，孙的账房。

孙：刚接西安信报，说朝廷回銮日期已改至七月十九。且官场有议论，七月能否起跸回京，尚在两可之间。可赶赴京师的戴掌柜，已在接连催促，望尽速起镖押银过去，以济开业。持票求兑者，已越聚越多，不好招架。

三爷：大掌柜，我听你调度！

孙：我已探听过，祁太平同业中，尚无起银发镖者。

三爷：不是定了盟约发了誓吗？

孙：我看，各家尚在观望，尤其在等朝廷回銮的确切消息。就怕朝廷生变，京师再陷乱局。

三爷：叫我说，咱们不必等了！眼下迷局，最易引发市面猜疑。既然已将戴掌柜派往前线，后方迟迟不发粮草接济，岂不是要陷他们于绝境？

孙：龙头老大日升昌尚未起银发镖，只我天成元就先跳头？

三爷：既有盟约在先，我号先行一步，别家也就坐不住了。镖局押银早一天上路，京师局面就能早一天稳住。大掌柜，这头一趟发镖，你看起多少银子合适？

孙：我核查老号底账，京号仅历年所发小额银票，就有三十多万两的规模。这些小票，都是些零星存银，多年不来取兑。估计最先来挤兑者，就是这些小票。大额存票，也会接踵而来求兑！

康：数额再大，你也不要怕！这第一趟起镖，就先发三十万到京，如何？

孙：这头镖三十万，还用不着动用东家老底的。柜上尚能调出。

三爷：大掌柜，京号之外，天津、张家口、济南诸庄口，也要陆续复业。眼下，就由我东家出银接济京师，柜上张罗接济他号，如何？

孙：三爷已有乃父气魄了。那就听三爷的。

三爷：患难之中，我也深受大掌柜浸染！不日，我就连发两镖，共三十万到京！

116

深夜的康宅花园。满天星斗。

一八角花坛处,老夏提一马灯。灯光照出:康、三爷、老亭、四名家丁。

三爷焚香毕。康跪拜。三爷跪拜。老夏率四家丁跪拜。

四家丁移走花坛旁边一石桌。

一家丁揭去石桌下地砖。

家丁铲土层。渐露出一圆形石盘。家丁撬起石盘。露出一井口。

家丁搬来绞水辘轳,架于井口。

一家丁提另一马灯,脚踩辘轳上柳斗,被放下井口。

柳斗绞上来。老夏从中取出一纸封条,交给康。

灯光下,封条特写:光绪十九年封,笏字。

康低声说:开窖。

柳斗复被放下井。井下传来一声弹击似的闷响。

少顷,井绳抖动。辘轳绞动。柳斗出井口。

一家丁从柳斗中搬出一枕头大小的银锭。

此银锭特写。

康对三爷说:这就是我西帮独有的千两银锭,俗名“莫奈何”。

三爷:“莫奈何”?

康:千两之重,不易搬动,防盗之术也。上市前,还得交炉房重新铸成法定通宝。京师炉房,一见此千两大锭,即知我西帮已动用老底救市了。于稳定京城银市,大有助益。

117

天成元京号门脸已焕然一新。门外,持票求兑者云集。

有背了银袋出来者,即被围住询问。

柜内,伙友们从容验票,记账,打算盘,交付银锭。

一持票客户:掌柜的,不能麻利点?

一伙友:银钱生意,不敢马虎。银子源源运来,各位无须着急!

客户:不着急成吗?我们也是债主封门呀!

日升昌京号门脸,也恢复排场旧貌。持票求兑者云集。

有背银袋出来者,即被围住询问。

蔚泰厚京号门外,持票求兑者云集。

有背银袋出来者,即被围住询问。

大德通京号门外,持票求兑者云集。

有背银袋出来者,即被围住询问。

118

康宅花园。康在练形意拳,精神似有好转。

三爷与老夏走来。

三爷:父亲大人,我想跟随镖局武师,押运一趟银镖赴京。

老夏:为我们走镖的镖局,系太谷第一镖,江湖上无人敢欺的。

三爷:我只是想亲历一趟,体验走镖的辛苦,更想亲历京师非常风云。

康:那也好。老夏,你选一得力男仆,跟着伺候。

老夏望了康一眼:三爷,那就叫三喜跟着伺候你吧?他年轻,机灵,懂事。

三爷:三喜?也成。

119

山谷间官道,两边山势险峻。

二十辆运银镖车,十多位骑马镖师,三爷、三喜,停在路旁。

镖师老大:三爷,前方就是东天门了。听江湖友人说,近来有新毛贼出没此地界,伺机劫道。还持有几杆洋枪。

三爷:使用洋枪?

老大:三爷无须害怕!我们已预备了手段,但凡遇上,就要踩平。今银镖行走频繁,哪能容这帮杂种挡道!我先与两个弟兄,押几辆镖车,往前头蹚道。你们与大队人马,在此静候。

三爷:我要害怕,也不来了!随你们走镖,就是想亲眼见识各位老大的手段。我得跟你在前头蹚道!

老大:三爷,这我可不敢答应!

三爷:我在口外多年,也不是吃素的!老大放心,我拖累不了你。

老大:那你得听我的!

老大与三爷耳语。

镖师老大,三爷,另两位镖师,押着四辆镖车,行进在官道上。两面山势更为险峻。

车倌吆喝牲口,挥鞭。老大与三爷大声说笑。声音在寂静的山谷回荡。

突然有两声枪声,清脆响起,接着是山谷的回声。

老大跳下马,朝枪响处望了望,便咳嗽一声。

三爷及其他镖师，也闻声下马。车倌弃车逃跑。

又是两声枪响。

老大倒地。一镖师马匹卧地，自己跑出几步，亦倒地。另一镖师与三爷，也弃马逃走，未跑几步，也都倒地。

有七八人持刀枪，从山坡跑下来。他们上官道后，直奔镖车。

老大突然跃起，两武师及三爷，亦跃起，持兵器冲向众贼。

未战几多，众贼即被擒。

120

天成元京号门外，挤兑者仍云集。

戴的账房内。

三爷：开业已月余了，挤兑势头仍不见减！

戴：京师停市两年了，银荒太甚。就像久旱的地亩，哪能一时浇透？东家起银抵垫，不会太心痛吧？

三爷：老太爷放了话：综有天大的窟窿，咱们也补！援京的第五趟银镖，已经起运了。

戴：如此规模的密集兑付，在我西帮也是前所未有。

三爷：去年苏号遭挤兑，戴掌柜巧施手段，即化险为夷了。

戴：那次苏号挤兑，是因自家有失，施计挽救，或可见效。此次大不同，系朝局动荡所引发的市面银荒，不是小手段所能遏制。所幸西帮各家财东都识大体，能联手倾力救市。

三爷：以戴掌柜眼力看，当前挤兑势头，何时能有所逆转？

戴：此为前所未有之危局，我真不敢预料。要保西帮金融霸业，就是砸锅卖铁，也得死守到底！

三爷：砸锅卖铁，还不至于吧？

戴:当然,谁也不愿到那一步。但朝廷仍未回京,一切尚难预料。眼下,我西帮最忌露出惜银迹象,也不可施用机巧。唯有沉住气,从容兑付旧票,为京市多放银资,以供流转,才有转危为安的希望。此次危局为西帮前所未有,但倘能挺得过去,西帮之实力,西帮之信誉,必将惊动天下。此后金融霸业可续焉。

三爷:戴掌柜之雄才大略,我是更确信不疑了!

三喜站在房外窗下,侧耳倾听。

三爷出来见状,问:三喜,你站在这儿做甚?

三喜慌了:我在等三爷……

三爷:有事呀?

三喜:也无事,只怕三爷随时有吩咐……出来时老夏交代,要伺候好三爷……

三爷:我不是对你说了?在京号,没事就多帮伙友做些杂务。不必老跟着我!

三喜诺诺。

121

五台山尼庵禅堂。

老尼:我赐你法名慧云吧。

杜:谢法师赐名,弟子谨受!

老尼:老僧去年云游至此,本来只想研修一夏。不期遇战乱,滞留至今。但能意外收你做弟子,也算有佛缘了。

杜:文殊佛祖赐我此缘,弟子也感甚幸。

老尼:进来世乱渐平,我也将返京师西山住持之庵。你聪慧净洁,京话娴熟,老僧倒有几分不舍了。慧云,你愿随我赴京吗?

杜:京师是我自幼生长之地。但今已出家事佛,恋念尽断。

老尼:京师与此,于我们都在佛土。但引渡京师信众,有你这般聪慧净洁,有益多多。

杜:此亦为佛缘吗?

老尼:也是。

杜:愿听我师指引。

老尼:善哉!

122

天成元京号门脸,张灯结彩。挤兑者已不多。

一伙友出来燃放鞭炮。

一客户问:贵号有何喜事?

伙友:今儿八月二十四,是朝廷在西安起銮回京的吉日!

日升昌京号门外,张灯结彩,燃放鞭炮。

挤兑者已不多。

蔚泰厚京号门外,情景同样。

大德通京号门外,情景同样。

123

深秋的贝加尔湖。

邱与一驻俄境老帮骑马沿湖而行。

邱:此即为古之北海?浩渺深邃得令人敬畏!

老帮:当地俄人,也视为神湖。不过,我们早已看惯了。

邱:你等在如此遥远之地,张罗异邦生意,也是令人敬畏的!

老帮:天荒地远倒也惯了,只是俄商生意愈来愈不好张罗了。俄钞积压,难以兑银……

邱:先不说这些了。今是为观海而来。

老帮:邱掌柜如此兴致好,是有成竹在胸吧?

邱:我也不是神仙!此生难得来一趟,先瞻仰此神湖吧。

两人沿湖走远。

俄乌兰乌德城。

天成元分号,俄式木房。"汇通天下"招牌,汉、蒙、俄三种文字并列。

号内账房,邱与老帮在下围棋。

老帮:邱掌柜出招太狠了!

邱:是你邀我对局,不是我要欺你!

老帮:我在此久无高手对弈,棋多快不会走了。

邱:我在西安,也是无暇对局的。只是为拉拢官场,才偶与嗜棋的官员,手谈几盘。

老帮:今在苏武牧羊之地,与我对局,当有沧海桑田之感吧?

邱:哪里会如此多感!能腿长至此,无悔矣。你我都如围棋一子,落在何处,皆关全局。官场似象棋,将相车马,等级森严,掣肘太多。商界更似围棋,子无大小,盘面阔大,棋路无限。

老帮:我嗜棋多年,邱掌柜所喻,真还是闻所未闻!

124

京师杜宅。

三爷与戴向杜父的灵位祭拜。

三爷与戴出杜宅大门,三喜躲闪不及。

三爷怒:三喜,你又跟来做什么?

三喜慌无言。

京号内。

三爷怒问跪着的三喜:说!为什么老偷偷跟着我?

三喜:为……伺候三爷……

三爷怒起,欲对三喜掌嘴。

戴急忙拦住:三爷,对下人,还是缓施暴。他出门少,不懂事,耐心问问就是了。

戴走出。

三喜突然俯地:三爷,是老夏有交代……

三爷:交代了什么?

三喜:叫我留意三爷与……

三爷:你说吧!既是老夏交代,就与你无关!

三爷:留意你与戴掌柜说些什么,到过何处……

三爷良久不语。

三喜:三爷,老夏交代说,这是……

三爷:你不用多说了。此事,你无罪过。起来吧。

125

太谷,天成元总号后门。

两乘小轿停下。康已穿薄冬装,缓慢下轿。

孙慌忙出来:老东台,有什么吩咐,我去府上听呀!天冷了……

康:我就不能出来走走了?

老亭扶康进门，步态滞重。

孙的账房里。

康：京师有新消息吗？

孙：京师银市虽未复原，挤兑风头已平息了。我西帮此壮举，果然惊动天下！户部已有赞语传出。天津、张家口、济南等码头，我号复业也未遇太大风浪。江南生意更大增！

康：我康家小半老底倾出，出血，也出到血流成河了！若一无所获，那只有退身江湖了！老三也没有信来吗？

孙：近日，三爷尚无专函寄达。只于京号信报中，提及三爷在京一切尚好。

康：京师风浪已过，他也该回来了！当家坐镇，怎么能就离太谷？

孙：京号信报言，朝廷銮舆尚行至河南境。京师局面，要到朝廷返京后，才可放心。三爷滞留未归，也许是对京师银市尚不放心吧？

康：京师有戴掌柜一人张罗，足够了。”说时，拿出一信函，“将此信交信房，速邮京号！

孙接信：我即交信房照办。近一年以来，我看三爷渐显老东台风范！

康：你这是巴结新主吧？

孙：老东台，孙某只盼早日退位，巴结何用？三爷真是有长足长进！

康：但愿如此吧。邱掌柜有消息吗？

孙：他已去俄境乌兰乌德庄口……

康精神振作：他真还腿长！

孙：邱掌柜有建言，应及早撤回俄境庄口。俄商得势霸道，俄钞兑银艰难，不及早抽身，只怕后患不小。

康：邱掌柜有眼力！”

126

京师西山。

三爷与三喜骑马行进。

三喜:三爷,为杜老爷扫过墓,咱们就回太谷?

三爷:你已知道,还问什么!

三喜:三爷,到家后,我如何向老夏交代?

三爷:知道什么,说什么!

三喜:我听三爷的……

三爷:我就是叫你说实话!

127

两人在一墓地停下。三喜将马匹拴于一树干。

三喜先走入墓地。

一墓碑特写:大清朝授一等通译官杜长萱之墓。

一女尼面向墓碑站立合十背影。

三爷望见女尼背影,稍犹豫,又走去。

将近,女尼转身,杜的面容。三爷惊骇,呆住不能动。

杜亦大惊。

三喜赶来,见杜也大惊,但随即跪下:老夫人——

杜稍镇静:三喜,我已做鬼,你为何还如此大胆?

三喜:老夫人假丧出家……我已有所闻……

三爷稍动,仍惊骇不能言。

杜看看三爷:三喜,你都有所闻,你们三爷他知不知?

三喜:我是听吕嫂偷偷说的,交代打死也不能再传……我和吕嫂都十分思念老夫人……

杜:愿佛保佑你们。三喜,你回避吧,我与你们三爷说几句话。

三喜磕了一头,跑往远处了。

杜已平静如水,走近三爷:他三爷,今日能在此与你相见,我也意外不已。此系佛所赐缘吧。

三爷仍惊骇不能言。

杜:三喜所言是真。你父亲为成全我出家事佛,密办大丧葬礼。于今我身虽旧身,心已归佛。与红尘俗世,也真似阴阳两界了。

三爷:"母亲大人……"说时欲跪。

杜忙止住:大丧之后,我就从康家老夫人中脱身出来了。此亦为我多年夙愿。

三爷:母亲厌世如此,我实在惊愕无比!

杜:他三爷,你该明白的。

三爷:我?

杜:你我今已隔世,那就将此前缘了断吧。当年,我随家父回太谷拜祖,竟意外为上流乡党所宠爱。你,康三爷,不也频频来访吗?

三爷:我……

杜:我与家父返京后半年,你们康家来提亲。其时我并不知你父亲鳏居,以为是……当时我所属意者,其实是你,康三爷……

三爷突然跪下,泪流满面:我能听到这句话,此生足矣!

杜转过脸去:听君此言,我出家也无憾了。

三爷:一切都无可挽回了?

杜转身过来,已复一脸冰洁:前缘有定,当此了断。你快起来吧。

三爷站起。

杜:你父亲为商,也算顶天立地的男人。但我只能视他为父辈,为其妇,终有负罪之痛。所以,萌生出家之念久矣,今终得解脱。你正当年,应似乃父,成顶天立地男子。只是要多行善事!

三爷:我当谨记。

杜:那就从此永别吧。

三爷:你何时到京,又在何处修行?

杜:一切皆无须多问了。

杜合十作别,静穆而去。

三爷凝视,杜终未回首,直至隐于残秋的树林。

树林绿、黄、红三色相间。

128

太谷城内一处精致的小宅院。

十多年前的三爷站在门外。跟随他的小仆敲门。

门开,一中年女仆现身。

三爷:敝人特来拜访杜老爷,麻烦通报一声。

女仆:我们家老爷外出访客去了,不在家。

小仆:我们是从康庄专程赶来,这是康三爷!还不赶紧去把你们杜老爷请回来……

三爷斥小仆:不要无礼!

女仆:我们老爷真是应邀拜访一家大户去了。

三爷:既如此,就不打扰了。杜老爷不知什么时候能回来?

女仆:“我进去问一下吧,请康三爷稍候。”说完,进去了。

小仆:连个让字也没有,就这么把我们晾在门外?

三爷:你不用多嘴!

十多年前的杜筠青,轻盈地走在女仆之前,出来了。美貌异常的杜,更洋溢着一身京韵和洋气,三爷为之一震。年轻的三爷,也使杜流露处几分意外的惊喜。

女仆:这是杜老爷的女公子……

三爷:冒昧来访,实在是不知杜老爷外出。

杜:“他是大忙人!访客,客访,天天不断,比在京城受宠得多了!”说着,爽朗一笑。

女仆:小姐,先请客人进来?

杜:康三爷又不是来拜访我!

三爷:我是慕你们杜家父女之名来访,只是太冒昧了。

杜:既然有我的份,那就请进吧!

主客就座于庭院的石桌两厢。

杜:我早听父亲说过,贵府康家是太谷的巨室豪门。三爷此来,也是要叫我们父女二人去贵府吃酒席吗?

三爷:什么巨室豪门,不过是坊间的演义讹传。再说,家父还暂未授命我来恭请杜老爷杜小姐赏光赴敝舍……只是我本人慕名专程来……

杜:太谷的富室大户,这是怎么了?一家跟一家,慕名来访,慕名宴请,热心的不得了!我陪着家父,天天去表演那一套老节目,真是烦死人了!所以,今日家父出访,我偷懒不去了。康三爷此来,也是想听家父铺陈西洋列国的奇闻逸事,再听我说几句京腔京话?

三爷:我自然也不能免俗。杜老爷多年跟随朝廷出使英法大臣,在西洋列国走动。好不容易回乡一趟,我们谁不想借此良机,一睹令尊风采,更广长海外见识?

杜:“我看那些老财主,大掌柜,还是爱看我的风采!”说着,又爽朗笑起来。

三爷脸红:杜小姐说的一口京话,也真是地道,好听!

杜:康三爷所谓慕名,就是来听我的京话?

三爷:不只是京话。杜小姐的维新风采,风靡了太谷城……

杜又大方一笑:康三爷恭维起女士来,也有维新的味道!我的祖籍虽是太谷，可出生至今，我还是第一次回来。从小在京师长大，不说京话说什么？这次执意跟随家父回太谷小住，就是想看看老家什么样！谁能想到，回来就陷在这乏味的表演中，哪还没去呢！

三爷：杜小姐想去哪游玩，我愿意车马伺候。

杜：你们康家是巨室，想必规矩多着呢！康三爷陪了我出游，难道就不忌男女之防？

三爷：我这是主随客便！令尊既有西洋风度，不忌杜小姐出头露面，我也只好成全吧？

杜又爽朗笑起来：我哪敢坏贵府规矩？

太谷凤山龙泉寺。

杜筠青与父亲杜长萱从佛堂出来，迎面与康三爷相遇。

杜意外：这不是康三爷吗？

三爷有几分慌乱：这就是令尊杜老爷吧？

杜：父亲，这就是我给你说过的康三爷。

杜父：幸会，幸会！上次亲临客舍，不巧得很，未能招待！康三爷也是来游玩？

三爷：我是来还愿敬香……

杜：康三爷许过什么愿呀？

三爷：是为……生意。

杜有些索然。

杜父：那就不打扰了。请代我向康老太爷致意！

杜与三爷对视。

三爷久望着远去的杜家父女。

康宅客厅。

康笏南：杜老爷，你这二等通译官算朝廷几品官？

杜父:名分上,也依四品论,其实这种杂官,谁把你当回事?

康:我们票号,也有司通译的伙计,只是通蒙古语,俄罗斯语,也有一两位通英国语的。法国语的,可没人会说。杜老爷,你能说几句法国语,叫我听听吗?

杜父说了几句法语。

康听后哈哈一笑:杜老爷,得罪了!我能听懂什么?你这位女公子,她也会说西洋话吗?

杜父:只能说些日常用语,也不地道。

康望着杜:你说京话就好听!

杜:谢过老太爷!老太爷和家父说话吧,我想出去观赏一下贵府。我还是头一回见到贵府这样宏大的宅第!不知老太爷允许不允许?

康就对在座的三爷说:叫老夏找位体面女佣,伺候杜小姐。

杜:就劳康三爷带我观赏贵府,成不成?

康:那还不成?老三,去挑个体面的女佣,一起陪杜小姐到各处走走。

杜父:这可不敢当!

三爷陪杜离去。

三爷陪着杜,在康宅走着。虽兴奋,却拘谨。

杜倒一直兴致勃勃。

康宅大门外,仆佣在张灯结彩,贴红双喜字。

三爷在整理马鞍。一小仆在收拾行装。

老夏:三爷,明天就是老太爷新喜吉日,你该喜庆过后,再出门远行吧?

三爷色恼,不理老夏。

老夏:三爷,老太爷最疼你了!大喜日子,不要惹他生气!

三爷仍不理他,飞身上马,疾驰而去。

小仆也慌忙上马,追去。

田野间，三爷飞马似箭，将小仆远远甩在后头。

三喜声音：三爷，时候不早了，也该……

呆立的三爷惊悟，复望见远处三色相间树林。

129

京师一间酒楼雅间。只三爷与戴对饮。

戴：三爷，这件事，我本不该多言的。只是，去年杜老爷病重时，曾托我向令爱转达他的愧疚。等我逃回太谷，已在办老夫人大丧，杜老爷遗托，终于无从转达。杜老爷也知，令爱当年是属意于三爷的。

三爷：我真是粗人，呆瓜，竟怨恨她多年！

戴：三爷，老太爷出奇谋，成全老夫人出家事佛，割爱全其志，舍情取仁义，也不容易了。

三爷不语。

戴：老夫人说得对。生为男人，当有顶天立地之志。三爷此番际遇，也是励志之旅吧，幸或不幸，都该义无反顾的。

三爷仍不语，只饮酒。

戴：三爷，今我言不该言之事，实在是怕你从此错对令尊大人。老太爷并非有意夺你所爱。老夫人与你深藏于心的此等隐情，谁能知道？老夫人出家，分明是为此殉情。今后你若能将此情藏之更深，事令尊大人如初，就堪当真男子也！

三爷惊起，举杯："戴掌柜，此言化我心中块垒！好，就请戴掌柜放心！"一饮而尽。

戴举杯："那我也为三爷饮一杯！"也一饮而尽。

三爷：戴掌柜，那我明日就奉命启程返晋了。跟我来的三喜，已深涉此事。为免意外，我就暂将他留在京号了。可令他做些杂务。

戴:那也好。三喜原为东家挑选出来的车倌,人长得体面,又知礼节。既留下,那就为京号暂做车倌吧。三爷你也见了,京号交际应酬甚多,临时雇车轿,支出不小。自备一车马,还是合算的。

三爷起身作揖:戴掌柜,你这是为我预备了好口实!

戴慌忙说:我并无他意的!

三爷:戴掌柜,我日后还得倚重于你!

戴:三爷不要这样客气!

报告文学

“怪人”杨万银

一

一九七五年春。某日，有一辆小汽车驶进原平县中三泉大队。村里谁也没有想到，车上的客人竟是从北京中国科学院来的。而且，这位稀客竟是专门来访问“怪人”杨万银的。

全村立刻轰动了。哈，真是来寻那个古怪的杨聋子吗？人们惊异不已。

这位来客是中国科学院《科学通报》的一位编辑。一九七四年春，正在海南岛育种的杨万银，应邀出席了全国种子南繁会议。会上，印发了他搞玉米育种的一份材料。其后，在忻县地区原平农校李志超老师协助下，将此文加工整理，寄往《科学通报》。这位编辑即为核实此文专程而来。

编辑同志看到站在面前的，是一个瘦矮、委琐、耳背，看去有五十好几的庄户人时，也有些惊异了。然而，当编辑同志高喊着同杨聋子进行了深入交谈，并到主人的育种试验田里做了实地观赏之后，对这个其貌不扬的农民所取得的可观成果，相信了！对其热情褒奖、勉励一番而别。

不久，在这一年《科学通报》第五期上，刊登出杨万银那篇文章。

可是，当在国内外发行这种杂志的编辑部，把这一期赠寄到中三泉大队时，村里早已没有人议论杨万银了。他又成了无人看重的杨聋子，一个终生死迷了一窍的“怪人”。只有那些泼皮后生偶尔揶揄他：

“杨科学，该讨个老婆了吧？”

“可咋还不见科学院来调你呀？”

杨万银理也不理他们。在林彪、“四人帮”灭绝科学文化、大搞蒙昧主义的那些年月里，他犯不着去同这些可怜的后生娃们动感情。他的文章登出来了，若能对热心于此的同行们有些许参考价值，他也就很欣慰了。果然，他收到不少相识与不相识的来信，祝贺的，讨论的，请教的，要种子的，都有。杨万银相当快乐了。自然，他绝未做什么飞黄腾达的好梦。他仍旧默默地倾注全神投入到他的育种事业中去了……

二

杨万银到今年才五十岁。

大约在他三岁的时候，害了中耳炎。旧社会，一般庄户人家的娃儿耳朵生疮流脓，哪有钱去花钱求医？耳病到底挨过去了，但娃的听觉却因此受到损害。

耳背自带三分痴。他又生得瘦弱矮小。所以他似乎从小就是一个孤僻的弱者。但也似乎因此发展了内向的聪慧。上书房，成绩总好，初小上到三年级，就跳级升到高小五年级。小学毕业，又顺利考进中学堂。可惜，在中学只读了三个月书，就读不起了。每月要交学堂两块白洋，他交不出。而且，这一年他父亲去世了。寡母拖着三个孩子、生计都成了问题。他是老大。辍学回来，分担起了生活的重负。走入社会，弱肉强食的世道，寡妇孤儿的门户，更使他成为孤僻的弱者。他只有到书中去寻找现实生活中得不到的乐趣。他变得越发寡言好思了。不善交际，羞于显露。凡是能抓到的书，他都看，凡是新鲜的知识，他都感兴趣。他的字写得很漂亮。

解放了。杨家种上了自己的地。二十岁的杨万银已是家里的主要劳力。但他仍然瘦小,力气不足。因此,收成甚差。五一年冬闲时,杨万银从甚么报纸上,看到介绍碱地窝沙可以增产的短文,立刻眼亮了。第二年,便在他家的八分河滩碱地上,如法窝沙点种了玉米。果然,苗捉得好。往年这八分地不过收斗半粮食,这一年竟收到五斗半!杨万银兴奋极了。过去他看书猎奇不过是为了排解孤苦之闷,想不到书报上的知识还能帮他多打粮食!五三年他家入社了。但那八分碱地被留作自留地。杨万银又从道边比地心捉苗好的差异中,琢磨出窝沙点种玉米"喜实"的道理。这年,他按甚么书上的介绍,施了绿肥,收成竟升到一石二。从此,杨万银就把好学好思的功夫,完全集中到农业科学上了。

入了农业社,杨家孤寡懦弱的门户终于有了依靠。杨万银自然极想借助农业科学帮农业社多打粮食。但他没有习武、用武之地。他是一个很不起眼的普通劳力。因他老实,肯卖力气,总是不断被从这里派到那里,甚么都干。他也须尽力多做工分。一弟一妹都上学了。母亲因操劳过甚,时常生病。他已全部负起小口之家的生计。然而,杨万银还是把帮农业社多打粮食的热望深藏在心。他执意于钻研农业科学技术,比单干时更入迷、更刻苦了。他家小小的庄户院内,所有能利用的土地,都被辟为他的试验基地,种了五花八门的作物,搞着杂七杂八的试验。没有甚么比他的这些试验更珍贵了。有一次,他精心培育的甚么苗苗,在他下地后,由于母亲一时未顾及,被鸟雀啄掉了。他因此认真同母亲动了肝火。

一九五五年,杨万银又从甚么杂志上看到冬小麦春化的技术介绍。入冬,他便拿冬麦籽如法做了春化处理。开春后,播入自留地。果然,分蘖,拔节,莠穗,上籽,一切都如秋播越冬的一般。杨万银高兴得不得了。他特地把生产队干部请来参观,宣传春化冬麦在春天下种的种种好处。干部们似乎被说动了心,答应明年在队里试试。听毕,杨万银真兴奋,好几天脸上挂着笑容。可到了秋后,干部们一听杨万银介绍那具体过程和种种要求，他们摇头了：

"真麻烦呀。算哩，算哩！"

杨万银急了，赶忙又宣传春化处理的好处。但他不善辞令。他没有说动干部们的心。他难过极了。

三

一九五八年，到处都荡漾着思想解放的东风。依旧如痴如醉地执迷于农业科学的杨万银也产生了一个奢想：他们大队若能像报纸上介绍的那样，成立一个科研组，而且他能参加进去，那该多美呀！但他不会毛遂自荐。他只是又把这个奢想藏在心里。

夏天来了。杨家院内那小小试验基地上奇花异果争芳斗艳，别是一番洞天。内中，被杨万银嫁接到马铃薯植株上的西红柿幼枝，已伸展开蓊郁的茎叶，挂满了火红的果实。根下也似乎结实了，地皮隆起，像笑了似的，裂开了缝。村里人又络绎不绝地来杨家院内观赏这新的奇花异果。

一天，大队的干部们也来观赏了。杨万银非常亲热地接待村里的领导人。

一位领导人观赏一番后，问道："这结出的洋柿子，味道变不了吗？"

杨万银听清后，也不说啥，竟很慷慨地摘下几个洋柿子，给领导每人一个。

"你们尝尝吧。尝尝，尝尝！"

人们接住火红的洋柿子，尝起来了。味道挺好。他们的神色也挺好。杨万银忽然想抓住这个良机，提出他的奢想了。正当他考虑如何措辞之间，一位领导却又问：

"你说，明年种上这洋柿子籽儿，也会上头结柿子，底下结山药蛋吗？"

嫁接怎么会产生遗传呢！可杨万银并不觉得这位领导问得可笑。他认真给他们做了解释。接着，就提出了他久藏在心的奢想。

人们听毕却哈哈大笑起来，笑得那么响。只有听到很可笑的话才会这样大笑的。

“成立个组，甚么也不做，专门这样胡日鬼吗？哈哈，哈哈！”

杨万银从领导的笑声中就知道他的奢想破碎了。他又一次难过极了。看来，外界思想解放的东风，还没有吹进这些领导的心胸中。在那时，中三泉就是这样一个落后的村子。

这一年：在杨万银的生活中接着又发生了一件令他很伤心的事。

他是好不容易才娶妻成家的。不久又得了贵子。但妻子却对他另有所望。她要他出外找工作，赚钱，如当工人甚么的。家境也是太贫寒了。队里生产总搞得不好，工值低得可怜，又难兑现。而且，如今已是六口之家了，仍全靠他一个聋鬼做工分。而他竟成天如此痴呆地不知胡日鬼甚么。吃饭也抱着书。有空就恋着他的苗苗。还时常偷偷花钱买书、换籽种。她不断劝阻他，奚落他，斥责他。但他执迷不悟。她不能理解他，渐渐觉得嫁了这样的聋丈夫是太不幸了。夫妻间的关系越来越糟。这一年，她终于决计离婚了。许多人来调解，说合，都无济于事。她给他留下一个儿子，走了。永远走了。杨万银很伤心，他才二十九岁。可有什么办法呢？

多病的寡母又重新承担了全部艰辛的家务。母亲毕竟偏爱儿子。她对儿子所执迷着的事业，虽然不甚了解，但从不责怪、为难他。做饭，缝衣，带孙子……她默默地做了一切，叫儿子专心去“胡日鬼”。儿子出工后，她依旧奉命守护院内那些珍贵的苗苗。由是，杨万银渐渐感到，老婆跟自己不一心，走了更好哩。他可以完全放心放手去钻研农业科学了。他没有惧内之愁、后顾之忧了。对事业的执迷，很快就使他淡漠了离婚的伤痛。

后来，杨万银终于说服了生产队的干部们，被允许在边远的小块弃耕地里以及一些边头、堰堎，“日鬼”一点甚么试验，如玉米定向密植啦，马铃薯育苗多次芽栽法啦，等等。其中，他搞的马铃薯多次芽栽法，在日后全国性的《植物学杂志》上，还曾登文介绍过。然而，这种颇具优点的栽种法，就像他搞成的其他成果一样，却一直未能认真推广到生产中去。

因为杨万银这时也还是一个无人看重的古怪社员。他搞的一切试验，仍未名正言顺地纳入集体经济活动的范围。在多数人看来，那不过仍属一种怪僻的个人嗜好罢了。

四

杨万银怪僻的名声渐渐地流传到中三泉之外。县科技局的同志还是能赏识这种怪僻的，开始支持他了。后来，驻村的社教工作队也支持了他。因此，在一九六四年中三泉大队终于成立了一个以杨万银为主的小科研组。他欣喜非常。多年的奢想实现哩。有了“日鬼”农业科学的合法地位哩。挣工分，养家糊口和从事心迷着的事业合而为一哩。虽然不久杨万银就明白了，新诞生的科研组，也不过是聋人之耳，大队并不认真看待的。但他却怀着蓄之已久的热忱，认真干起来了。

全村四千多亩耕地中，多一半是肥油油的水地。科研组却得到一块多年“素种”的坡梁旱地，而且仅仅六亩。六亩就六亩罢。但做科研试验田，总不能再“素种”吧？他们得先去搞点粪。可谁也不肯给，不肯借。他们想调换些优种来繁育。可大队拿事者更不肯支粮支款，只冷冷地说：“哪儿叫你们育种，找那儿要去！”总之，谁也不把他们科研组当一回事。

杨万银不计较这些。他拿笑脸宽慰安抚其他三四个同伴：“甭泄气！队上也穷哩。咱挣队上的工分，还能事事贪现成吗？开了头就好哩。万事开头难呀。”他拿出自家头年开下的四十元钱，来做科研组的调种经费。他背上自己的九十斤口粮，来做调种周转粮。他带领同伴把队里多年弃耕的十七亩荒地开垦出来。自己破费订了《中国农业科学》《山西农业科学》《农业技术》等杂志（自然，他很快就发现，订阅这些杂志，对他实在是一笔太大的开支了。强订了两年，不得不中止）。杨万银自己也不知为甚么，在那瘦矮的身躯里竟突然喷涌出那样源源无尽的热力。他热情迸发，慷慨倾囊，团结同伴，劈砍荆棘，醉心地干起来了。他在难以料到的艰辛与劳累中，得到了奋斗的满足。茶饭愣是有味。脸色红润起来。见人笑脸相赠。他感到生活得惬意、有趣、真美！

科研组成立的第一年，就成功地试种了杨万银在前一年从山东农科院引进的双跃3号玉米双交种，产量比当时普种的金皇后增产百分之二十四。这是省内最先引进、试种这一优种，很快就得到省农业厅有关部门的重视和赞助。双跃3号由此在全县推广开来，成为不少社队的传统优种。

这一年，杨万银还从中国农科院征得数百粒高粱3197A不育系及保持系。经过两年精心繁育，收获到三千余斤此种材料，成为县种子站开始推广杂交高粱时的第一批不育系材料。

在此后的几年中，杨万银从省内外一些农科单位，引进、选育了不少油料、小麦等优良品种。他还从当地农家谷种中，选育出中选4号、6号，7号、Ⅱ号四个优良谷种，分别具有抗钻心虫、抗倒伏、品质好、出苗多、早熟、高产等优点。同时，他还注意研究、总结了种植这些优种的一套优良栽培方法。

杨万银进入科研组，真是如鱼得水、如马入川了。在这个他所执迷着的天地里，尽情地驰骋，酣畅地腾跃。他不断收获到闪光的成果。他在农业科学的理论和实践方面，开始取得一个农民所不易取得的长足进步。但他远不满足。他似乎才刚刚开始看到这个奇丽世界的真正面貌。其魅力使他更加倾倒了。当然，他也绝未想用此去为自己换取甚么。他仍穿着寡母补而又缀的布衣，邋遢委琐；他每日也仅挣着价值二三角钱的工分，并无他求，他仍羞于表露自己，不求闻达于众。他只是把钻研农业科学的功夫，又进一步集中到玉米育种方面，用加倍的艰辛采摘更闪光的奇花异果去了。

五

从七十年代初开始，杨万银就集中进行白粒玉米优良品种的培育了。原因很简单：玉米是当地主要粮食作物。而当地群众又是相当欢喜白玉米的。

杨万银已不再满足于引进良种和选择育种了。他踏上了杂交育种和杂交优势利用的新征途。

然而，有谁能够真正知道，对于一个普通农民来说，跋涉这新的征程，究竟要付出怎样难以设想的艰辛呢？

这需要学问和毅力，智慧和辛劳，巧艺和大力。当然还有一颗炽热的心。这是在遗传和变异的矛盾中求得突破，把人的设想变成一代新种的机制，把众多个品种的优点集中于一种，促进量变，引发质变，使微弱的有利因子增殖为突出的优势。为此要进行远比人类结姻严格得多的择亲，设计数以千百计的杂交组配，做精巧如绣花般的操作，还有旷日持久的筛选，不断去劣存优。因此要呕心沥血，绞尽脑汁，终日终月终年食无味，寝难寐。不放过任何一个可能。而每一个未知的可能又须经严格验证。验证每一代，只能以自然寒暑交替做周期，餐霜饮露，沐雨栉风，成日成月成年日相迎、星相送。如是逐日坚持众多性状的观察、记录，眼睁睁看它出芽、生叶、扬花、结果，不敢稍加怠慢。如是历尽四代五代，七代八代，终在分离中求得稳定，却不过是为摘到理想之果铺下无数级台阶之一级。实践的检验是太铁面无情了。常常是春天播下了若多希望，秋后或许全部收获到失望。但在失望中也许又能捕捉到希望的因子，就像在正常植株中寻找不育因子，在不育系中捕捉恢复因子一样。把希望的因子繁殖起来，已相当茂盛了，却突然枯萎。从这一面看是美丽的了，从那一面却看到了丑陋。好不容易登上一个高峰，却又看到新的高峰。总之，要不断地探索、试验、发现、创新，然后又否定了，再去寻觅更理想的……

杨万银进行如此这般的跋涉，是太困难、太困难了。向前每迈一步，向上每登一级，仿佛就要把他全部的脑力和体力消耗殆尽；再迈一步、再登一级，真不知如何才能重新积蓄起力量来。可是，杨万银竟然一步一步前进了，一级一级上来了。

从一九七一年到一九七五年，地球绕太阳转了五圈。杨万银收集、积累了二百多个白粒玉米和七十多个黄粒玉米材料。他利用这些材料培育了一百多个白粒玉米自交系，选得一批新材料。他利用这些新材料，组配了近千个单交组合，从中选得了十三个颇有希望的白粒玉米单交种。这些单交种，茎秆粗壮，果穗粗大，双穗率高，抗病力强，生育期短，有的品质得到改善。

为了解决杂交育种中人工去雄的种种弊病，杨万银从七一年就开始了玉米雄性不育系的选育。当时国内玉米雄性不育系材料，主要是从国外引进的T133不育系转育，但往往感染斑病严重。因此，育种界有人认为：玉米雄性不育系本身就是斑病生理小种的遗传，否认了它在生产上的利用价值。杨万银却未囿于此说而却步。他通过从当地大田自交系、杂种后代和辐射育种后代中寻找不育株，居然精心培育成功适合当地生产利用的新的玉米不育系及其与之相配套的恢复系和保持系。杨万银育成的新不育系，有的虽经八、九代，仍表现抗病。他通过自己的艰辛探索，发现：玉米不育系抗病与否，主要决定于保持系的抗病性。选育得当，应用于生产并不是不可能的。他不仅为自己培育出的一批单白号玉米杂交种解决了三系配套问题，而且还为忻县地区农科所培育出的著名忻黄单号中的七个杂交种解决了三系配套问题。目前，杨万银正在选育着十一个有希望的不育系。

在五年的时间里，取得这样的成果，即使对于一个训练有素的专业育种工作者，大约也该欣慰于未虚度光阴的吧。这却是杨万银这个怪僻的农民所取得的。所以，他在这几年急速地衰老了，那时还不到五十岁，却已像五十大几的老汉。他把一年当作两年、三年利用。由于得到地区有关部门的帮助，他每年坚持北育南繁，一年培育两代、三代。他从晋北，到晋南，到云南，到海南，追着太阳跑。他一年四季，三百多日，都扎在玉米育种田里，伴着一代接一代的新种，出芽、生叶、扬花、结果，把热汗和心血不尽地渗进沃土，渗进新植株的每根枝叶、每个细胞，去增加它新出现的遗传优势。所以，他分明地显老了。皱纹增多，身更瘦弱，只有衣着仍然邋遢。但杨万银却在育种科研的领域，开始深入到一个农民更加不易达到的境界里去了。他能够以更高的水准来运用农业科学为集体经济服务了。

然而，杨万银钻研农业科学，似乎是走得太“遥远”了。

六

杨万银在育种科研中艰辛跋涉的这些年，正是科学文化被“四人帮”视为祸孽、遭受浩劫的可悲时期。他们把群众办科研当作手中的一柄板斧，来肆意砍伐专业科研事业。可是，像杨万银这样一个平常农民，真正深入到农科领域、有所作为之后，就不为那时的潮流所容了。宝贵的成果难被赏识。执迷的动机受到怀疑。他的怪僻受到审查。钻研得愈深入，成果愈耀眼，就愈不可能再作为平常人，默默地倾注全神去从事他执迷着的事业了。议论多起来了。有说他为了个人成龙变虎。有说他崇尚旁门邪说。有说他脑筋迟钝，晓不得识时务，看风势。有说他神神经经，晓不得人间有天伦之乐。村里、社里的领导们也越来越觉得他刺眼、死犟。他们不明白：杨万银为什么不安于试验种子发芽率，拌撒农药之类，却一味死命胡日鬼甚么名堂。不是“私”字作怪，何能如此？

更为可悲的还是，在那些年月里，连春种秋收一类最基本的农事活动，也常为政治让路。农村经济政策被撕得粉碎。中三泉的生产是愈加落后了。春种不迭，夏锄不赢、许多地亩常年“素种”。哪有科学种田可言！优种要配优法。杨万银为了推广他培育成的玉米新品种，总结了水地区栽培技术、钻孔追肥法，下湿地植保增产技术、杂交制种技术等优良栽培法。可是，干部们对此听也不待听。还颇觉杨万银说法太多了，太能故弄玄虚了。死犟！

一九七五年秋，大队一个干部到本县先进大队施家野庄参观，被人家那硕大的谷穗吸引住了，问那是甚么品种。施野的老主任望着他笑了："认不得吗？这就是你们的中选七号呀！"他脸红了。但也不过脸红而已，没等回村也就忘却了。因为他们已习惯了执行上级发出的带政治性的详细生产指令。种甚么种子，用甚么方法，自然是带政治性的较为稳妥。而杨万银对待上级的生产指令，似乎常常要嘟嘟囔囔，只讲科学性，不顾政治性。社、队领导人自然大生反感。有时抽调科研组的青年娃们去突击政治任务，如唱歌、演戏，杨万银也颇不痛快，甚而会变了眉眼反对。至于大队挪用一下县科技局拨给科研组盖种子库房的款项，把科研组繁育的小麦优种磨成面，请客吃喝了这一类"小"事，杨万银就更不通情理，不肯默然，耿耿于怀。长此以往，这个古怪人，就不仅是可怪，而简直是有些可恶、可憎了。

杨万银在农业科学上不断取得的长足进步同农村遭受"四人帮"破坏所造成的日益落后，产生了愈来愈尖锐的矛盾。他的跋涉是分外艰难了。

自然，即使阴云遮天，日的光和热也会曲折地传递到大地上的。在这些年月中，杨万银还是承受到了党和社会主义制度的温暖。否则，他怎么会取得那样的长足进步，摘到那些奇花异果！

区、县农林、科技部门的一些领导和业务人员，还是了解这个古怪者的价值的。他们力所能及地不断给了杨万银宝贵的关注和支助。如每年出资叫杨万银到南方育种，继续他的科研项目。已故的地委农村政治部副部长张权同志，是一位热心于农业科学的党的领导干部。他赏识、爱护、支持杨万银，曾数次专门到中三泉看望杨万银，给予他精神上很大的支持。

县内外不少社、队，很热心于采用和推广杨万银的新成果。他培育出的原白13号玉米杂交种，就首先在河曲县北元大队创造了高产纪录。他由硬3197A高粱不育系转育成功的软3AB新不育系材料，第一年繁殖，很快就被县外几个单位争抢一空。

这一切,都不能不使杨万银感到温暖,受到鼓舞,汲取到向前的力量。

可惜,不幸的打击,还是落到了他的头上。

七

一九七六年春。杨万银又从海南岛三亚育种回来了。

北国正是春耕春种时节。但村里却依然清冷,沉闷。人们懒洋洋的。只有高音喇叭不死不活地吼叫着“批邓”的聒噪之声。从南国归来的杨万银感到阵阵奇寒袭上心头。村里的领导们似乎更顾不及理会他们科研组的事业了。组里的青年娃们也不时被抽去突击政治任务。杨万银依旧默默地极力操持着实施他们那分外的精细、复杂的春播计划。

在高粱制种田里,杨万银第一次将他引种了几年的白粒杂交高粱配制了数十亩。这种品质得到重大改善的新品种,颗粒像大米一般纯白、晶莹。群众稀罕得很。上级农科部门也希望做些试种示范。可惜,他在那个阴冷之春,大胆进行这种试种示范,却忘了去查查当时的政治皇历,看看宜不宜栽种呀?

这五十亩白高粱播种完不久,杨万银就突然被大队领导们传去挨训了。

问他真是种了甚么白高粱吗?

杨万银如实汇报了。对领导们忽然关心起科研组的具体事务,他颇感诧异。

“上级布置叫种晋杂52号,你为甚么种白高粱?你这人真是日怪得很!”

杨万银瞅见领导们气色难看,就知道事情不好。他遇此情形,更不善辞令,只能介绍白杂交高粱的优点:杂交优势可观,产量能打过52号;表皮丹宁等含量少,不涩;颜色白,蛋白质含量也高,适口性好……

"可你为甚么不种52号？越来越日怪哩！"领导们只强调红高粱。

"白高粱是新品种哩。白高粱，一不红，二不涩，三不少打……"杨万银只是笨拙地为白高粱辩护。

"可你说，为甚么不种52号？真是胆大得日怪！"

领导们虽已不止一次听他鼓吹白高粱的优点了，但还是听不懂，也不待听那生涩的术语。他无视上级指令，拒不种52号，大搞个人名堂，这是最主要的。当初，杨万银在全县最先引进高粱不育系，配制红杂交高粱时，也是被视为搞个人甚么名堂的，以至外村外社蜂拥种起杂交高粱来，这里还依然种的是谷底藏一类农家品种。现在却死握着红杂交高粱来整这个率先引种者了。

"红""白"相争，在那个年月，自是"红"者为胜了。一位机智的领导终于概括出问题的实质：

"你就知道白，白！白玉茭，白高粱。你就喜爱白！你是搞白专！"

杨万银吃惊得不知该说甚么。

领导们都已果断裁定：立即全部犁掉白高粱，重新改种52号红高粱！

杨万银完全惊呆了。当他醒悟过来，开始求乞时，领导已愤然而去。

根据一向的经验，杨万银知道事情大大地不好了。求乞也不抵事了。是日，他星夜奔赴区、县农林、农科部门告急求助。都支持他。打去了电话：请不要犁掉白高粱，秋后种子收获后，贵村不种，种子站全部收购，52号贵村要多少，供多少。县种子站还派专人去说合。可惜，这些部门在当时都是扯淡部门，平时与杨万银过往也甚密，话不灵。

播种入土的五十亩高粱，到底还是被粗暴地犁掉了。那无情的犁铧，真像是从杨万银的身上、心上犁过去一般。多年来，全村弃耕、失收的地亩到底有多少，谁也未曾想到去统计一番。而今，对这也许孕育着新的希望的五十亩，却不肯含糊，仿佛不把它犁翻改种，就要生出洪水猛兽似的。

很快，公社领导也来传杨万银训话了。之后，公社领导人和大队领导人一致决定：科研组决不能再用这样的白专者。

对于杨万银来说,再没有比这样的打击更大了!科研组早已是他的安身立命之所。

他不久就病例了。遍体出现红色斑点。浑身虚弱无力。呼吸也颇费力。医生说:这是长期农药中毒所致。好心的社员说:这是在科研组落下的病疾,叫大队给治。杨万银苦笑了:大队那么穷。但自己花钱连镍化钙、可得松一类药物也买不到。只好挨着吧。

杨万银就这样被撵出了科研组。生产队分配他做了饲养员。有些人视饲养员为肥缺:挣工分多,免于风吹日晒等等。但对于杨万银却是难以忍受的。他不能忘记科研组的一切。已经没有人听他的意见了,可他还是絮絮叨叨提醒人家:气候变了,籽种该收割了;穗捆堆的太厚,要发热,变霉了,等等。科研组多年积累的育种材料,被鼠咬、虫蛀、受潮、抛撒,他更如剜切心头肉一般痛心疾首。他身在曹营心在汉,忍受着难以言状的煎熬。真是日怪得很呢!

幸而杨万银很快就欣喜地发现:在饲养院近旁,竟有三亩大小的一块下湿地,荒芜已二十多年。他充分利用侍候十七头牲口之余,把这块宝地开垦了出来。白玉米自交系,白高粱亲本等三百多个育种材料也设法种上了。秋后,竟收获了一千多斤育种材料,选出十余个抗大小斑病的玉米组合。他还偷闲帮助邻村侍弄制种田。他又悄然觅到一席之地,可以暂时安身立命了。

八

杨万银不过是一个平常的农民,平常的农村人民公社社员。他的相貌,他的性格,他的作为,其实也非特别的怪。他也是有缺点和错误的。他长期被视有怪癖者,以致因怪癖终而有罪,不过是因他三十年如一日执迷于农业科学,在此领域里坚韧不拔地做了难能可贵的探索,艰辛地跋涉了一段异常坎坷的路程,因此也取得了一些成果。这些成果,远不是珠穆朗马峰，远不是农业科学皇冠上的明珠。但是，他也绝不是在选育孽种，繁殖洪水猛兽。他不过是为了多打粮食。在三十年中，他为此吃尽苦头，并没有为个人换得甚么。然而，却为何要责怪于他，以致问罪于他呢？

我们农业生产和农业科学的水平，是太落后了。近十年中，“四人帮”更是在野蛮、暴虐地加剧这种落后！杨万银不可能不遭受那不公平的际遇。这也并不是哪个人、哪几个人，如哪几个社、队干部的过错。这有更深广的社会和历史的原因。如果杨万银仍是一个目不识丁的农民，如果他高挂着群众办科研的金牌，而满足于试验发芽率、拌撒灭虫剂之类，如果他进而跟上那时的潮流，踊跃批判春种秋收，呐喊以草代苗，那么，将来必会受到责怪、遭到打击的。

这难道不应当告诉我们许多吗？

虽然，经过多方努力，杨万银才于一九七八年六月走出饲养院，返回科研组；虽然在前不久召开的全区科学大会上，杨万银受到突出的表彰、嘉奖之后，仍未改变一些人对他的偏见。但是，这一次思想解放的东风，科学与民主的东风，终究要吹进每个县、社、队，吹进每个人，包括每个领导人的心胸中的。而且，也不会太久远的。

所以，杨万银已经选择新的目标，准备去全力攻取了。祝愿他摘采更闪光的奇花异果，献给农业现代。

发表于《春潮》1979年第三期

竞技篇

意外的对手:历史

体育竞技,近年在国人中是风靡得很了,一场精彩的球赛,动辄便牵系了亿万人的心,这早已是很平常的事。至于关乎“国威”“国光”的大赛,那小小一个竞技场,便成了全国的神经中枢,万众一心,万心一律,同仇敌忾,同荣共耻,简直不亚于一场民族战争。虽然还不至于像美国人那样,除了工作和睡觉,其余时间便用作看球赛,但近年我们国人的这一体育竞技热,却也是自社会开放以来,出现于百姓平常生活中的一大奇观了。当然,近年还有许多热,例如电器热、西装热、跳舞热、武侠热、君子兰热、口红热、出国热、进口小汽车热、公司热,等等。只是,这种种的“热”,就其热力覆盖的广阔面和热度不衰的持久性,都是无法同体育竞技热相较量的。对此,是可以做诸多而个别的评说的。说爱国热情炽烈,民族精神深厚,说崇尚自强自尊,向往现代文明,都无不可的。说喜爱健身健美、希图受点刺激,乃至仅为了看看外国广告,也无不可吧。

不过,体育竞技所以能如此激动众多人的心,想必它是触动了人的生命意识中的某种东西了。否则,一个从来没有摸过足球的人,在观看别人踢球时怎么会激动得心脏病突发呢?一个在生活中再软弱的人,在观看双方对阵的竞技时,也会充满一种战胜对手的冲动,而对手愈强,这种冲动便来得愈亢奋,炽烈。看来,人都有一种充分显示自己的能力而想胜于别人的深层意识。面对竞技的双方,谁也不会不偏不倚,“公平”,中庸,而是自然会选择一方来寄托自己的这种深层冲动。所选择的这一方,又往往是近我、类我者。可见,在双方竞技中选择一方寄予希望,其实不过是观众自己那渴望强己胜人的深层意识的外化罢了。也许,在日常生活中,并不是每一个人都可以轻易有机会能如此酣畅地来体验自己生命的活力吧,所以体育竞技才具有了如此诱人的魅力。

那么,作为亲身竞技者,对自我生命活力的体验,就不知会深切于观赛者多少倍了。只是,体育竞技的规律,又决定了高水准运动员的黄金时代往往是在他们的青少年时期,也就是在他们初涉人生,或未涉人生之时。所以,对这种生命意识中的深层体验,似乎还并不那么自觉吧。

刘非立在高中时期便已经是乒乓球一级运动员了,而且还在做着运动健将之梦。那是六十年代初期。那时,在世界性的体育竞技中,我们中国人还只一枝独秀,于小小的乒乓球。此球虽小,却背负了为我们这个大国争光的重任,所以在这项竞技中可以说是吸引和荟萃了全国的体育精英。刘非立小小年纪,便能在这个全国的强项中达到一级运动员水准,可见他也具有些精英之才的。他拿过广州市男子单打冠军。他作为主力之一的广州中学生队,曾胜过昆明队、八一队。一九六三年,也是他高中即将毕业的那一年,他们的队又打胜了广州体院队,拿了全市团体冠军。他是五名主力骁将之一。而当时,他不过十七八岁年纪,勃发的青春活力得到了酣畅淋漓的发挥,他感到惬意,也感到好玩。当然他还不会想到未来的人生并不是那么好玩的。因此那强己胜人的惬意之感,也就只释化在好玩之中了。

乒乓球竞技既是当时关乎“国光”的热项,刘非立这样的精英之才,自然会引人注目的。他被广州体院的冯国浩教练看上了，希望他高中毕业后报考体院。他在此项竞技中正是春风得意时，当然是十分愿意以此为业，一显身手的。而冯教练对他的器重更使他欣喜不已。冯国浩老师曾是我国第一代国家队的教练，带过像黄传耀那批国手，现在广州体院做教授。能投于这样的名师门下，刘非立感到自己未来的人生是已经可以预计的了。

他就这样对自己的人生做出了第一次选择。他苦练了体育的各项，也认真温习了文化各科，考试结果是令人满意的。刘非立是属于那种天资聪慧、性格内向的青年，而父亲是工程师，母亲是教师，家教也好，学业一向甚佳的。就像他每次挥拍参加竞技，在自信与酣畅中击败对手，准备体验新胜之喜一样，这次也在自信和欢愉中等待着跨入体院，将业余的好玩同人生的正业合为一体。一个人能够以他最喜爱、最拿手、最能发挥他生命活力的技艺为人生职业，的确是够幸运的。那样，人的生命将会何等舒展地显现出它的潜力和光彩来！可刘非立没有想到，他还不会如此幸运。他选择人生，人生也选择他。

他没有能考取广州体院。不是因为成绩不佳，而是政审没能及格。他的父亲曾参加过国民党的庐山军训，那时是属重大历史问题。当然，现在这已不成其为个人历史污点，早予平反，算是黄埔校友了。可在那时，体院不敢录取他了。这有如竞技规则一样，是不可违犯的。只是，初涉世事的刘非立却并不太知道还有这样一个规则。如果说高考是他的第一次人生竞技的话，刘非立是出师不利，初战即败了。他战胜了他准备战胜的所有对手，但一个他意想不到的对手，他是无法战胜的，那就是父亲的历史。个人怎么能同历史去对阵？但这是规则。他败下阵来了。

在乒乓球竞技中，他过早地体验了许多的胜利，这一回却体验到失败了。这失败的分量是比把所有的胜利加起来还要沉重的。这是那种俗话所说的命中注定式的失败，他体验到了个人生命力量的有限，当然不免十分沮丧。不过在这无可奈何的失败感中，似乎开始从过去的胜利感中领悟到新的意义:他原是富有强力和才智的,他原来并非是平庸软弱的生命。无可奈何的命运同不甘平庸的生命之间的冲突,使年少的刘非立更体验到了一种人生的基本痛苦,也是使人走向成熟的痛苦。也许,他于这痛苦中,还并未能完全领悟到其中催人成熟的意义吧。

他就在这种沮丧和痛苦中,“赋闲”了一年。可十八岁的青春活力怎么可能闲置起来呢?他还是天天去附近的荔湾体育场练球、打球。除了小小的乒乓球,还练足球、篮球、游泳。对他来说,现在的练习也许注定只能是一种业余的玩儿了。可也正因为如此,他那觉醒了的生命活力也更寄托于这玩儿上,以其高水准的发挥,来求得一点不甘于被淘汰的自慰。因此,这时的体育技艺,于他其实已不再是少时天真开心的玩儿了,正在成为他保持生命活力的一种生活方式。这也可见,他于痛苦中是在走向成熟。

留下的对手:自己

迫于命运的安排,一九六四年八月,刘非立只好考入广东电筒厂机修班,开始半工半读。虽然也算入学就读,虽然半工半读在那时被宣传为比正规教育还要意义深远,可在实际上分明是降格对待的。刘非立更清楚,自己就像是从甲级球队降到乙级乃至丙级队里来了。可他也只能做这样的选择,否则就仍旧去做一个游民。而那种不甘平庸,不甘被淘汰的竞技意识,当然不会使他去做游民的。生活留他的选择余地虽然已经很小,他还是又一次做出了希望自强的选择:就去做一名能干的技工吧。

所以,尽管半工半读,他也努力品学兼优。那年选班干部,他以第一名当选,虽然只被分配做了文体委员。不过,文体也正是他的所长所好。而且,很庆幸的是,这里的书记也是一个乒乓球竞技的爱好者。于是,刘非立在这里便不仅能够于工余课余继续打球练球,而且还受到了鼓励。在这样降格以求的境遇里,只要能打球练球,他就会保持自己生命的活力了。不久,他便进了这个厂的球队。又不久,这支球队就升成了乙级队,在轻工系统已是所向无敌。自然，刘非立是主力了。他个人，在市里的一些重大比赛中，也拿了不少好名次，成绩再次达到一级运动员的标准。这时，他也再次萌发了跃上运动健将台阶的欲望。按他那时的竞技水平，由一级运动员跃为运动健将，不过是一步之遥。当然，他也知道，即使成为运动健将，也不会有人收他去做职业球员。但跃上这个竞技的高层台阶，他就会有了更自信的精神支柱，在逆境中会更记住自己原不是平庸软弱的生命，他不能被淘汰。

可他还是再次被淘汰了。还没有来得及向运动健将迈出那自信的一步，他在电筒厂半工半读的资格就又被吊销了。大概就在他做着健将之梦的时候，市里一位领导同志到南洋电机厂蹲点，发现半工半读的学生中，非无产阶级的子弟所占比例太高，就决定在全市清理百分之十。这又是一个不可违犯的规则。刘非立自然也在被清理之列。他虽然可能成为竞技健将，但仍然无力同历史对阵，他又一次被捉了“猴”。那个命运的强力，再一次将他打败了。

这一回，刘非立是别无选择了：他们这些被清理出来的非无产阶级子弟，必须上山下乡去。他去了。一九六五年二月，他带着户口，来到了郊区的白云山农场。他被分配去的磨刀湖作业区，正是现在赫赫有名的白云山制药厂总厂所在地，可那时还是一个荒凉的山头。他再次体验着被淘汰的痛苦。对于一个竞技水准不低的人来说，被淘汰也许是最难以承受的痛苦了。刘非立平静地承受了这种痛苦。也许是他更成熟些了，也许是意识到已经被淘汰到再无法淘汰的人生最低级别。他开始在这个荒凉的山头卖力地干活，挑粪、锄草，栽种橙树。他有充沛的体力，还有无法熄去的活力。这里，体育竞技的对手再没有了，自己成了自己的唯一对手。自强的意识不能沉沦，自我的生命不能萎缩。他还想认真改造自己，希望真能在改造一年之后再叫他回到市里，就如发送他们下来时上面所说的那样。

一年之后，“文革”的大火就烧起来了。在最初的混乱中，因为发现他们这批人的档案中竟有工交系统肃反委员会装入的“黑材料”，大家就

“杀”回原来的学校，去闹革命。刘非立也随潮回来了，只是他仍然恋着体育竞技，而对那时的“革命”搏杀深感先天不足，所以便又天天到附近的荔湾体育场练球打球。除了乒乓球，还练足球、篮球、游泳。这几年就仿佛是空转了一圈，又重新回到那种欲进难进，难闲又闲的窘境。而此时的练球打球，更分明是一种自我慰藉了，慰藉那被压抑着的生命活力。那健将之梦是彻底破灭了。这个时候，那种他无法对抗的命定式的力量，那一再窒息他竞技意识的无情规则，是在更神圣地横扫着一切，他是更加微不足道了。一切都在被淘汰，一切都在被击败。整个的体育竞技也在被淘汰中，甚至整个社会都在承受着无可奈何的命运同活力难熄之间折磨的痛苦。他微不足道，他也似乎不再那么痛苦。

他年轻的生命，就这样又耗去了一年多。不久，知青上山下乡成为更强大更神圣的浪潮，他又被裹挟着回到了白云山农场，回到了磨刀湖那个山头。在人生的轨迹上，他又空转了一圈，重新回到另一个命定的立足点。自从他踏入人生之后，就总是这样被一种命定的强力裹胁着，转来转去。个人的力量和才智无法显示发挥，努力、追求、竞争、拼搏、获取、达标、再争先，这一切似乎都是没有意义的。基于个人生命潜能的竞技意识，是不需要的，需要的只是服从。这就是人生吗？人生之道就是这样同体育竞技大异其旨吗？刘非立无缘将所长所好的体育竞技同人生的职业合为一体，可历史还是迫使他将两者合在一道来做深层的思考了。他是不幸的，他也是幸运的。不是所有的人都会做这种深切的思索，因为这种思索似乎也需要某种机遇吧。有时候，不幸的机遇可能同幸运的机遇一样，是会产生价值的。当然谁也不会祈求不幸，可它既然来了，总得让它留下一点有益的价值吧。这似乎也是竞技意识的一部分，再有水平的竞技选手，也不免会吃败仗。刘非立是在后来通用了这个道理。

自选的对手:命运

现在,白云山农工商联合公司的所有成员,都自豪地称自己为白云山人了。因为他们已经创造了令人惊叹的业绩,成为在全国屈指可数的改革拓进的前锋企业之一。它的崛起是同竞争紧紧相连的。现在的白云山人是十分崇尚竞争精神了。可刘非立当年来到白云山农场的时候,这里也是忌讳竞争的。在那别无选择的情况下,他虽然也想以农工为业,干出一点水准来,那时的农场营生却不过是日出而作,日落而息,无甚企求的。所求的只是人的思想改造。他们这些知青是来改造的。省里的下放干部,也是来锻炼改造。那时的农场,似乎就是为了把人改造到无所企求的地步。刘非立似乎也早无所企求了,因为一切都是早被规定了的,欲所求也难得的。只是,那年轻的生命,到底骚动难宁。无法释放的活力,再一次使他抓住体育竞技不肯丢弃。从事体育竞技就是如此难以割舍地成为他重要的生活方式了。

不久,他和如他相似的一伙知青终于又自发组织起球队来,乒乓球,还有足球、篮球。在疲累的农活之余,在南国的烈日之下,他们练长跑短跑,运动量自己给自己规定到了严酷的程度,但他们觉得很痛快。工余的一场小赛,自然也会释去难言的烦闷。而利用每年"五一""五四"的假日,组织自己的大赛,那便是展示竞技的盛大节目了。一九七二年,刘非立已经二十七岁。作为运动员,此时是早失去黄金岁月了。他也许因为终于未能去做运动员而使竞技潜能积蓄下来,或许是在他的心理深层凝集着一个顽固的竞技"情结",在这一年的"五四",刘非立是做了怎样超强力的竞技发挥呀!

这天上午九时至十时,他在农场场部参加乒乓球团体赛,出场三次,最后夺冠。

接着,十时至十二时,他又参加单打比赛,奋战三场,拿了冠军。

匆匆吃饭之后，下午一时至二时，他又在场部参加了篮球决赛，终场也夺了冠。

又接着，下午三时至四时半，他又作为前锋参加了农场的足球决赛，结果也踢胜了。

吃过晚饭，他居然又赶到市里，挥拍同广东省乒乓球女队激战三场，三场皆赢。

这是怎样超级的发挥，从上午九时至入夜九时，整整十二个小时，便几乎全处于激烈的竞技对抗中。仅仅是一个人的体力，也分明超过极限了，可刘非立居然赛下来，而且竞技水准也得到充分发挥而战无不胜。这就是他久被压抑的青春活力，这就是他没有机会释放的生命潜能。既然在这种极度的亢奋中，再次体验到了自己的这种活力和潜能，他又怎么肯甘于平庸无能呢？可岁月蹉跎，他已经二十七岁了，除了于业余之中在这种玩儿似的比赛中疯狂发挥一番，却仍旧是无可建树甚么，生命的飞轮依然是在空转似的。

这年九月，他们在广州市职工球赛中，为农场拿了好名次，场里高兴了，便从他们中间挑选了十七人，正式组成一个球队，乒、足、篮球相兼的球队，从各自的作业区抽调出来，集中于场部。他们更高兴的是，终于可以名正言顺地从事自己的所好所长啦。当然，那时的白云山农场还不会白白养活他们去打球，决定将一个粮食加工厂交给他们经营。说是工厂，其实不过是一间为市内的啤酒厂粉碎大麦的小作坊，而且还连年亏损。不过，他们这支球队接手经营之后仅一年，便赚钱了：赢利一万元。现在在白云山这是一个微不足道的数字，可在那时却是价值不低的，至少它显示了竞技意识的价值。他们这些热衷于又擅长于体育竞技的人，除了在竞技场能拿好名次，在别的方面也是同样不甘居于人后的。

不久，他们这个小作坊就改为生产穿心莲的小药厂了。而这间小药厂也正是现在崛起于全国医药工业界，年产值已逾两亿元的白云山制药厂的前身。他们这十七个体育竞技迷，现在也都成了这个现代化大企业中各个方面的骁将了。他们在体育竞技中培养起来的那种强己胜人的竞争意识，也已经成为整个企业的一种活力了。当然，这还是后话。竞争意识的被确认，被崇尚，被化为经济和社会活力，那还是一个宏大而复杂的改革工程，不是他们个人所能成就。只是，他们个人的这种竞争意识和进取素质，却是自立于现代社会，实现自我价值，同时也于社会有所贡献的可贵资本。赢一场球，拿一个冠军，那本身的价值毕竟是有限的。可一个人，为了争取到一个目标，能够有效地调动自己的力量和才智，充分发挥出生命的潜能，这种能力却是无可限量的。刘非立他们，又是在长期别无选择的窘境、逆境乃至绝境中，坚韧地锻炼了个人的这种能力，所以在以后的事业中能有所作为，也是理所当然的了。

在药厂最初创办的那几年，刘非立已经成为一个出色的糖衣工了。只是那时技术、效益、利润乃至整个经济，仍然并不被看重，处处掣肘，难得发展。个人的能力也便仍无法施展。因此，在一九七五年十月，他就应邀被借到广州市建工局，又打球去了。那里给了最好的工种汽车司机叫他干。练球打球也提供了好条件。他个人在甲级赛中又拿到了第三名的好名次。后来，甚至为他提供了转正回城的机会。对于一直身处逆境的他来说，这一切应该算是很幸运了。可他却难感满足，仍有一种渴望在骚动着。已经三十多岁了，他于心爱的乒乓球竞技是不大可能再有更大建树了，而在竞技中培养起来的雄心和能力，除此之外还能寄托于甚么事业呢？青春渐逝，他必须战胜的一个对手，便是自己的平庸。拿多年练就的竞技，只换得回城的户口和司机的肥差，那的确是不够合算。

他渴求着，他还要再做一次人生的选择。都说人生三十而立。可他已过三十、立了甚么呢？刘非立、刘非立，也许这个名字就是他的命运的概括。他那么想立身于乒乓球竞技，却总是一再被非难、排斥。他真的就不能有所立吗？这时他不肯安于平庸，即使是舒适的平庸，足见他已经意识到自己所具有的能力了，他要以此能力同命运再较量一下。他是真的成熟了。

在竞技之外夺了标

个人的命运，其实就是他生活于其间的历史。个人当然无力改变历史。不过，像刘非立所感受到的那种痛苦和不幸，显然也是刚刚逝去的那个时代的多数人所感受到的痛苦和不幸。如果历史是在这种普遍的痛苦和不幸中运转，那它也太艰难了。它限制和压抑了多数人的活力，它自己也会失去活力。我们的历史已经有了数千年的生存经历，它不会太傻。所以，它开始寻找新路。所以，历史发生了我们所熟知的那个转机。

一九七八年，刘非立仍然在建工局开车，打球。这年"八一"，他回白云山农场参加场庆聚餐。当年十七人球队中的一个队友，也是那间小药厂初创时的厂长刘占彪对他说："你还是回来吧，现在药厂很缺人，贝书记很爱才。"贝书记，也就是贝兆汉同志，现在是同白云山制药厂连在一起，知名度很高的改革家、企业家了。那时，他到药厂赴任不久，正在为挽救药厂于危境而焦虑。刘非立只听说他爱才，便不由怦然心动了。一个人的才能和不甘平庸的抱负能被理解和重爱，这不正是他所渴望的吗？他想到了当年看重他的冯国浩教授。可现在，他除了打球，这贝兆汉书记还会看重他的甚么呢？

他去见了贝书记。贝书记对他的了解超过了他对贝书记的了解，他满意了，决定回来，决定同已经回城的爱人一起回药厂来。他果然又做了一次新的人生选择。只是这一次的选择，大概不会再受到命运的拨弄了，因为这时历史也做出了新的选择。

他回来的时候，正是药厂最困难的时期。当时唯一的产品穿心莲糖衣片，退货很多，严重积压。糖衣不合格是造成药品质量差的关键之一。贝兆汉知道他曾经是一个出色的糖衣工，便把解决糖衣质量的任务交给他了，说："你先到车间帮助解决这个问题。开车的牌照，我每年照旧给你验证，你也照旧拿司机的工资，怎么样？"

他还要怎么样呢？这里果真是把他当一个人才来对待的。他到车间去了。他也真把糖衣的质量问题解决了。不过，他当时还没有想到，从此他便在这个领域一步一步走去，于打球之外，又具有了高水准的技艺和专长。

这年十一月，药厂正式成立片剂车间，刘非立即出任车间副主任，专门分管糖衣工艺。

一九七九年四月，他开始将落后的干法打衣工艺，改革为湿法打衣的新工艺，实现文明生产，也取得更好经济效益。

这年八月，他又考入广东业余科大药学大专班，开始了为期四年的业余深造。这时，他已三十四岁，距他十七岁报考体院而落榜，整整又过去十七年。体育竞技的有为年华是被空耗而逝去，他是决计倾全力在药学领域跃上高层台阶了。

一九八一年，药厂研制出“中国活心丹”。它后来成了在国际市场上能同日本的救心丹竞争的高级药品。当时，活心丹的科学鉴定会已定下召开日期，可投入批量生产的关键工艺起“丸种”，却因别厂技术保密而搞不成功，拿不出样品来。刘非立又被抽到技术股，组织攻关。他又赢了，终于赶在鉴定会之前，成功地拿出了样品。

此后不久，厂里成立了中心试制室，刘非立出任了副主任。

一九八二年，药厂开始生产红霉素和麦迪霉素，这是肠溶糖衣片剂。刘非立在业大老师的帮助下，研制使用“CAP”第二代肠溶新材料。当时在国内还很少有厂家使用。他在中心研制室，仅用了一个月就搞出了使用这种新材料的新工艺。放样后，很快投入批量生产。

一九八三年三月，厂里成立了药物研究所，刘非立又出任副所长。

这年八月，他以优异成绩在业大修学期满。他的毕业论文《用2号丙烯酸树脂代替“CAP”》，是同期一百二十人所交出的九十多篇论文中，被专家评出的十一篇优秀论文之一；而在这十一篇之中，他的论文又是被答辩评委重点向外推荐的三篇之一，现在，在药学的科技竞争中，刘非立也终于拿到好名次了。

其后，他又接着将自己论文的科研课题，在小试验基础上做了大试验，并成功地推广到厂里的生产中，取得了无毒安全，成本下降百分之七十，当年获益二十多万元的可观成果。他以此写成的论文《用2号丙烯酸树脂代替“CAP”做肠衣材料的优越性》，在这年十二月于广州召开的全国药学年会上，成为广东省唯一中选的发表论文。他夺冠了。这个成绩，可能已经超过了他在乒乓球竞技中所夺到的最好名次吧。

一九八五年四月，刘非立出任了白云山制药厂药物研究所所长。而这时的白云山制药厂，也已经崛起于全国医药工业界，并享誉海外了。

一九八六年十月，刘非立出访意大利米兰，为引进先进的软胶囊生产线，考察学习。回国不久，他又被调到总厂生产技术部，出任副经理，负责组织一批重头新产品的投产，负起新的重任了。不过，刘非立还远未改做“教练”，他仍是赛场的一名高水准选手，而且竞技状态也正佳，在医药科技领域，他还要去拿更好的名次。

在这八年中，刘非立在他重新选择的专业上，几乎是每年都要跃上一个新的级别。这对于一个被荒废了人生最好年华的老知青来说，实在是不容易的事。他做到了。其原因当然很多。不过，他在长期的体育竞技中所培养和锻炼出的那不甘人后的竞争意识和驾驭自我的非凡能力，显然也是重要因素。而人的竞争意识和自我驾驭能力，正是现代化所需要的重要素质。作为个人，要有培养和具备这种素质的自觉追求。比此更为重要的是，我们的社会应当为人们的这种追求创造和提供一个更加自由，更加广阔，更富吸引力的环境。社会走向现代化，生活于其中的人也当然得现代化。强己，争先，充分实现人生价值，这是人的生命意识中潜在的活力。它能舒展地发挥出来，社会便充满活力了。刘非立如果不是屡屡受到那种不公正的“规则”的制裁，他也许会成为我国乒坛一名将吧。现在，在别一个赛场，他也终于大器晚成了。只是，他本来是不应该大器晚成的。

看来，近年风靡全国的体育竞技热，也许正是我们的社会开始走向现代化的一个征兆吧。如果在这体育热中，竞技精神能沉淀于国民意识中，那改革,开放,现代化便会更有希望了。国人现代意识的强化,是比在世界大赛中多拿几块金牌,更为重要也更为当紧的。

刘非立现在是身负重任了。可他仍然没有丢弃体育竞技。他已连续十二年在白云山人中保持着乒乓球单打冠军。他还仍在厂足球队踢前锋。白云山制药厂则早已将广州市足球队包下来了。似乎可以说,这也是刘非立和他献身的药厂,比别处多了一点的现代色彩吧。

人和机器在张庄的对话

“机器种地”：一个神话

长治市郊的张庄，在全国无数的乡村中本来是一个极普通的村庄。然而，在近二三十年中间，这个张庄在大洋彼岸的美国却比在国内有名，当然这有名不是因其奇特而是因其普遍，普遍达到了真实，真实产生了吸引力。后来，张庄在国内也有名了，这有名却不再可能是因其普通而是因其独特了：在二十世纪七十年代末八十年代初，除国营农场，张庄的农业机械化曾经是全国最先进的。

这两种出名，显然都同一个偶然的历史机缘有些关系。

一九四八年，一个美国人参加了张庄的土地改革运动。这个美国人就是后来为众所熟知的韩丁先生。当时，他本来是受联合国派遣，义务前来中国帮助农民使用拖拉机的一位农机技师。先在国统区，后到解放区，都举办过农机训练班。 正像当年他的同胞约翰·里德为俄国十月革命所吸引、埃德加·斯诺为陕北红区所吸引一样，年轻的韩丁也被当时中国农村正在进行着的一个重大历史事件吸引住了，他自愿参加了土改，在张庄度过了难忘的九个月。归国之后，他将亲身经历的这一历史事件写成了一本书：《翻身》。《翻身》在日后也像当年的《震撼历史的十天》和《西行漫记》一样，在大洋彼岸引起了轰动。韩丁先生敏锐地抓住了历史，但他并不是有意选择了张庄，当时他是由我们的历史学家范文澜同志偶然“分配”到这个普通村庄来了。所以对张庄来说，这完全是一个偶然的机缘。

然而，一位西方的农机专家参加中国农村的土地革命，这本身却包含了令人深思的历史内容。韩丁由关注农机转而关注起农民来，这至少可以说明，在当时的中国农村，人的命运是远比机器的使用要紧迫得多。农民不是为繁重的农事所累，倒是情愿辛劳而不可得，因为他们没有自己的土地。他们渴求的是“翻身”，而不是机器。土改之后，他们终于翻身了，“耕者有其田”这个古老的口号，终于在共产党的领导下实现了。

翻身农民在分得土地之后，也仍然并不渴望机器。不必说他们还没有财力购买农机，就是在观念上也还不会产生机器种地之梦。农民当时所做的梦是“三十亩地一头牛、老婆娃娃热炕头”。张庄在翻身解放时，全村有五千多亩耕地，不到一千口人，人均五亩多地，户均还不到三十亩地呢。中国农民历来以辛劳为荣，而在张庄又集聚了从全国十多个省的贫苦之乡逃荒而来的农民，他们养种这么一点土地实在也并不困难，何况这是属于自己的土地。张庄农民也同许多北方农民一样，把自己称作“受苦人”。为自己的土地而承受辛苦，本是天经地义的事。因此，在他们当年看来，“机器种地”不过是一个神话而已。

只是，这个神话却不是由农机专家韩丁传给张庄人的。他在土改结束后，便带了一包日记资料离去了，张庄人是以为他一去不返。“机器种地”的神话，倒是在不久之后关于合作化的宣传中，张庄人才听到的。那时都说，合作化就是社会主义，社会主义就是“楼上楼下，电灯电话，耕地不用牛，点灯不用油”。当时，对于张庄的受苦人来说，“楼上楼下”似乎并无多大的吸引力。张庄那一带的农舍，简陋是简陋，却也自古就带着一层阁楼，楼上存粮，楼下住人，也并不稀罕吧。不用油的电灯，好像也没有甚么意思，日出而作，日落而息，用他们的话说是背着日头出去，背着日头回来，点灯的时候也并不太多。至于电话，受苦人用它做甚呀？除了赶集走亲戚，生死都在自己村里，给谁去打电话！唯有这“耕地不用牛”，使人们发生了想象和议论。不过，想象的越美，议论得越玄，他们就越觉得距离自己遥远。总之，那是一个神话。

在张庄，这很可能就是人和机器的第一次正经对话吧。那时说合作化之所以必要，除了避免剥削的重现，还有一条就是适宜“机器种地”。但机器还远无影踪，所以在那时“受苦人”从宣传中所体会到的，又是未来的一种享受，机器也好，电灯、电话也好，都不过是一种奢侈的享受。机器，其实只是人的自信和力量的物化或外化吧，如果把它视为异己之物，崇拜也好，惧怕也好，都很难与人结合。人和机器的结合才可能产生新的生产力，那是一种创造和征服，却不仅仅是一种极乐式的享受。合作化在张庄是很快实现了，但这种享受并没有到来。土地是合伙养种了，却仍是负日而出负日而归，养种土地的方式也仍是一如既往，正像许多年之后韩丁重返张庄所风趣概括的“1079”式。“1”是扁担，“0”是箩筐，“7”是镰刀，“9”是锄钩，都是古老的手工农具。“机器种地”真的留在了神话里，还有电影里。

当然，张庄的受苦人在那个时期，也同全国的农民一样，用他们的“1079”为国家的工业化做出了历史性的贡献，低价出售了辛劳所获的农副产品，高价购买了国家的工业品，从食盐洋布到新式水车双轮双铧犁。新式水车和双轮双铧犁，可能就是张庄人等来的第一批农业机器了，可它们似乎也并没有给受苦人带来更多的享受。直到二十世纪七十年代初，以农为本的张庄，粮食仍不能自给。

一九五八年，张庄通了电。一九七一年，张庄购买回第一台拖拉机。“点灯不用油，耕地不用牛”，似乎也终于变成了现实。只是，张庄农民在经历了跑步进入共产主义，过了几天“吃饭不要钱”的日子，接着便是可怕的三年饥馑，然后又是天天不断的阶级斗争，穷为荣，富为“修”，世风日变，对于那极乐式的享受，对于“机器种地”的好奇，谁也失去兴趣了。

人在感到难以掌握自己的命运时，为人所掌握的机器也就难以发挥它的作用了。从土改到“文革”，在张庄二十年过去了，人的命运比机器的使用似乎仍然紧要得多，当然这是在一个新的层次而言。因此，在这期间，“农业的根本出路在于机械化”，虽然带着无可置疑的政治指令性，却仍然如神话似的难以在农村的现实土地中生根结果。

美国模式同苏联模式的碰撞

中美建交之后，韩丁在一九七三年重返张庄。这时的张庄同解放初相比，当然已有明显变化，比如粮田亩产由一百来斤提高到三百多斤，通了电，有了拖拉机、赤脚医生、学校、粮食加工厂等等。然而，农业的生产方式基本上仍旧是原始的“1079”，社员人均收入也仅百元左右，生活还很贫困。

更为严峻的现实是：在这二十多年中，张庄的人口由九百八十多口增加到了两千多口，翻了一番，而耕地却由五千五百多亩减少到不足三千亩，百分之四十的农田被工厂、铁路征用。这就是说，全村用一倍于过去的劳动力养种经营过去百分之六十的耕地，亩产所提高的幅度几乎就可以由此抵消尽了，电力、化肥和拖拉机的投入便成为负值。

这时的韩丁是经营家庭农场的美国农民了。美国的农业在二十世纪初即已实现了初级机械化，在第二次世界大战后又完成了二次机械化，液压和电子技术用于农业机械，技术和工艺更趋先进和经济，创造了惊人的劳动生产率。因此，在相隔二十多年之后，韩丁重返张庄，自然会强烈感觉到这里的农业劳动生产率是太低下了。

他曾经认真给张庄计算过：“你们一个劳动力，平均一天只能生产十六斤粮食。”

“而我呢？”他对张庄农民说，“我一个人经营着一千多亩农田，一年只劳动一百五十天，产粮一百五十万斤，每天生产一万斤。而我的劳动生产率在美国并不算高。”

这对于张庄的农民来说，仍然无异于是在听神话。不过，韩丁是他们的老朋友了，分离二十多年仍不忘旧，又重回张庄“探亲”，他们不怀疑他是在吹牛“浮夸”。一个人一天怎么可能生产那么多粮食？韩丁说：靠机器，全部农活都使用机器。

这当然是相当诱人的了，张庄人也不免梦想用机器创造种地的奇迹。可那时还仍在“文革”中，“革命”比种地更重要。村上想有些作为的干部有志难酬，像日后带领村民振兴张庄的王金洪同志，那时就“靠边站”了。老百姓们更没有甚么发言权，只好磨洋工吧。而磨洋工，熬日头，还会有甚么劳动生产率可言呢？

韩丁在一九七三年重返张庄小住之后，一九七五年又回来一次。而且，从这一年开始，似乎每年都要来张庄一住，少则数天，多则数月。当然，他来张庄有自己的使命：了解研究和介绍当代的中国。不过，在这同时，他也把美国现代农业的信息不断带给了张庄。从二十世纪五十年代到七十年代，美国农业已稳定形成一家一户的大规模经营，也就是家庭农场的经营模式。美国经济学家说，这种经营模式是最经济的方式：每户经营四千亩左右的耕地，投资一百万美元，两三个劳动力（父子、夫妇、兄弟），使用先进的农业机械，创造最好的劳动生产率。韩丁把这些传达给张庄，他是真诚地想帮助张庄改变农业生产的落后状况。也许韩丁先生并不曾想到，这样一来，居然使当时世界上的“两霸”在小小的张庄发生了碰撞，这碰撞当然是指农业生产的经营模式。

在张庄，那时农民的劳动方式虽然基本上还是原始色彩很浓的“1079”式，但经营模式自合作化以后却是移植了苏式的。这种模式在防止剥削重现的同时，也“统”死了农民的各种自主权和内在活力。农业劳动生产率的低下，其实并不仅仅在于机器的使用与否，而首先在于人的积极性的发挥程度。就连西方的经济学家也知道：“劳动生产率不仅是要素的投入和新技术、新知识的最佳利用，同时也是一种精神状态和进取精神。”当生产力中最重要的因素——人没有积极性，甚至在磨洋工、怠工的时候，先进机器所创造的效率当然会被轻易抵消的。

美国模式同苏联模式在当时的碰撞，当然不可能改变张庄现行的经营体制，更无法引入美式经营。但这碰撞在张庄农民的心里到底激起了进取的火花。老韩说的那一套，咱张庄能不能搞？咱们为甚么不能跟"老韩"学几手，也用机器种地，多打粮食？对于张庄农民来说，老韩不是老美，不是美帝，而是好人，外国能人，一个白皮肤亲戚。在这个时候，张庄人通过老韩开始对农业机器有了比较现实的理解，只想利用它，使用它，而不是神化它了。

一九七五年，韩丁再来张庄时，王金洪同志已出任村支书了。金洪的"靠边站"，使群众更认识到"张庄没有金洪不行"。金洪是属于那种兢兢业业的实干的创业型农村干部。他身世坎坷，却又聪慧于内，而且曾在国家的电力战线工作过几年，受过工业文明的熏陶。他自己精于电工、机工、木工等技艺。因此，他对于农业机械化显然更多了几分兴趣和热情。然而，他热心于农机，却并非只是想一展个人的机电技艺，作为一村之长，他是试图借助农机化来改变当时张庄农业的落后困境。或者可以说，他是想以机器的高效率来扭转苏式经营的低效率。现在看来，这当然只是一个难以奏效的善良愿望，但在二十世纪七十年代后期，他耳闻老韩所传达的奇迹，又目睹张庄的困境，责任感和自尊心都使他无法安于现状，全村人对他的信任和期望促使他必须做出自己的努力。

当时搞农业机械化，在名分上虽然是很"革命"的，可具体实行起来却是无比的困难。资金如何筹措，农机谁给调拨，即使是"自力更生"自制农机具吧，钢材又从哪里去弄指标？这一切仍然是受掣于苏式经济体制，在农村集体经济之外，还有一个更大更坚硬的指令性经济模式"统而制之"着。

一九七六年"四人帮"垮台了，金洪及张庄人再次高涨起搞农机化的热情，但那僵硬的苏式统制却还未有松动。这时，金洪只好借助老韩的"名分"了。韩丁每年来中国，是著名的美国友好人士，他在各级领导那里"都能说上话”。经过认真的筹划，在一九七八年，当金洪再次见到韩丁时，郑重说出了自己的一个计划：他们要搞五百亩玉米全盘机械化的试验田，有把握达到每个劳动日生产二百斤粮食的高生产率，具体的农机具配套方案和新的农艺方案都弄好了。老韩听了很兴奋，未待金洪请他施加影响，他就在会见省委当时的负责人时，说出了张庄的这个计划。省委很快批示，由省计委、科委、农委三家负责，计委牵头，农机部门做具体工作，帮助张庄搞玉米全盘机械化试验。跟着，当时的晋东南地委及长治市的计委、科委、农委和农机部门也闻风而动了，本地区的一些大型厂矿也有求必应，给予支援。当时，被动员起来具体参与到张庄机械化试点工作之中来的地区及市级的有关单位即有：农机局、物资局、淮海机械厂、太行锯条厂、水利局、农业局、地区农科所、生产资料公司、市科委、市中心试验室、市供电局、市电信局、市石油公司十三个之多。张庄并不想这样兴师动众，可在我们的体制下，少了哪一家也寸步难行的。当然，张庄人也尽力做出了自己的努力，自筹了力所能及的资金，改革自制了不少农机具，更付出了艰辛的劳动。

一九七九年，他们果然在四百二十亩试验田上，成功地实现了玉米全盘机械化耕作。耕地、耙地、播种、喷水、喷药、追肥、中耕除草、追肥、收获、除玉米茬、运输，脱粒、烘干、入库十四项农活全部由机器作业代替了人工劳动。当年试验田亩产达到一千零三十五斤，每个劳动日产粮一百一十五斤，虽未达到二百斤的计划，但每个劳动日的纯收入水平仍比过去人工劳动提高了十一点四倍。

一九八〇年，机械化试验田扩大到七百五十多亩，一九八一年扩大到九百亩，一九八二年扩大到一千二百亩。亩产也逐步上升到一千二百斤左右，劳动生产率提高了十五倍，粮食成本也降低了将近百分之五十。这个水准，除了低于东北国营的机械化农场，在全国的农村集体经济中，当时是最高的了。

他们在机械化试验田里所创造的全国第一流的劳动生产率，能不能推广到全村整个的农业经营中去？当张庄的干部和群众正在寻思和努力解决这个问题的时候，农村改革的浪潮已开始涌来了。

这似乎是一种巧合，但也带着深刻的必然性吧。

势在必行的改革：人的解放

张庄的农业机械化试验，从起步到取到初步成功，是从一九七八年至一九八二年这个时期，而全国农村以实行联产承包责任制为主要内容的经济改革，从酝酿到形成燎原之势，也正是在这个时期。这其中有没有某种必然的缘由呢？

有的。除了粉碎"四人帮"，全党工作重心转向经济建设这个大势外，张庄同全国农村一样，集体经济的内在活力都被僵化的体制统制和束缚着。如果说，联产承包责任制是从调整和改革农村经济的生产关系入手，来达到解放内在活力的目的，那么，似乎可以说，张庄是试图借助机械化来强化生产力，以达到撑破僵化体制的统束。现在看来，张庄的这条路子走起来难度太大，甚至可以说是难以走下去的吧。然而，他们毕竟也是在试图改革农业现状，与整个的改革趋势并不相悖的。

对于农村改革的必要性和迫切性，张庄的干部和社员同样有着深切的体验。不用说贫穷的日子他们也过够了，由于韩丁的关系，他们是比其他乡村的农民更早地具有了"横向比较"的开放眼光。在二十世纪七十年代，他们就不是同大寨比，而是同美国农民相比较了。以世界上最发达的美国农业作为比较的"横向坐标"，他们对自己农业落后的窘境是比别处农民理解得更深切也更痛切的。

对于改革农业的僵化体制，他们的要求就更强烈了。在进行农业机械化试验的过程中，他们对这个僵化体制的可怕，同样有很深的体验。在一九七八年以前，他们凭自己的力量折腾了多年，但进展很小。当初，金洪带着一伙人试制圆形喷灌机，要购买必要的材料，但哪个行政部门也不给批。而与此形成鲜明对照的是，由于韩丁的影响，他们在一九七八年提出玉米机械化试验方案，到一九七九年便取得试验的初步成功。这成功当然使他们高兴，但同时也使他们比任何时候都更真切地看到了那统束着他们的是怎样一种体制。搞农业机械化不是最高指示吗？可要在小小的张庄的几百亩农田上认真搞一下试验，却必须惊动上至省里的领导，下至地市的十几个部局委，否则便一事无成。如果没有韩丁的关系，他们怎么可能同省上领导说上话，又怎么可能请得动地市的那十几个部局委，怎么可能把这么多的上级部门协调起来，为小小的张庄出力呢？那真是想也不敢想的事。然而，韩丁的关系毕竟是一种偶然的因素。所以，张庄的干部和老百姓比谁都清楚，他们能搞起机械化来，这是一种幸运。

当时，农业机械化的发展也在张庄的领导班子面前提出了一个严峻的问题：机器从农田中解放出来的劳动力怎么安排？那时在一千多亩粮田里实现了全盘机械化，已有一百五十多个劳动力被解放出来。如果将机械化扩大到所有粮田中，那全村大多数的农业劳动力就会被解放出来了。如果这些劳动力在农田之外不能得到合理的安排，创造更高的价值，那么机械化所创造的高效率就会被拉平、抵消。被机器解放出来的人，如果仍然没有积极性和进取精神，机器的使用也会失去意义。所以，用机器代替人，还并不等于人的解放。机械化试验开始以后，对于从农田顶替出来的劳动力，大队是尽力将他们安排到有限的工副业上了。然而，大力发展工副业在当时也面临一个政策和体制束缚的问题。

由此可见张庄的干部和社员，也同样在渴望着一场势在必行的改革。

张庄是在一九八二年冬天，实行联产承包责任制的，而张庄所在的长治市郊区，也大体是在这一年全面进行了生产责任制。

只是，由于张庄当时农业机械化已初具规模，大队领导班子势必要考虑在实行联产承包责任制中，如何保护机械化所形成的较高生产力。因为他们深知已有的机械化多么来之不易。而且，通过联产承包形式来改革僵化的生产关系，也正是要有利于生产力的发展。然而在当时，他们却因此承受了很大的“政治”压力:有些人以为机械化是同责任制相对立的,似乎只有分成小块田,一家一户重搞“1079”式的耕种,才算是改革。金洪他们当初艰难创业搞机械化,本来也是想改变农业的困境,现在似乎成了错误,心里真有一种说不出的苦涩滋味。当然,这种情况也是可以理解和宽容的吧,多少年来我们已经习惯了以“运动”的方式来推动工作,习惯了把某种具体的模式、办法、经验当作判断政治是非的标准,正像当年把大寨经验抬到了神圣无比的高度一样。而张庄的干部们,尽管有些委屈之感,还是坚定地推行了责任制。在农业上实行了两田制,即口粮田和责任田。口粮田大体一人一亩分给各家各户了。责任田集中承包给了五十六户种田能手,每户平均十多亩。工副业实行了经理承包制。菜地也承包给了八家专业户。

对于实施机械化作业的拖拉机、汽车以及与之配套的农机具,虽然有压力,他们还是坚持“统”起来,确定专人承包使用,为全村农业服务。因为他们相信,改革是为了解放人的积极性和创造性,是为了推动生产力的发展和经济技术的进步,是为了实现现代化,而机械化绝不是现代化的障碍。

原来大片机械化作业的农田,现在分成小块的口粮田和责任田承包给一家一户了。自然,承包前所实施的机械化农艺程序是无法再实行了。特别是各家各户的口粮田,面积很小,作物茬口又杂,几乎难以进行机械化作业。当然作为承包者,人的积极性是分明高涨了,他们甘心情愿付出繁重的体力劳作。不过,人的积极性再加上机器的威力,岂不是更好吗?

基于这种简单的加法原则,又可以说是一种远见,张庄在实行责任制的第二年,便果断地对口粮田和责任田重新做了一次调整。口粮田由一人一亩压缩到八分,而且统一了种植计划,统一了地片的作物茬口,以实施机械化作业来提高单位面积产量,达到减地不减产。口粮田所压缩的粮田增加到责任田中,一方面扩大承包者的经营规模,一方面又提高机械化作业程度,以达到提高劳动生产率的目的。后来的实践证明,这是大多数农村在实行责任制以后迟早要走的一步,只是定得较晚而又难度较大而已。

因为在实现温饱之后，势必要求发展。没有规模经营，不提高劳动生产率，也就很难谈得上发展。张庄之所以能及早迈出这一步，有农业机械化的坚实基础恐怕是很重要的一个因素。

二十世纪八十年代的这一场农村改革，对于全国农民来说，其影响之重要显然并不逊于土改和合作化，它是更深刻的一次革命，也是又一次解放，生产力的解放和人的解放。对于张庄农民来说，似乎还有另一种意义，通过这一次改革，可以说人和机器才终于建立了一种相协调的关系吧。虽然，责任制之后的机械化似乎有些后退了，不及当年的试验田那么有水平，但对于张庄人来说，机器种地毕竟不再是一种神话，也毕竟不再是偶然的幸运，不再仅仅是试验田中的观赏品，而开始成为人的自主和自信的一种体现了。人和机器开始比较协调地结合起来，这正是张庄有希望走向现代化的一种标志。当然，怎样去走还有不少难题需要不断解决。

在中国寻找自己的模式

一九八七年一月，韩丁邀请张庄的王金洪同志，到美国进行了为期三个月的考察访问。老韩在写给本国驻华大使馆的签证申请中，把金洪称为是善于选择和改进农业机械，以适于本地使用的中国农民。的确是这样，金洪和他的伙伴们自制的喷灌机、选种机、定向撒粪机、烘干机等农机具，便是参照了外地农机样式，又根据本地条件，加进了他们自己的革新和创造，其性能和实用价值，连老韩和我们的农机行家也评价甚高。不过，金洪和他的同事们作为张庄的带头人，在实行责任制之后所必须负起的责任，就不仅仅是引进和改进农机具了，而是寻找一条适于本地经济振兴，生产力不断提高的路子。

改革已经打破了原有的农业模式，变集体统一经营为村级和家庭双层经营。在张庄，村级经营这个层次，原来是由农业机械化为主要依托的，现在土地承包到户了，农机作业已经变为一种服务性质而依托于家庭经营。村级经营现在应以甚么为主要支撑呢？这个层次的经营，如果没有强大的经济实力，家庭经营也难以有坚实的后劲和广阔的发展天地。而家庭经营的这个层次，最大的局限就是土地资源奇缺。到二十世纪八十年代中期，张庄的人口已增长到二千四百多人，而耕地却减少到二千八百多亩，其中粮田仅二千三百多亩，人均已不足一亩。即使实行两田制，把口粮田缩小到最低限度，把责任田尽力集中到少数农户手里，每户经营农田也不过十多亩。在这十多亩土地中，即使人的最大积极性加上高度机械化，其发展余地也实在太有限了。承包责任田的五十六户，只占全村农户的将近十分之一。那十分之九的农户又怎么安排他们的出路呢？就是有责任田承包经营的十分之一农产，劳动力也大有剩余，也在寻找出路。张庄虽然地处市郊，但城市却同样无力吸收他们过剩的劳动力。劳动力就是人。农村改革解放了的人，在寻找创造新价值和显示自身价值的新天地。

这就是摆在张庄干部面前的新课题，新挑战。

显然，像韩丁所介绍的那种美国农业模式，即依靠高度农业机械化，一家一户搞大规模经营，在张庄，在中国农村是无法借鉴和试行的。出路只能是立足于自己的土地，寻找自己的发展之路。

他们寻找到了没有呢？寻找到了，他们还是找到了机器。当然不是农业机器而是工业机器，也就是依靠机器办工业，吸引大量剩余劳动力兴办乡村企业。虽然，这是中国农村在实行改革之后许多乡镇同样在走的一条发展之路，只是张庄由于有农业机械化的基础，因此而得益不浅吧。研制、维修、使用农机具，显使他们兴办工业时，在设备、人才、技艺等方面有了一个较好的基础。尤其是在人的观念上，相信科学，趋向开放，讲求效率，追求创新，便有利于办企业，搞商品，走向外面市场。原来许多搞机械化的骨干，现在成了村级企业的骨干。金洪在创办企业中，更成为开拓型的带头人了。

二十世纪七十年代初期，张庄仅有两个队办小厂，现在村办企业已经发展到十二个。一九八七年，全村工副业总产值达到二百一十万元，其中工业总产值一百二十五万元，而农业总产值仅三十八万元。全大队总收入达到二百五十万元，人均收入六百一十元左右。而在一九七八年至一九八二年期间，全村工副业总产值每年不过五十万元左右，农业产值在二十万元左右，人均收入不足二百元。可见，实行责任制以来，农业产值虽然已将近翻了一番，但在全村的经济增长中所占的比例却明显下降了，因为在这同时，工副业产值增加了三倍。

村办企业的大发展，首先是加强了村级经营的经济实力。有了这个实力，才可能对全村的经济发展进行总体控制，对家庭分散经营进行扶植和协调，并为他们提供各种生产服务，当然也才可能保证农业机械化的继续实行。这几年，张庄对于家庭承包的农田，在统一种植计划和统一地片茬口的基础上，实行了“六统一”无偿服务，即统一购买种子化肥，统一机耕机耙土地，统一机播下种，统一管理水利设施，统一支付农业税，其费用全部由村里支付。承包者其实只投入农家肥和付出中耕锄草的少许劳动，到秋后便可收获粮食归己。这样做，一方面是支持了家庭经营的发展，同时通过这种以工补农形式，调整了村民在务工与务农之间的收入差别，以保护农业生产力。在这“六统一”中，村里每年要拿出万元以上的资金补贴农业。没有经济实力是难以“统”起来的。

村办企业和工副业的大发展，当然更为大量剩余的劳动力找到了可靠可行的出路。从农田中脱离出来的农民在工副业中真正创造出了比农业劳动更高的价值，农业劳动力的减少和转移也提高了农业生产的效率。农业机械化同农村工业化相配套，张庄可能终于找到了一个自己的发展模式了。

金洪作为张庄农民的代表人物，访问了美国。在那里，他当然参观考察了美国的农业、农场和现代化的农业机械。不过，他在那里留心更多的，也许还是商品——可以在张庄生产制造而打入广阔市场的工副业产品，因为他已经不是一个传统意义上的农民代表了，而是以农民企业家的眼光在观察那边的世界。

看来，机器所代表着的现代工业文明是要真实地取代张庄古老的农业文明了。当然，这种取代可能是漫长而艰难的，而这种工业文明更带着我们自己的特色。无论如何，这是一种历史的进步。

发表于《黄河》1988年第2期增刊

人生，自己的作品

一九六八年，对于后来自嘲为“老插”的那一代知青来说，是一个无法淡忘的年份。这一年，与其说是他们命运的转折点，毋宁说是他们人生的起点。张宏义便是在这一年，为当时千百万知青上山下乡的巨大洪流所挟裹，从首都北京来到山西兴县农村插队落户的。这一年他二十岁。

从那时起，岁月又过去二十多年。这期间，新中国的历史经历了最为激荡不平的两个十年：十年“文革”和十年改革。十年“文革”是全局性的灾难，十年改革便是历史性的转机了。经过这两个十年，中国已经大变了，一切都不再是二十多年前的样子了。当年如洪流一般漫来的“老插”大军，在一九八〇年又以退潮一般回城去了。应当说，这是历史在矫正自己的偏颇，无可非议的。不过，张宏义直到今天还仍然留在偏远的兴县，没有再一次被潮水挟裹而去。

当然，今天他也不再是二十多年前的样子了。他已经四十四岁，过了人生的不惑之年，连体态也有些发福了。今天他所担当的社会角色，早已不再是“老插”型的农民，而成了为时代所倚重的一位出色的企业家。他出任兴县针织厂厂长已历六年，精通业务，擅长管理，更具开阔超前的眼光和开拓创新的魄力。他在穷乡僻壤领导的这个厂子,创造了全省同行业效益最佳的纪录,他们引进的现代高技术项目,至今也仍处于领先地位。他本人,在针织行业成为难得的技术和管理人才,一九八六年被评选为省级劳动模范。他成才,成名,成熟了。因此,在新的潮流涌来时,他已经有能力,有自信,有眼光,有头脑来做出自己新的人生选择了。

二十岁至四十多岁,这无疑是人生中最为宝贵的黄金时期。在张宏义的这段黄金岁月里,从一开始他便没有多少选择人生道路的余地,似乎一切都被框定好了:停课闹革命,那不是个人所能扭转的大势,离京下乡插队,又是一声令下,无可例外,后被招工进入那样一个小厂,也不能说是他自己的选择。然而,正是在这无法选择的历史局限中,他并没有随波逐流,虚掷青春,而是依旧做了自强自立的选择,一点一滴积累起青春岁月的分量,不屈不挠地磨炼出人生的光彩。在贫瘠而落后的境地里,他不仅是学有所成,技有所专,而且更坚韧地练就了强者所应有的人生素质。这正是中国企业家所必备的素质,是在中国这块土地上欲成就任何一种事业都必须具备的素质。

其实,历史永远都存在局限性,人在自然和社会中所能获得的自由度毕竟是有限的,只有人的努力、抗争、创造才是无限的。因而人生的价值也才永远不会因外力所限制而贬值。

失去的没有失去的

一九六六年初夏,当张宏义在北京第二十一中学以优异成绩通过高中毕业考试的时候,那场后来给中国带来十年灾难的"文革"风暴,其实已处于山雨欲来、黑云压城之势。他和他的同学们对当时的政治气候也并非毫无知觉,因为他们已是高中毕业生,许多人即将走入社会。只是,他们那单纯的心灵无论如何不会想到这场政治风暴将无情地改变他们的命运。

当时,张宏义是依照历届高中生的先例,在准备参加高考,在设想未来的生活，进大学，然后搞科研什么的。的确，在那告别中学时代之际，一向只是激发青年人的设想或者理想、梦想之类，而并不面对严峻的选择。大家面前的路都是一样的：努力通过高考，进入大学，然后便是光明前途。对于高考，张宏义充满了自信。因此，如果有所选择的话，他当时只是在首都如林的大学中挑选自己中意的当所。

在备考之余，他和几位要好的同学曾经骑车到各个著名的大学校园里去“相看”。北大、清华、人大、北航、北工……似乎都各具丰采。该选中哪一家呢？张宏义已决定投考理工科了，这或许是受了父亲的影响。他的父亲是一位在旧中国靠自学成才的工程师，常常向他们讲起过去向洋人学习技艺的艰辛和屈辱，更教诲他们立身于社会必须有真才实学。他的哥哥姐姐们，也凭坚实的学业进入了大学。他自己当然也更想考取理想学府的理想专业，不负众望。只是挑选哪一所大学，却一时犹豫不决：眼前的好大学太多了。然而，他怎么也不会料到，这时所有的大学即将关闭那诱人的校门了。

那年六月，“文革”之火便从大学烧到中学。七月，宣布了停止高考。八月，从学校到社会已是一片火红的海洋。

他们这一代人的理想之门，就这样突然关闭了。只是他们也忽然之间似乎成为革命的主角，历史的宠儿，可以去横扫一切，改变一切。一种神圣的狂热，使他们无暇去想自己。还没有真正经历人生的这一代人，几乎是在一夜之间被赋予一种超常的历史重担，于是一切都混乱不堪了。失去理想之门，充任难以负重的历史角色，这都不是他们自己的选择。

张宏义也不可能置身于这一历史狂潮之外，不过他是很快就厌倦了。也许是由于偏好理工的缘故吧，他比较务实，喜欢做具体、精确、实证的思考，对于变幻莫测的政治风云感到难以把握。因此，他想找点实事干。但哪里能找到？没有可读的书，没有可干的事，对于精力旺盛的青年人，日子真不好混。

到一九六八年秋天，一声令下，知识青年需得上山下乡，接受再教育。

他几乎没有多做考虑,便离京而去了。事实上,在那时个人也是无法选择的,那是革命之路,都得服从。他像许多知青一样,一方面真诚地觉得自己需要改造教育,另一方面农村在他们的想象中还是个有点浪漫的新世界。只是,谁也不曾意识到真正的人生,从此开始了。

从北京到山西忻县,又西行到兴县,最后到了郝家沟这个小山村,一路上由火车改乘汽车,又由汽车改坐驴车,最后是步行。当时连驴车也不通的郝家沟,便是他和同伴们要落户的地方。满眼都是黄土沟坡,并没有诗情画意。当然很宁静,一种荒凉中的宁静,与京华氛围形成多么强烈的反差。这个兴县,当年曾经是晋绥边区的首府,有过红火岁月。只是由于地处边远的黄河沿岸,穷山恶水加上极"左"路线,当时正经历着极端的贫困。一支庞大的车队,终年运送救济粮。不过,张宏义并没有怎么沮丧,除了新奇感,他觉得接受赎罪式的再教育,似乎就应该是这样的地方。这里的老乡很淳朴、厚道。天已经冷了,他们就参加了秋冬的农田建设,打石头。这够得上是务实了,只是不需用多少知识,有力气便成。

第二年,村里见他这位京娃不错,便调他到村里的七年制小学当老师。这种边远落后的山村,最落后的还是文化,更何况是在革文化之命的时候。一位北京"老高三",教山村小学当然是胜任的,而且比起打石头来,似年更能尽己所长吧。他认真地任教,尽管并不需怎样费力。他也没有多少老师的架势,学生娃都很喜欢他。学堂旁边是村里的牲口棚。下了课,学生娃问他:"张老师敢骑驴吗?"他说:"敢。"学生便给他牵扯出一头毛驴来,他也果然骑上去了。毛驴载着他奔跑起来,一群学生娃跟在其后快乐地呼叫。驴在下坡时将他抛了下来,他笑了,学生娃们笑得更厉害。这是山村小学生的课间娱乐,也是他在艰苦生活中的一种自娱吧。

后来,村里和公社见他干得不错,要给他转正,由民办转成公办。在中国,由民转公,由农转为非农,是一件大事,从社会身份到生活待遇都将有质的改观呢。然而,张宏义没有接受这份奖赏式的厚爱。他不是看不起小学教师的职业,只是觉的这一份职业难以发挥他自己所偏好的科技才能。

他还想实现自己的抱负，还想再做一次人生的选择。看来，政治风云的冲击、个人命运的变幻难测，仍然没有改变他的执着追求。

可惜，历史并没有给这一代留下多少幸运和机遇。一九七二年，大学终于恢复招生了，但革除了考试而实行了推荐制。这年，张宏义已经二十四岁，他感到这是最后一次机会了。他做了力所能及的努力。他终于也被推荐了，文化考核名列前茅。然而那时上大学，还有比文化成绩更重要的许多"软件"，比如除了政治表现还有关系之类。他"落选"了。在失去选择的年代而试图做选择，结果也只能这样吧。

其后，县上草创不久的针织厂再次招工，可能是一种补偿，给了他进厂做工人的指标。他想了想，决定服从了。两次升入大学的努力，都由于个人无法改变的因素而告吹。从一九六六年到一九七二年六个春秋过去了，如果不是"文革"发生，他可能已经大学毕业。可现实却是，改变了他们命运的"文革"仍在深入进行着，所不同的，又是他们这些知青已被遗忘在偏僻的山村，黄金般年华在廉价地流逝。面对现实，丢掉幻想，这该是一种成熟吧。不过，张宏义进入兴县针织厂，还是抱一种设想的，或者可谓之基于现实的理想。人生的挫折和磨难，会产生平庸和卑微，也会育成一个强者。

这里也有路如果能够发现

位于兴县城东一面黄土坡上的这个针织厂，筹建于一九七〇年。兴县是一个既不出产棉花，交通又十分不便的地方，在这种地方兴建针织厂，宏观上就存在不合理性。原料的运进，产品的运出，依赖着一条落后的山间公路，企业发展所受掣肘很大。不过，当时建厂的出发点是备战，选中的正是这里的偏僻。只是，由地方筹办，资金就相当有限，设备又是山西针织厂淘汰下来的旧机器。技术力量就更谈不上了，新招的徒工到外地大厂培训一段，回来就上岗干了。总之，就像中国大多数的县营企业一样，兴县针织厂也是在极其简陋、极其艰难、极其不正规的情形下起步的。所幸的是，在这个工业不发达的老区县份，上上下下，厂里厂外，干部工人，都把它视为珍宝似的，一心想把它办好。一九七二年，也就是张宏义进厂的那一年，它终于排除万难投产运营了。

在张宏义看来，当时的针织厂很难同“工厂”的概念相叠合。在首都那样的大城市长大的他，工厂，工业，机器，留给他的印象要规范、现代、壮观得多，眼前的景象能叫工厂吗？由原来的打蛋厂改建的厂子，几排旧平房放置了一些旧机器，仅此而已。然而也正是这个强烈的反差，使他发现了日后献身其中的事业。多年的插队经历使他对人生变得现实起来，但胸襟中那不肯舍弃的追求，又使他不甘满足于有工资有皇粮的这份公职。尤其是他的志趣、知识和眼界，使他将这个小厂同整个科技事业和工业进程连通起来了。不管眼前怎样落后，这毕竟是工业，针织业毕竟是现代轻纺工业中的一个行业，一个可以无限拓进的领域，需要技术、需要科学、需要智能和创造的天地。尽管在进厂之前，他对这个领域还一无所知，尽管假如可能选择他会选择更尖端的专业，然而进厂不久，张宏义是当真做出了这一生中第一个重要的抉择：他就以针织为自己的专业啦。

“咱们厂有技术员吗？”他问厂里的头儿。

头儿说：“没有哩。”

“我要学习、钻研技术，将来做厂里的技术员，可以吗？”

“那好呀！”

头儿望着这位戴着近视眼镜，神情持重的北京后生，很高兴。不过，他对张宏义的志向和要求，并没有十分当真。也许是年轻人的一时冲动吧，这些京娃们能安心工作就不赖了。厂领导没有想到，过了不久，这位京学生又提出了更具体的请求了：请允许他在上完八小时的正班之后，再到各车间轮流跟班，他不要报酬，只要求给他“自由”观察、研究、学艺的便利。

这还有甚么不可以呢？只是，这种要求从来没有别人提出过，厂领导感到宏义这后生真还有志气呢。业余时间跟班学技术，很好，支持你。

从此，张宏义就真的这样干起来了。对于自己的本职工种，他当然是用心钻研的，但这显然不能使他满足。当时，厂里还没有甚么技术资料，连一套完整的生产工艺流程也还未形成。因此，他觉得最好的学艺之途，就是从一个车间一个车间，一道工序一道工序，实地学起，看，干，想，直到懂得原理，掌握技艺。他父亲当年学习建筑工程技术，便是跟在外国专家后面，从实干中一点一滴学而有成的，为此父亲自学了英语，更受尽了冷遇和侮辱。现在，厂里十分支持他这样做，他相信自己可以由此深入针织这一新领域。那时，他年轻，精力充沛，下班之后就按照自己的计划，扎到车间去了。从最基础的锅炉房开始，再依次到织造、漂白、印染、缝制、成型，逐一“攻克”；从设备构造到工艺原理，都要细加研究，这样用功数年不懈，如痴如醉。

在运转的机器旁，他常常入神地观察、琢磨几小时，甚至是连续几天，直到解析透彻，了然于心。

为了弄懂针织品的成型原理，他多次请教师傅们。他们的解答他终不满意，有人比喻说这就像织毛衣。为此，他学会了手织毛衣。会织毛衣了，却仍觉理解未透，于是连续终日苦思不止，直到彻悟通达，才欣然而笑了。

为了更深透地理解掌握各项技术原理和工艺设计，他在实地考察和操作的同时，开始自学相关的专业知识和科技理论，纺织、化工、机械、电机以及设计、制图、安装等等。每年回京探亲时候，总是到处寻购、查阅有关书刊资料。针织这个专业，真似一个新天地的入口处，终于将他带入了科技王国；而现代科技的有机综合力量，又使他的专业水平日渐精深。在那个“知识越多越反动”的反常年代，他却在默默地汲取知识来充实着自己的人生，踏实而坚韧地开拓着超越平庸的事业之途。

在这个技术人才十分缺乏的厂子里，张宏义的努力自然变得引人注目起来。厂领导在关怀支持他的同时，也不断加以重用。他由一般的熟练工很快被选调为织造车间的保全工。

没有几年，他又由保全工被提拔为织造车间的车间主任。这期间，他在厂领导的支持下，改变了以往只生产单一的螺纹产品的状况，从上海等地学习、引进新技术，增加了棉毛产品的生产。

一九七六年，他又被提升为全厂的技术科长。也就是在进厂四年之后，果真实现了进厂时的志向，成了厂里的技术骨干。在这个岗位上，他主持总结制订出厂里第一份全程生产工艺，使全厂的生产纳入更加正规的运营和管理中。

进入二十世纪八十年代，改革大潮初起之时，张宏义已升任主管技术的副厂长了。从学徒工到副厂长，这不是每一个工人都可以走去的向上之路。对于张宏义来说，也有历史提供的可能性，这便是时代变了，“文革”终结，改革启幕。然而这中间，究竟也有其必然性，他毕竟具备了自身的条件，他从一开始就是一名有志于做元帅的士兵。当然，张宏义的志向是在专业领域拓进而不是官阶，事实上他也是以过硬的真才实学为厂内的干部工人所敬重。

大潮又来时一切都不相同了

一九八四年，张宏义正式出任兴县针织厂的厂长了。这一次，似乎也是一次被选择，被时代潮流所选择，但谁也不再感到意外，包括厂里的干部工人和他自己。因为这一次的改革大潮是历史所向，众望所归的。他虽然更喜欢从事技术性的专业工作，但时代所提供的机会也应当义无反顾地去把握住，在更开阔的舞台上有所作为的。这一年，他三十八岁，也该是独当一面干事业的时候了。

其时，企业的改革已深入到转变经营体制的阶段。国家取消了布票，棉织产品经历了三十年的包销统配制后，现在放开了。于是生产棉纺以及化纤产品的纺织企业，被置于陌生的市场中，由管产不管销变为管产又管销。兴县针织厂虽地处边远之乡，也不可能例外的。过去产品出来，直运定点的国家二级批发站就成了，现在却得自己去推销产品。市场在哪里，怎样去推销，一切都陌生得很。而销售不畅，企业便有生存之忧了。张宏义正是在这个当口出任了厂长。

张宏义精通技术，但他毕竟不是推销专家，为了企业的生存，他也得学习市场经济探索自销之路。他同其他厂领导以及当时的供销科长郭全财一道，选调人才，组织起一支推销队伍，以“千言万语，千山万水，千辛万苦”的“三千”精神，到全国各地去做市场调查，推销产品，然后以销定产，由用户选定花色品种。这一年，生产了一百六十万件产品，销售了一百五十一万件，获利十八万元，企业的日子还算好过吧。

不过，张宏义明白，大抓推销这是当时大多数厂长都在做的事。问题在于，推销术比起你所推销的商品来，毕竟是后者重要：好销不好销，关键在于厂家的货色，是否适销、优质、价廉等等。这也是任何一个厂长都明白的道理。对于兴县针织厂来说，除了地处偏僻，市场闭塞之外，设备陈旧，工艺落后，也使产品不可能具有很强的竞争力。而经营体制的改革，已将所有的厂家置于同一市场中，展开了优胜劣汰的竞争，如不改变现状，像他们这样的企业是很难长久生存的。过去，产品主要面向农村，加上国家包销，他们是靠“因陋就简，艰苦奋斗”过日子。现在，外部条件变了，在市场竞争中如果仍然将“艰苦奋斗”置于“因陋就简”的基础上，那就不仅难以收效，还会造成生存的困境。坎坷的经历使张宏义懂得，“艰苦奋斗”并不仅仅是一句漂亮的口号，那是全厂职工为实现理想所表现出来的精神品格和所付出的巨大代价。作为厂长，他如果将这种精神力量浪费了，那才是最大的失职。因此，他上任不久就明确提出，企业经营的主导思想，要从因陋就简加艰苦奋斗，转变为先进技术加艰苦奋斗。

这是适应体制改革而必然发生的观念上的转变。只是，张宏义在促成这个转变时显得比较自觉和果敢，因为对于引进先进技术，他有自身的优势：他是专家型的厂长。一九八四年，也就是他当厂长的第一年，在大抓推销的同时，他就主持上了一个关键的技改项目：微机监控氯氧双漂生产线。这个项目，一下子抓准了全面提高企业经济效益的突破口。多年来，由于坯布漂白工艺落后而造成的产品降等率一直在百分之二十以上，这一落后工艺便成了产品创优的“瓶颈”。作为全厂多年的技术主管，抓准这个关键，对张宏义来说并不困难。而对于兴县针织厂这样一个县营小厂，在废弃落后的漂白粉漂白工艺之后，引进怎样的新工艺，这就要看你的眼光、魄力和实力了。张宏义经过到全国各地考察研究，毅然决定采用国内最先进的氯氧双漂新工艺。这种先进工艺，当时只有南方少数大厂采用，但他选中了它。因为他明白，当代技术进步神速，你不瞄准最先进的，就可能永远处在落后的地位。他研究了这一新工艺的理论和技术，感到完全有能力将它引进来。然而，他仍然不满足于此，在可行性研究中，他发现这一先进性新工艺，在很大程度仍然要依赖操作工人的熟练和经验，由此他产生了能否用电子计算机做最佳自动控制呢？这一构想，在省纺织研究所的支持下，终于实现。这样，这一技改项目，就在实用性和先进性之上又多了一个独创性。

在这个项目的实施过程中，张宏义带领厂内技术人员，独立承担了新生产线整个工艺流程的设计和安装任务。而且，根据本厂的实际条件，经过理论上的严格论证，对现行的氯氧双漂工艺流程进行了成功的改革，将二十九道工序缩短为十八道工序；设备由三十二台减少为十八台；投资也由一百七十万元降低为七十七万元。这样，既保证了新技术新工艺的先进性，又使他们这样的厂子易于承受。在实现微机控制方面，他与省纺研所共同组成科研攻关组，其中他主持自控系统方案设计和相关参数的测定，纺研所据此进行软件的研究、设计。这个科研项目在省内属于空白点，经有关部门鉴定后，于一九八六年获得省科技进步二等奖，至今在全省同行业中仍处领先地位。

这个成功的技改项目，从决策到实施，张宏义都充分显示出自己的所长，那就是偏爱科技多年所练就出来的超前眼光和出色的才干。当然，他也为此付出了巨大的个人代价。平时的废寝忘食，夜以继日，超常的辛劳不必说了。一九八五年十月，就在微机试调的紧要时刻，他收到了父亲病危的急电。养育了他并对他的人生和事业都给予过重要影响的父亲，在临终之前，他是应该前去诀别，尽最后的孝心的。然而，技改现场又难以脱身，他只能选择事业而相托其兄代为送终。等抽身赶回京时，父亲已安葬了。他悲伤不已，但他毕竟已具备了父亲生前所期望的那种有益于社会的真才实学，可告慰先父的。

这个技改项目的成功，使全厂的产品质量和经济效益大幅度提高，坯布漂白一等品率上升为百分之九十三以上，生产成本和工人劳动强度也大为降低，新增高挡精漂浅色产品二十七种。兴县针织厂由此也引起了全省同行业的注目，谁也不曾料到，那样先进的技术会在全省的穷乡僻壤首先生根开花。

其后，他们又投资四十四万多元，建成一个日处理漂染污水五百吨的污水处理场，成功地进行了又一项重大技术改造。

接着，在省厅以及地、县的支持下，张宏义又决策引进外国先进技术和设备，新建了省内第一条提花绒布生产线。这个项目投资一百七十万元，对于兴针是巨额投入了，但它所生产的新型针织面料，却可以新增二十多种国际流行的新颖时装产品，年增产值三百万元，创利七十多万元，使企业在十年内立于不败之地。他的眼光、魄力和才干，于此也得到了更充分的施展，而兴针这个县营企业也更以可观的实力崛起于同行业之中。他已经主持制订了企业技改的二十年规划，发展前景正无可限量。

在大搞技改的同时，他还主持制订了一整套经营管理和质量管理制度，深入进行了劳动制度和分配制度的改革，使企业纳入更加科学和更具活力的发展轨道。为了强化经济核算和财务管理，他自学了财经财务理论及其具体的簿记核算操作，以实行财务上的专业化领导。对他主管的工作，无论是技术性的，还是管理方面的，他都力求精通练达，这正是典型的张宏义风格吧。

由于生产条件和企业管理的不断改善，产品的销路也随之转畅。他们不仅以优质优价占领市场，而且能够适应针织市场更新换代周期日益缩短的形势，具备了市场流行甚么就生产甚么的能力。一九八八年，该厂以先进的设备和稳定的优质产品，加入了北京针棉批发公司的横联集团，产品的百分之五十由该公司包销。同时，省进出口公司也主动同他们签约，将其三分之一的产品出口外销。

就这样，兴县针织厂走上了兴旺发达之途。一九八五年，生产二百万件各类产品，创产值二百八十九万元，获利三十四万元，交税二十八万元，创造了建厂以来的最好水平。其后，逐年稳步增长，一九八八年产品达到二百九十四万件，产值四百多万元，创利三十七万，交税二十多万，一九八九年产量达三百二十万件，产值四百五十万元，税后获利四十五万元。今年在整个市场疲软的情形下，各项指标仍可望接近去年的水平。一九八五年，企业的经济效益名列全省同行业之首；一九八六年利润率和人均利率再次位居全省同行业第一；一九八五年至一九八七年，连续被省经委以及地、县评为先进企业。张宏义以自己的才华，团结吸引全厂干部职工，创造了可观的业绩。这中间，他也给自己的人生写下了有分量有光彩的一页。

最大财富 有书三千

作为厂长，张宏义颇具魄力，自信果断，大刀阔斧，敢于打大仗。上任以来，他拍板和主持搞的三大项技改工程，投资总额就达二百九十多万。对于兴县针织厂这样的小厂来说，那不是小数额。建厂初期，固定资产总值仅有四十多万，经过十多年的积累，到他出任厂长时，全厂固定资产也只增加到二百八十多万。他投资技改的金额竟超过了全厂原有固定资产的总额，真够大胆了。当然，这些巨额投资绝大部分是靠贷款。贷款即有风险。他因此在当地以敢于花钱，敢于贷款而闻名。只是，敢花钱也带来了能赢利的好效益，贷款都如期偿还了。投资最大的提花绒布生产线，还未正式投产，贷款已还了三分之一。大胆而非冒险，这便是真正的魄力了。除了技改工程，他还拍板更新改造了锅炉房、织造车间、修理车间、更衣室、库房，新建了职工宿舍，使百分之八十六的职工住上了公房。这也显示出他的魄力。然而，了解他的人，又都说宏义是一个十分精细灵巧的人。一根废弃的铁丝，他拎起来，三折两弯，就变成了工艺品。他会木匠活。当年他设计制作的家具拉手，曾在县城时兴过一阵呢。他能弹奏多种乐器，烹调烧菜也有一手。对于电器修理之类，更是轻车熟路。大刀阔斧的魄力和精雕细刻的灵巧，是怎样集于一身呢？

作为厂长，张宏义又以治厂严厉而出名。厂内职工谁都知道他的账不好交。有时他情绪不好，其实并不涉及别人，但大家往往就觉察出来了，以为各自的工作上出了甚么差错，气氛不由紧张起来。自然，平时亦是令行禁止。上班迟到者，自己便觉得难以进厂门的。对于部门领导人以及厂部其他负责人，他也敢于坦诚相见，展开批评。既成的规章制度，从上到下，都得以严格遵守执行，无可通融。组织生产上的突击性战役，干部工人也都是闻风而动。不过，在生活中，张宏义却又是一个重情重义，很随和的人。工人们说，“宏义眼里有恓惶人。”大家感到他“可交”，愿意同他做朋友。一般工人家里有事，像孩子参军、上学之类，都愿找他商量拿主意。有酒量的，也愿在下班后带瓶酒到他家里边饮边聊天。他的酒也常被工人们翻出解馋。在生活中作为一个人，他不古板，更不故作姿态。同领导班子中的其他同志，部门主管，车间主任，也相处甚洽，有情有义。因此，工作中大家秉公办事，有不同看法可公开争论争吵，但生活中都是朋友，领导班子及中层干部之间一直很团结协调。现在张宏义任厂长兼总支书记，三位副职领导都很支持他的工作。副书记王永全同志，是个多年搞工业的老同志了。他在不少厂子干过，深感针织厂人际关系好。对厂长很佩服，“数他为企业动脑筋多，数他的担子重，也数他对这个厂感情深”。他主管党务、政工，为保证企业的腾飞，承担了重要而细微烦琐的工作，尽职尽力。主管生产的副厂长李拖则同志，也是一位老工业。过去曾是县里一个大厂的厂长，但到针织厂当副职却很满意。以厂长的眼光，他深感宏义这样的人才难得，厂内人际关系这样好也难得。厂长理解工人，工人理解厂长，齐心以企业为家，困难的时候一时间发不下工资，工人全无怨言，这真是难得。他在生产上也要求严格，有时脾气也不好，但无人计较。他任劳任怨，担子也很重，但感到干得舒畅。主管供销的副厂长郭全财同志，原是供销科长，因工作出色，张宏义起用他做副厂长，虽然年轻，厂长也很尊重他，他常年奔波在外，感到能放手工作，同宏义在一起干事业，有干头。总之，张宏义是既严厉又善于同各种人相处，这似乎也很难得。

张宏义是那种专业化程度很高的厂长，对于专业技术有一种特殊的偏爱。正如前所述，对任何一项技术，他都力求精通练达，喜欢亲自钻研，亲自动手。在厂里，他也的确是技术权威，上下都很敬佩他。工人说，设备出了毛病，别人治不好，厂长进门一听声音，便能张口指出毛病所在了。说得真有些神了。不过，他说，对针织这一专业，自己觉得思考起来特别灵，遇到问题难题，立刻就会涌现出几种解决方案。这是他多年刻苦钻研，不断积累，痴心追求所形成的吧。然而，他又是一个兴趣和爱好十分广泛的人。他一直喜欢音乐，对古典管弦乐作品有很高的鉴赏力。他爱好摄影，为此节衣缩食购置了不错的照相机。他还喜欢书法。对易经、佛教、明清史，也一直保持着浓厚的兴趣，工余之闲，常醉心钻研。他从不肯将闲暇时间用于玩扑克、象棋这类消遣中，但对颇用智能的围棋却很偏好，虽然平时难得遇到可以一弈的棋友。他技有所专而又涉猎甚广，学有所成而又保持了广泛的爱好，对于一个肩负重担的中年人说，这似乎也不多见吧。

在张宏义身上，至今保留着一种书生气。他不爱到“官场”走动，也不会在社会上搞拉拉扯扯那一套，在厂内也无亲疏之分，派系之伙，他似乎是那种不善交际的人。然而，大家又公认他有很强的活动能力。为企业的生存发展，他常年在外奔波的时间很多，足迹走遍全国。引进技术，争取投资，洽谈生意，借助外力攻关，他都能“活动”到满意的结果。他的书生气和社会活动能力又是怎样统一起来的？

在张宏义身上，这种魄力和精巧，严厉和真诚，专深和广博，正直与活跃，相辅相成地统一起来，使他具备了作为当代企业家所应有的良好素质。难怪他能成功，也难怪外地不断有企业以优厚条件想聘请他出任新职。当然，他都一一婉言谢绝了。

他说他已经很富有了。

已经发财致富了吗？

他笑了笑，他说他已经藏书三千册了。原来他所谓的富有是另有所指。

他的家中也并不寒酸，但所有的沙发家电之类，如今一般城里人家也都有。最引人注目的财产，的确就是那三千册各种门类的书籍了。他说他对衣食住行并不讲究，随遇而安，没有特别的嗜好。有时买双袜子还觉舍不得，出公差从不住高级宾馆，觉得花那高价不值得。但他唯独对购买喜爱的书籍，从不计较价格高低。只要看中，几十元也照付不吝。他兴趣广泛，除技术书籍外，社科学术、艺术审美，科幻人文，只要有价值，能启人智慧，打开眼界，引入新境，愉悦思维，他便购来研读，当然这是精神上的富有了。

张宏义这一代人，那人生经历的特殊的磨炼，再加上这种不甘平庸而追求精神富有，欲成强者，在社会上干出一番事业来，便不算意外了。

发表于《黄河》1989年第5期增刊